U0061724

中國文史經典講堂

先秦散文選評

中國文史經典講堂

先秦散文選評

編選單位 中國社會科學院文學研究所

主編 楊義　副主編 劉躍進

選注‧譯評 曹道衡

責任編輯　　崔　衡
裝幀設計　　鍾文君

書　　名　中國文史經典講堂‧先秦散文選評
編選單位　中國社會科學院文學研究所
主　　編　楊　義
副 主 編　劉躍進
選注‧譯評　曹道衡
出　　版　三聯書店（香港）有限公司
　　　　　香港鰂魚涌英皇道 1065 號 1304 室
　　　　　JOINT PUBLISHING (H.K.) CO., LTD.
　　　　　Rm. 1304, 1065 King's Road, Quarry Bay, Hong Kong
發　　行　香港聯合書刊物流有限公司
　　　　　香港新界大埔汀麗路 36 號 3 字樓
　　　　　SUP PUBLISHING LOGISTICS (HK) LTD.
　　　　　3/F., 36 Ting Lai Road, Tai Po, N.T., Hong Kong
印　　刷　深圳中華商務安全印務股份有限公司
　　　　　深圳市龍崗區平湖鎮萬福工業區
版　　次　2006 年 7 月香港第一版第一次印刷
規　　格　大 32 開（140 × 210mm）320 面
國際書號　IISBN-13: 978.962.04.2417.5
　　　　　ISBN-10: 962.04.2417.4
　　　　　© 2006 Joint Publishing (H.K.) Co., Ltd.
　　　　　Published in Hong Kong

主編的話

　　中國正在經歷着巨大的變革，已經成為全世界矚目的焦點；中華民族創造的輝煌文化也日益顯現出它的奪目光彩。華夏五千年文明，就是我們民族生生不已的活水源頭，就是我們民族卓然獨立的自下而上之根。

　　"問渠哪得清如許，為有源頭活水來。"

　　為探尋這活水源頭，為培植這生存之根，中國社會科學院文學研究所成立五十多年來，一直把文化普及工作放在相當重要的位置，並為此作了大量的、卓有成效的工作。早在二十世紀五六十年代，文學研究所就集中智慧，着手編纂《文學概論》、《中國少數民族文學史》、《中國文學史》、《中國現代文學史》等通論性的論著。與此同時，像余冠英先生的《樂府詩選》（1953年出版）、《三曹詩選》（1956年出版）、《漢魏六朝詩選》（1958年出版），王伯祥先生的《史記選》（1957年出版）、錢鍾書先生的《宋詩選》（1958年出版），俞平伯先生的《唐宋詞選釋》（初名《唐宋詞選》，1962年內部印行，1978年正式出版）以及在他們主持下編選的《唐詩選》等大專家編寫的文學讀本也先後問世，印行數十萬冊，在社會上產生了廣泛而又深遠的影響。進入新的時期，文學研究所秉承傳統，又陸續編選了《古今文學名篇》、《唐宋名篇》、《台灣愛國詩鑒》等，並在修訂《不怕鬼的故事》的基礎上新編《不信神的故事》等，贏得了各個方面的讚譽。

　　擺在讀者面前的這套"中國文史經典講堂"依然是這項工

作的延續。其編選者有年逾古稀的著名學者，也有風華正茂的年輕博士，更多的是中青年科研骨幹。我們希望通過這樣一項有意義的文化普及工作，在傳播優秀的傳統文學知識的同時，能夠讓廣大讀者從中體味到我們這個民族美好心靈的底蘊。我們誠摯地期待着廣大讀者的批評指正。

目　錄

尚　書

左　傳

公羊傳

穀梁傳

國　語

戰國策

韓非子

呂氏春秋

前　言

　　"先秦"這一概念出現較晚，大約從近代以來才普遍被人們使用。因為中國的古代文明起源甚早，而成文的典籍一般都認為始於商周。近年以來雖有人提到夏代已有文字之說，但學術界尚無定論。且片言隻語，亦難作為散文入選。即使像殷、商甲骨、商周青銅器銘文，雖已有較完整的文字，但因文字過於古奧，所以尚難作為散文入選。所以這本《先秦散文選》，也只能依照慣例，從商周之際開始。

　　從商周到秦始皇統一，中間經過了八百年左右，出現了春秋戰國那個"百家爭鳴"的文化繁榮時期，產生的文章和典籍極為豐富，從中選錄一些優秀篇章，應該說是不成問題的。不過從現存的一些選本看來，其選取的範圍似乎都較狹窄。例如梁代蕭統的《文選》一書，就不選現今所謂"經"、"史"、"子"三部典籍，因此在這部書裡所收先秦作品甚少。蕭統這種做法是有道理的，他多少認清了文學作品和歷史、哲學等學科的區別。後來許多選家，大抵遵循其成規，如清代姚鼐的《古文辭類纂》就是這樣。另一部被人視為"俗學"的《古文觀止》，倒稍為破其先例，在所謂"經部"中，選了《春秋三傳》和《禮記》，這大約是因為這些書乃"傳"而非"經"；至於先秦諸子之文，則仍棄而不錄。只有曾國藩編《經史百家雜鈔》，才對"經"、"史"、"子"三部均加選錄（不過所收"子部"文章很少）。現在看來，若要選錄先秦散文，蕭統以來的慣例，似不得不有所改變。因為文、史、哲的明確分工是後來的事，在先秦時代，人們似尚無這種認識，而且後人作散文亦多取法先秦典籍。《文心雕龍‧宗經》云："故論說辭序，則《易》統其首；詔策章奏，則《書》發其端；賦頌歌贊，則《詩》立其本；銘誄箴祝，則《禮》總其端；紀傳銘檄，則《春秋》為根"。劉勰此語，有尊儒的偏見，他忽視了子書和史籍對後世文學的影響。不過他指出後來各種文體皆導源於先秦那些並非純文學作品的典籍卻很有道理。如果我們要把"經"、"史"、"子"排除在外，那麼先秦文學就僅存一部《楚辭》，而屈原、宋玉之作，又屬辭賦而非散文，這樣，"先秦散文"就無從選取了。

現在所常見的一些書中選取先秦文章似乎也有一些成例。從金聖嘆的《天下才子必讀書》和吳楚材的《古文觀止》，到後來的一些中學語文課本，選《左傳》一般均取《曹劌論戰》、《燭之武退秦師》，選《戰國策》又不外乎《鄒忌諷齊王納諫》、《觸讋說趙威后》諸篇。這些文章無疑是佳作，理當入選。但像現在呈獻給讀者的這部散文選，應該是供中學以上文化程度的文學愛好者閱讀的，對於這些讀者來說，前面提到的那些篇章，大抵都已讀過，再加選錄，似無必要。再說像《左傳》之文，最有名的篇幅大約都屬記事之文及外交辭令兩類。一些選家所錄，大抵以辭令之文為多，記事之文有的較長，不適用於教材，因此較少入選。但正如唐代劉知幾所說："夫史之稱美者，以敘事為先。"他在《史通‧雜說上》盛讚《左傳》敘事特別是記戰爭的部分。在這方面，最有代表性的也許要算晉楚的三次大戰。這些文章不但在春秋史上是頭等大事，在文章上亦屬出類拔萃之作。相對這些文章來說，人們常讀的《曹劌論戰》所記之"長勺之戰"不但規模較小，過程也顯得簡單。所以本書選取了著名的《邲之戰》和《鄢陵之戰》二文，雖然文字較長，卻多少能代表《左傳》文章的一個重要方面。同樣地，歷來選家對《戰國策》，總着重取其游說之辭，這自然是正確的。不過，《戰國策》中也有極生動地刻劃人物性格之作，例如關於豫讓、聶政和荊軻的描寫，實為《史記·刺客列傳》所本，為了說明二書的承襲關係，本書也選錄了《韓策》中記聶政的文字以見一斑。

如果說本書在選取歷史散文時和其他選本有較多差別的話，至於諸子散文的選錄，則自覺較少特色。因為本書所錄諸子之文，除《論語》、《老子》和《莊子》由於叢書中已另有單獨選本，未加收錄外，已入選諸篇大抵亦可在別的選本中讀到。在這方面，編者也曾再三考慮，但苦無良策。在編者看來，子書之文，確如蕭統說的："蓋以立意為宗，不以能文為本"。如果單純地就文論文，不管所選篇目能否代表該書主旨，恐怕欠妥。再說子書中有些篇目雖較能代表該書的重要方面，但把它們入選本書似亦不太合適。例如《荀子》的《非十二子》，內容涉及戰國許多思想家，恐非一般讀者所需，而其末段文字又較艱澀，所以亦未入選。最後還是選取了比較常見的一些文章。

為了保持全文的完整，本書一般不取節錄的辦法。因為節錄古人之文，往往不免出於節錄者之意，是否符合原作本意是頗成問題的。惟一的例外是對《禮記》中文章的選取。這是由於此書每篇之中，往往分為若干段落，每段內容並無必然聯繫，且前人選錄，已開節選之例，考慮到對此書摒棄不錄難免

遺珠之憾，取其全篇，又往往枯燥無味，所以只能採取節錄的
辦法。限於編注者的水平，本書缺點和錯誤在所難免，誠懇地
期待大家批評指正！

尚書

4. 秉：拿着。旄（máo）：用牦牛尾做裝飾的旗。麾：揮動。

5. 逖（tì）：遠。

6. 友邦冢（zhǒng）君：指和周聯合伐紂的各諸侯國之君。冢：大。

7. "御事"至"百夫長"：皆官名。"庸"至"濮"：皆隨周伐紂的各少數民族名。髳（máo）：西南地區的一個少數民族。

8. 稱：舉起。

9. 干：盾。

10. 索：窮盡。這兩句是古人迷信，認為雌雞報曉，這家便該敗落。

11. 肆祀：應陳設的祭典。荅（dá）：當、對。這句說廢棄應舉行的祭典，不去報答鬼神。

12. 王父母弟：指同祖父母的兄弟，代指本族親屬。不迪：不加進用。

13. "乃惟"四句：意謂紂只看重和信任四方那些犯罪逃亡之人，用他們為大夫、卿士。

14. 姦宄（guǐ）：作惡犯罪。

15. 不愆：不過。這句說不過六步、七步即當取齊，比喻齊心協力。

16. 勖：勉。

17. 伐：一次刺擊為一"伐"。

18. 桓桓：武勇的樣子。

19. 貔（pí）：即貔貅（xiū），傳說中的一種猛獸。

20. 迓（yà）：迎戰。以役西土：指俘獲的人叫他們為西土（周）服役。

21. 戮（lù）：刑罰。

串講

　　《牧誓》一文是周武王伐紂，兵臨商都朝歌近郊，即將進行最後決戰時的誓辭。這篇文章前人頗為重視，認為是上古散文的典範之作。但近代以來，人們對它的產生年代似乎頗有懷

牧　誓

（選自《尚書·周書》）

　　時甲子昧爽，[1] 王朝至於商郊牧野，[2] 乃誓。王
黃鉞，[3] 右秉白旄以麾，[4] 曰："逖矣，[5] 西土之人。
曰："嗟我友邦冢君，[6] 御事、司徒、司馬、司空
旅、師氏、千夫長、百夫長，及庸、蜀、羌、髳、
盧、彭、濮人，[7] 稱爾戈，[8] 比爾干，[9] 立爾矛，予其
王曰："古人有言曰：'牝雞無晨，牝雞之晨，忄
索。'[10] 今商王受，惟婦言是用，昏棄厥肆祀弗荅，
厥遺王父母弟不迪。[12] 乃惟四方之多罪逋逃，是崇寻
是信是使，是以為大夫卿士，[13] 俾暴虐於百姓，以女
商邑。[14] 今予發惟恭行天之罰。今日之事，不愆於寻
步乃止齊焉，[15] 夫子勖哉！[16] 不愆於四伐五伐六伐寻
止齊焉，[17] 勖哉夫子！尚桓桓，[18] 如虎如貔如熊如寻
郊，[19] 弗迓克奔，以役西土。[20] 勖哉夫子，爾所弗勖
於爾躬有戮。"[21]

注釋

1. 甲子：古人以干支紀日，據說"甲子"為二月四日。昧爽
2. 王：指周武王。朝：早上。牧野：地名，在朝歌（今河
　　南）。
3. 鉞（yuè）：古兵器，形似大斧。

疑，這是因為其文字還比較好懂，不像《康誥》、《酒誥》諸篇的"佶屈聱牙"。但此文亦見《史記·周本記》，只是被司馬遷改了個別古字。這說明此文的出現，至少也在戰國以前。再說《康誥》、《酒誥》諸篇，都是周公對他弟弟康叔說的，所以雜有周人方言，而《牧誓》則對周朝的許多同盟者講話，恐怕會較少用這些方言，所以顯得好懂些。即使說此文曾經後人潤飾，但內容大致不會有太大變化。像"弗迓克奔，以役西土"諸語，說明周朝曾在戰爭中掠奪戰俘加以奴役。"如虎如貔"諸語，殺氣騰騰，並不像"以至仁伐至不仁"的樣子，也不像是後代美化周武王的言辭，應該說此文大致上可以相信它基本上為周初作品。

評析

這篇文章被歷來的文學家所稱賞，主要是因為它氣勢雄渾奔放，被視為具有"陽剛之美"的特點。這主要表現在文中好用排句，而每句字數又並不相等，像"是崇是長，是信是使，是以為大夫、卿士"，連用五個"是"字，讀來如萬斛噴泉，奔騰而出。下面的"六步七步"、"四伐五伐"、"如虎如貔"等句，也使人有類似的感覺。唐宋的散文家如韓愈等人的文章，往往取法此篇。因此它在古代散文史上的地位值得重視。

秦誓

（選自《尚書·周書》）

公曰：[1]“嗟，我士聽無譁。予誓告汝群言之首。古人有言曰：‘民訖自若是多盤。’[2]責人斯無難，惟受責俾如流，是惟艱哉。[3]我心之憂，日月逾邁，若弗云來。[4]惟古之謀人，則曰未就，[5]予忌。[6]惟今之謀人，姑將以為親。雖則云然，尚猷詢茲黃髮，[7]則罔所愆。[8]番番良士，[9]旅力既愆，[10]我尚有之。[11]仡仡勇夫，[12]射御不違，我尚不欲。惟截截善諞言，[13]俾君子易辭，[14]我皇多有之，[15]昧昧我思之。[16]如有一介臣，斷斷猗無他技，[17]其心休休焉，[18]其如有容，[19]人之有技，若己有之，人之彥聖，[20]其心好之，不啻若自其口出，是能容之。[21]以保我子孫黎民，亦職有利哉。[22]人之有技，冒疾以惡之，[23]人之彥聖，而違之俾不達，[24]是不能容，以不能保我子孫黎民，亦曰殆哉。邦之杌陧，曰由一人，[25]邦之榮懷，亦尚一人之慶。[26]

注釋

1. 公：指秦穆公，姓嬴，名任好，春秋時秦君。
2. 民：人。訖：盡、都。若：順。盤：樂。這句是說人盡行順道則多樂。秦穆公自悔偷襲鄭國之事逆於事理，故云。
3. “責人”三句：這三句也是自悔的話，說指責別人容易，接受別人的批評就很難，指他當時不聽賢臣蹇叔的勸告，事見《左傳‧僖公三十二年》。

秦穆公

4. "我心"三句：意謂自己想改過，但日月逝去，惟恐來不及了。

5. 未就：不能成就我的慾望。

6. 予忌：我反而忌恨他。指穆公起初忌恨蹇叔。

7. 猷：同"猷"，計謀。黃髮：老年人。這句說還得和老人們商量聽取其意見。

8. 罔：沒有。愆：過失。

9. 番（bō）番：勇武的樣子。

10. 旅力：舊說指"眾力"。按："旅"當為"膂"之假借字。"膂力"指體力。《詩經‧小雅‧北山》："旅力方剛，經營四方。"愆：衰老。

11. 我尚有之：我尚且要任用他們，意謂老人計謀深長。

12. 仡（yì）仡：勇壯的樣子。

13. 截截：整齊的樣子，引申為能言善辨。諞（piǎn）言：花言巧語。

14. "俾君子"句：意謂使君子也改變了主意。

15. 皇：大。這句說我以前身旁大有這種人在。

16. 昧昧：不明。這句說由於我思考不明之故。

17. 一介：一個。斷斷：專一守善的樣子。猗：語助詞。

18. 休休：好善。

19. 有容：有容忍人的度量。

20. 彥聖：聰明有才。

21. 不啻：不但。

22. 職：關鍵，引申為主要原因。

23. 冒疾：同"媢嫉"，忌恨。

24. 違之俾不達：違反正道，堵塞其進用之路，使之不得抒展其才。

25. 杌陧（wù niè）：不安定。一人：指君主所任用之人。

26. 慶：善行。

串講

　　春秋時，秦穆公聽信了派駐鄭國的官員杞子等人之計，派兵越過晉境去偷襲鄭國。老臣蹇叔勸諫，穆公不聽。秦軍到鄭時發現鄭國已有準備，只得無功而返。回歸途中，晉襄公在崤山地區伏擊秦軍，把他們全部殲滅，並活捉了孟明、西乞、白乙三個將領。秦穆公後悔，作《秦誓》。文中所稱"古之謀人"、"黃髮"等即指蹇叔；"今之謀人"，當指杞子等人。文的後半講到兩種不同的人物，一種是能愛惜賢才的人，即使自己無其他長處，也是對國家有益的；另一種人卻妒賢嫉能，最為危險。作為君主就應識別這兩種人，國的盛衰，正在用人得當與否。這可以說是遭受挫折後的沉痛反省。

評析

　　《秦誓》是《尚書》中最後一篇，其產生年代已接近春秋中期，所以文字較之前代之作，已稍顯平易。但較之《左傳》、《國語》諸書，仍見古奧。秦穆公其人，曾有人認為他是"春秋五霸"之一，不過他的霸業似較齊桓、晉文為遜色。這恐怕和當時秦國的國力和地理位置有關。這篇誓辭所以被儒生們收入《尚書》，大約是取其過而能改。從此文看來，全文是有着強烈感情色彩的。因為崤之戰對秦國來說，不但是一次慘敗，而且

對秦穆公的稱霸企圖也是一次沉重打擊。所以當秦穆公談到
"古之謀人"、"今之謀人"的區別時，情緒極為強烈，"我尚
有之"、"我尚不欲"等語，讀來頗能想見其痛悔前失的心情。
此文另一個長處是全文音節安排適當，讀來琅琅上口，聲調響
亮。這一特點頗受清代以來某些散文家的重視，例如"桐城派"
的劉大櫆，就很強調評價散文的優劣，音節是一個重要因素。
因此近代有的論者據此指出此文特點為"響遏行雲"。這評語
雖未必全面，卻也道出了本文的部分長處。

左傳

晉公子重耳逃亡

(選自《左傳・僖公二十三年》)

晉公子重耳之及於難也，[1] 晉人伐諸蒲城。[2] 蒲城人欲戰，重耳不可，曰：“保君父之命而享其生祿，[3] 於是乎得人，有人而校，[4] 罪莫大焉。吾其奔也。”遂奔狄。[5] 從者狐偃、趙衰、顛頡、魏武子，司空季子。[6] 狄人伐廧咎如，[7] 獲其二女，叔隗、季隗，納諸公子。公子取季隗，生伯儵、[8] 叔劉。以叔隗妻趙衰，生盾。將適齊，謂季隗曰：“待我二十五年，不來而後嫁。”對曰：“我二十五年矣，又如是而嫁，則就木焉。[9] 請待子。”

處狄十二年而行，過衛，衛文公不禮焉。[10] 出於五鹿，[11] 乞食於野人，[12] 野人與之塊。[13] 公子怒，欲鞭之，子犯曰：“天賜也。”稽首受而載之。[14]

及齊，齊桓公妻之，[15] 有馬二十乘，[16] 公子安之。從者以為不可，將行，謀於桑下，蠶妾在其上，以告姜氏。[17] 姜氏殺之，而謂公子曰：“子有四方之志，[18] 其聞之者，吾殺之矣。”公子曰：“無之。”姜曰：“行也，懷與安，實敗名。”[19] 公子不可。姜與子犯謀，[20] 醉而遣之。醒，以戈逐子犯。

及曹，曹共公聞其駢脅，[21] 欲觀其裸，浴，薄而觀之。[22] 僖負羈之妻曰[23]：“吾觀晉公子之從者，皆足以相國，[24] 若以相，夫子必反其國。[25] 反其國，必得志於諸侯。得志於諸侯而誅無禮，曹其首也。子盍蚤自貳焉。"[26] 乃饋盤飧，[27] 寘璧焉。[28] 公子受飧反璧。

及宋，宋襄公贈之以馬二十乘。[29] 及鄭，鄭文公亦不禮焉。[30] 叔詹諫曰[31]："臣聞天之所啟，人弗及也，晉公子有三焉，天其或者將建諸，君其禮焉。男女同姓，其生不蕃，[32] 晉公子姬出也，而至於今，[33] 一也；離外之患，而天不靖晉國，殆將啟之，[34] 二也；有三士足以上人而從之，[35] 三也。晉鄭同儕，[36] 其過子弟，固將禮焉，況天之所啟乎！"弗聽。

及楚，楚子饗之，[37] 曰："公子若反晉國，則何以報不穀？"[38] 對曰："子女玉帛則君有之，羽毛齒革則君地生焉，其波及晉國者，君之餘也，其何以報君？"曰："雖然，何以報我？"對曰："若以君之靈，[39] 得反晉國，晉楚治兵，遇於中原，其辟君三舍，[40] 若不獲命，其左執鞭弭，[41] 右屬櫜鞬，[42] 以與君周

晉文公

旋。"子玉請殺之。[43] 楚子曰："晉公子廣而儉，[44] 文而

有禮，[45]其從者肅而寬，[46]忠而能力。晉侯無親，[47]外內惡之。吾聞姬姓唐叔之後，[48]其後衰者也，其將由晉公子乎。天將興之，誰能廢之？違天必有大咎。"[49]乃送諸秦。

秦伯納女五人，懷嬴與焉，[50]奉匜沃盥，[51]既而揮之，[52]怒曰："秦晉匹也，[53]何以卑我？"公子懼，降服而囚。[54]他日，公享之。子犯曰："吾不如衰之文也，請使衰從。"公子賦《河水》，[55]公賦《六月》。[56]趙衰曰："重耳拜賜！"公子降拜稽首，公降一級而辭焉。[57]衰曰："君稱所以佐天子者命重耳，[58]重耳敢不拜！"

注釋

1. 晉公子重耳（？—前628）：即晉文公，春秋五霸之一。及於難：指晉文公父獻公信讒言殺太子申生，連累重耳等人之事。

2. 蒲城：地名，今山西隰縣。獻公曾命重耳居蒲城。

3. 生祿：指養生所須的俸祿。

4. 校（jiào）：對抗。

5. 狄：指北方的少數民族。

6. 狐偃：重耳的舅父，即子犯。魏武子：魏犨。司空季子：胥臣。
   按：狐偃等五人皆晉大夫。

7. 廧咎（qiáng gāo）如：部族名，赤狄之別種。

8. 鯈：音 chóu。

9. 就木：進棺木，指死。

10. 衛文公：名燬，衛國君主。

11. 五鹿：地名，約在今河南清豐附近。

12. 野人：郊野的人，指農民。

13. 塊：土塊。

14. 子犯：即狐偃。天賜也：指得土地即據有國土。載：放在車上。

15. 齊桓公（？—前643）：姓姜，名小白，春秋五霸之一。妻之：把女兒嫁給他。

16. 乘：馬四匹為一乘。

17. 姜氏：指齊桓公女，晉文公妻。

18. 四方之志：建功業於四方之志。

19. 懷：迷戀。安：安於現狀。敗名：指喪失雄心，使功名不立。

20. 與子犯謀：和子犯合計。

21. 曹共（gōng，同“恭”）公：姓姬，名襄。駢脅：肋骨相連如一骨。

22. 薄：簾子。這裡指設簾偷看。

23. 僖負羈：曹國的大夫。

24. 相國：做一國的卿相。

25. 夫子：指重耳。反：同“返”。

26. 盍（hé）：同“曷”，何不。蚤：同“早”。自貳：顯示自己與曹君有別。

27. 飧（sūn）：熟食。

28. 寘：同“置”。璧：圓形的玉。

29. 宋襄公（？—前637）：姓子名茲父，春秋五霸之一。

30. 鄭文公：姓姬，名捷。

31. 叔詹：鄭國大夫。

32. 蕃：繁殖、茂盛。

33. 晉公子姬出也：意謂晉公子為姬姓女子所生，和晉獻公是同姓。其所生子應該是短命的，而重耳至今健在。按：晉文公母為姬姓。《左傳·莊公二十八年》：“大戎狐姬生重耳。”杜注：“大戎，唐叔子孫別在戎狄者。”

34. 離外之患：指重耳出奔在
外。靖：安定。殆：大約。

35. 三士：指狐偃、趙衰和賈
佗。上人：超過一般人。

36. 同儕（chái）：同等。

37. 楚子：指楚成王（？—前
626）。饗（xiǎng）：設
宴招待。

38. 不穀：當時君主特別是楚王
的謙稱。"不穀"是不善的
意思。

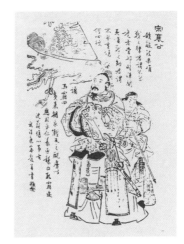
宋襄公

39. 靈：福祐。以君之靈：猶今
言"託您的福"。

40. 辟：同"避"。舍：三十里為舍，三舍為九十里。

41. 弭（mǐ）：沒有裝飾的弓。

42. 屬（zhú）：佩帶。櫜（gāo）：盛箭的袋。鞬（jiān）：盛弓的
袋。

43. 子玉：楚大夫成得臣字。

44. 廣而儉：意志廣闊而行為有檢束。

45. 文而有禮：有文華而能守禮儀。

46. 肅而寬：恭敬而寬和。

47. 晉侯：指當時的晉君惠公夷吾。

48. 姬姓：周天子和魯、衛、晉、鄭諸國，皆姬姓。唐叔：周武王子，
成王弟，名虞，晉國始封之君。

49. 咎：災禍。

50. 秦伯：指秦穆公，姓嬴，名任好，春秋五霸之一。懷嬴：秦穆公女，
曾嫁給晉懷公（惠公子圉），故稱"懷嬴"。與焉：在其中。懷嬴本
懷公妻，是重耳的姪媳，所以不使重耳知道，暗藏五人之中。

51. 匜（yí）：古代盛水的器具。沃：澆水。盥：洗手。這句說懷嬴拿 着盛水器倒水，伺候重耳洗手。

52. 既而揮之：指重耳揮動手，使水沾濕了懷嬴的衣服。

53. 匹：對等。

54. 降服而囚：脫去上衣，自己拘囚。指重耳恐觸怒秦穆公，所以降服 而囚以謝罪。

55. 《河水》：古詩篇名，已佚。

56. 公：指秦穆公。《六月》：《詩經·小雅》篇名。

57. 降一級：走下一級台階。辭：辭謝，表示不敢當公子的稽首。

58. “君稱”句：按：《六月》首章有“以匡王國”句，次章有“以佐 天子”。所以趙衰說：“君稱所以佐天子者命重耳”。

串講

　　這篇文章記述了晉公子重耳從遭驪姬之難逃出晉國，直到 回國即位前夕的經歷，總共二十年（前656—前637）間的事。 第一段記重耳在蒲城遭難，不許當地人反抗晉獻公而出奔狄， 在狄十二年，娶季隗，及離狄赴齊時和季隗分別之事。第二段 記他由狄到齊，經過衛國時事。他在衛不受禮遇，走過五鹿， 當地郊野的人也輕視他，給他土塊當飯。重耳發怒，說明他的 不成熟，幸賴狐偃化解。第三段記重耳在齊國的情況。齊桓公 是一位霸主，他知道重耳是個有前途的人，所以優待他，並把 女兒嫁他。但重耳稍得安樂，卻又淡忘了回國建立功業的雄 心，好在姜氏還是希望他成就大業，和狐偃一起把他送出了齊 國。第四段和第五段記重耳經過曹、宋、鄭三國的情況，其中 曹共公對他最無禮，甚至乘他洗澡時看他的“骈脅”，而宋、 鄭兩國對他的態度很不一樣。其中宋襄公送了馬二十乘給他，顯然是對他寄予希望；而鄭文公則不予禮遇。但曹、鄭二國並非沒有人賞識重耳，像僖負羈之妻和叔詹都預知他將得志於諸侯。不過僖負羈之妻主要論他的從者而叔詹則更從當時的形勢出發，分析重耳可能回國執政的根據。第六段寫重耳到楚國的情景，從重耳回答楚王的話看來，他態度不卑不亢，軟中帶硬，顯示了他在外長期流亡，經歷了種種磨難，已變得比較成熟。第七段寫重耳自楚至秦，得到秦穆公的支持，最後在秦國幫助下，回國即位。他在秦期間，一方面已有返國執政建立霸業的雄心，另一方面他還得依靠秦國的力量，所以在懷嬴發怒一節，顯出了對秦的謙恭。

從這整篇的描寫中，不但刻劃出重耳這樣一個人物的成長過程，也寫出了他的從者對他的影響和熏陶，尤其是狐偃、趙衰二人的作用尤為突出。在這裡，寫重耳的經歷，其實也襯托出當時各諸侯國的形勢。在重耳流亡所經的各國中，凡禮遇他的齊、宋諸國，後來都得到了回報；而輕慢他的曹、衛和鄭國也都受到了報復。這看起來似乎是出於個人的恩怨，不過通觀《左傳》中前後文來看，凡禮遇他的齊、宋，都和楚國間存在矛盾，而曹、衛等國在當時卻和楚國有一定的聯繫。因此這段文字在一定程度上預示了後來晉楚爭霸的局面。所以重耳在對答楚成王時，已提到了“晉、楚治兵，遇於中原”的話。

評析

晉文公是春秋時代一位比較傑出的君主，也是《左傳》中最着重描寫的人物之一。在春秋時代的許多君主中，晉文公的才能顯然是比較突出的，但這個人物的性格並非天然形成的，他有一個在種種磨難和挫折中逐漸成長的過程。當他自狄至齊路過衛國五鹿向郊野之民乞食時，"野人與之塊，公子怒，欲鞭之"，這一情節就說明他當時還很不成熟，不但缺乏涵養，而且還顯出貴族公子的習性。這種行為自然難於成就大業，而狐偃說是"天賜"，叫他"稽首受而載之"，雖然有點迷信色彩，卻制止了他的過失。特別是當他在齊國時，生活較為安定，他又貪戀起這種生活來，幸虧狐偃和姜氏都深知這種安逸對他的前途並無好處，設計把他灌醉了送出齊國，這顯然不合他的心願，以致"醒，以戈逐子犯"。狐偃是他舅舅，他甚至操戈相向，說明他對此極為不滿。這個細節說明了重耳還不成熟，還貪圖安逸。不過這也很合乎情理。因為他畢竟是貴公子出身，流浪在外十幾年，中間還要提防晉國派人來追殺，有時甚至要向郊野之人去乞食且不免受到輕慢。在這種情況下，當他在齊國得到一種比較安逸的生活時，有所留戀而不願離開，也不難理解。這個細節更顯示了晉文公性格的一個方面，使這個人物形象愈顯豐滿和真實。從此以後，經曹、宋、鄭、楚諸國的歷練，他愈來愈趨於成熟，最終成為一位霸主。這是一個真實的歷史人物的成長過程，寫的都是真事，並無虛構，但其形象卻給歷來的讀者留下了深刻的印象。清初人魏禮曾評此文和《史記‧信陵君列傳》對比，指出此篇"用數十'公子'字，中寫公子英發處，驕而易怒處，好色處，隨地安樂處，易恐懼處，一一是公子行徑，寫得生動綽落。"他認為此文和《史記》的妙處，正在連用幾十個"公子"字樣，"若用別樣稱呼，文章便減卻神采也。"魏禮作為著名的散文家，他對作文的甘苦是深有體會的，這段評語可說是切中要害。

鄭公子歸生告晉趙盾

(選自《左傳·文公十七年》)

晉侯蒐於黃父，[1]遂復合諸侯於扈，[2]平宋也。[3]公不與會，齊難故也。[4]書曰"諸侯"，無功也。[5]於是晉侯不見鄭伯，[6]以為貳於楚也。鄭子家使執訊而與之書，[7]以告趙宣子曰[8]："寡君即位三年，召蔡侯而與之事君。[9]九月，蔡侯入於敝邑以行。[10]敝邑以侯宣多之難，[11]寡君是以不得與蔡侯偕。十一月，克減侯宣多，而隨蔡侯以朝於執事。[12]十二年六月，歸生佐寡君之嫡夷，[13]以請陳侯於楚而朝諸君。[14]十四年七月，寡君又朝以蕆陳事。[15]十五

左丘明

年五月，陳侯自敝邑往朝於君。往年正月，燭之武往朝夷也。[16]八月，寡君又往朝。以陳、蔡之密邇於楚，[17]而不敢貳焉，則敝邑之故也。雖敝邑之事君，何以不免。在位之中，一朝於襄，而再見於君。[18]夷與孤之二三臣相及於絳。[19]雖我小國，則蔑以過之矣。[20]今大國曰：'爾未逞吾志'，敝邑有亡，無以加焉。古人有言曰：'畏首畏尾，身其餘幾'。又曰：'鹿死不擇音'。[21]小國之事大國也，德則其人也，不德則其鹿也。鋌而走險，[22]急何能擇。命之罔極，[23]亦知亡矣。將悉敝賦以待於鯈，[24]唯執事命之。文公二年六月壬申，朝於齊，[25]四年二月壬戌，為齊侵蔡，亦獲成於楚。[26]居大國之間而從於強令，豈其罪也？大國若勿圖，無所逃命！"[27]晉鞏朔行成於鄭，[28]趙穿、公婿池為質焉。[29]

注釋

1. 晉侯：指晉靈公姬夷皋。蒐（sōu）：檢閱軍隊。黃父：地名，屬晉，故地在今山西沁水西北。
2. 扈：地名，屬鄭，故地在今河南原陽西。
3. 平宋也：平宋國之亂。按：上年宋人弒其君昭公子杵臼。
4. 公：指魯文公姬興。齊難：指上年齊伐魯。
5. "書曰"二句：指《春秋》有"晉人、衛人、陳人、鄭人伐宋"語，是刺其無功。
6. 鄭伯：指鄭穆公姬蘭。
7. 執訊：負責諸侯間通音訊的官員。

8. 趙宣子：指晉卿趙盾，宣子是他的謚號。

9. 寡君：指鄭穆公，即位三年，即魯文公二年（前625）。蔡侯：指蔡莊侯姬甲午。事君：服事晉君（襄公）。

10. "蔡侯"句：指蔡侯經鄭國去朝晉。

11. 侯宣多：鄭大夫，以立鄭穆公而專權。

12. 執事：管事的人。這是婉言，實指晉君。

13. 歸生：即子家之名。嫡：正妻所生之子。夷：鄭穆公子，即後來的靈公。

14. 陳侯：指陳共公媯朔。時陳服於楚，故請於楚而朝晉。

15. 薦（chǎn）：完成。指完成使陳朝晉之事。

16. 燭之武：鄭大夫。這句說燭之武輔世子夷朝晉。

17. 密邇：貼近。

18. "一朝"二句：指鄭穆公曾一次朝見晉襄公，二次朝見晉靈公。

19. 絳：地名，晉的都城，在今山西絳縣。

20. 蔑以過之：無法再超過。

21. 鹿死不擇音：據杜預說，"音"為"蔭"的同音假借，指鹿死時不再選擇蔭庇之處，又服虔說，鹿將死亡，慌忙中不復選擇好聽的聲音。按《莊子·人間世》："獸死不擇音，氣息茀然，於是並生心屬。"唐成玄英疏："夫野獸困窘迫之窮地，性命將死，鳴不擇音，氣息茀鬱，心生疵疾，忽然暴怒，搏噬於人"。從文意看，服說較勝。

22. 鋌（tǐng）：通"逞"，飛速奔跑的樣子。

23. 命之罔極：說晉國的要求毫無極限。

24. 敝賦：敝國的軍隊。鯈（chóu）：地名，晉鄭二國的邊界。地點待考。

25. "文公二年"句：指鄭文公二年即魯莊公二十三年鄭朝於齊，當時齊桓公為盟主。

26. "四年"三句：指魯莊公二十五年，鄭奉齊命侵蔡，亦與楚達成協議。（按：此事不見《春秋》和《左傳》。）

27. 無所逃命：猶言不可避免。

28. 鞏朔：晉大夫。

29. 趙穿：晉卿。公婿池：晉君（當是晉襄公）之婿。日本竹添光鴻以為"公婿"是姓，似無據。有的學者以為靈公婿，恐非。文公七年，靈公尚在其母穆嬴懷抱，至此凡十一年，未必有婿。又文公十二年傳，秦人謂趙穿晉君之婿，當亦襄公婿，計此時靈公不足十歲，豈能有婿。

串講

　　自魯僖公二十八年晉楚城濮之戰後，晉楚兩國爭霸，經常為爭取中原各小國而爭戰，鄭國尤其是雙方爭奪的焦點，後來的邲之戰和鄢陵之戰都由此引起。當時位居中原的一些小國的處境頗為困難，傾向於楚，就引起晉國的不滿，傾向於晉，則引起楚國的反感。這些大國往往用武力威脅小國。至於小國也只能兩邊敷衍，避免衝突。然而大國的要求往往沒有限制，像這時的晉國，就只許鄭國歸向自己，而不許它對楚有所妥協。這自然是鄭國難於做到的。事實上這時晉國的幾次盟會，鄭國都已參加，尤其此次會盟地點在扈，本鄭地，而晉君還是不見鄭君，這顯然是很傲慢的行為。鄭國在萬無可奈的情況下，不得不提出抗議。文中歷敘自鄭穆公即位以來，鄭國不斷朝見晉君，並促使陳蔡二國一起事晉的經過，處處講的是事實，據理力爭，最後使晉國改變態度，安撫鄭國。

評析

　　《左傳》中所載外交辭令歷來被人們視為政論文的典範之作。這篇文章是一個小國在受到大國壓迫，在忍無可忍下發出的抗議。文中列舉許多事實，說明鄭國之服事晉國已經做到了盡心竭力的程度。在敘述這些事例時，可謂毫無虛飾，確是以理服人。由於鄭國多年以來備受欺凌，所以公子歸生心中積累了無數氣憤，所以如實講來，筆鋒帶有強烈的感情。如果把此文和後面選錄的《呂相絕秦》同讀，便可以發現二者風格迥異，儘管兩文都是外交辭令，都能言善辯，措辭委婉，但此文說得更理直氣壯，給人以深刻的印象，《呂相絕秦》則不免有歪曲事實，強辭奪理之處。這是由於此文是以弱對強，而《呂相絕秦》則為強強對話。這兩篇文章都是名作，反映了在不同場合下的不同措辭，代表了《左傳》中"辭令之文"的兩種不同風格。

晉楚邲之戰

（選自《左傳・宣公十二年》）

夏六月，晉師救鄭，荀林父將中軍，先縠佐之，士會將上軍，郤克佐之，趙朔將下軍，欒書佐之；趙括、趙嬰齊為中軍大夫，鞏朔、韓穿為上軍大夫，荀首、趙同為下軍大夫，韓厥為司馬。及河，聞鄭既及楚平，桓子欲還，[1]曰：「無及於鄭而勦民，[2]焉用之？[3]楚歸而動，不後。」[4]隨武子曰[5]：「善，會聞用師觀釁而動，[6]德刑政事典禮不易，[7]不可敵也。不為是征。[8]楚君討鄭，怒其貳而哀其卑，[9]叛而伐之，服而舍之，德刑成矣。伐叛，刑也，柔服，德也，二者立矣。昔歲入陳，[10]今茲入鄭，民不罷勞，君無怨讟，[11]政有經矣。[12]荊尸而舉，[13]商農工賈，不敗其業，而卒乘輯睦，事不奸矣。[14]蒍敖為宰，[15]擇楚國之令典。[16]軍行，右轅，左追蓐，[17]前茅慮無，[18]中權，[19]後勁。[20]百官象物而動，[21]軍政不戒而備，能用典矣。其君之舉也，內姓選於親，外姓選於舊，舉不失德，賞不失勞，老有加惠，旅有施舍。君子小人，物有服章。貴有常尊，賤有等威，禮不逆矣。德立、刑行、政成、事時、典從、禮順，若之何敵之？見可而進，知難而退，軍之善政也。兼弱攻昧，武之善經也。[22]子姑整軍而經武乎，[23]猶有弱而昧者。何必楚。仲虺有言曰：『取亂侮亡'，[24]兼弱也。《汋》曰：'於鑠王師，遵養時晦'，[25]耆昧也。[26]《武》曰：'無競惟烈'，[27]撫弱耆昧以務烈所，[28]可也。"蒍子曰[29]："不可！晉所以霸，師武，臣力也。[30]今失諸侯，不可謂力；有敵而不從，不可謂武。由我失霸，不如死。且成

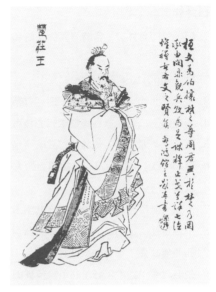

楚莊王

師以出，聞敵彊而退，非夫也。[31]命以軍帥，而卒以非夫，惟群子能，我弗為也。"以中軍佐濟。[32]知莊子曰[33]："此師殆哉！《周易》有之，在《師》䷆之《臨》䷒曰："師出以律，否臧凶。"[34]執事順成為臧，逆為否。眾散為弱，川壅為澤，有律以如己也。[35]故曰律否臧。且律竭也，盈而以竭，天且不整，[36]所以凶也。不行謂之臨，[37]有帥而不從，臨孰甚焉，此之謂矣。果遇必敗，蒍子尸之，[38]雖免而歸，必有大咎。"韓獻子謂桓子曰[39]："蒍子以偏師陷，子罪大矣。子為元帥，師不用命，誰之罪也。失屬亡師，[40]為罪已重，不如進也，事之不捷，惡有所分。與其專罪，六人同之，[41]不猶愈乎？"師遂濟。

注釋

1. 桓子：即荀林父，當時晉國的正卿和主將。"桓子"是他死後的謚號。

2. 勦（jiǎo）民：勞使民眾。

3. 焉：疑問代詞。"焉用之"即"有甚麼用"的意思。

4. "楚歸"二句：意為等楚軍回去後再出動，也不算晚。

5. 隨武子：即士會，晉卿，"武子"是他死後的謚號。

6. 釁（xìn）：裂縫。這句是說用兵的人要看到敵方的可乘之機才發動攻擊。

7. 不易：無所變易，這裡指能守其常道，並無缺失。

8. 不為是征：這句承上句而言，意為對方在"德"、"刑"等六個方面並無缺失，不能加以征討。

9. 楚君討鄭：指本年春楚莊王討伐鄭國。貳：指鄭國前此曾與楚達成和解，後鄭君又逃盟而歸及打敗楚兵之事。卑：指鄭君肉袒牽羊向楚王投降之事。

10. 昔歲入陳：指上一年楚莊王討伐陳國之事。

11. 怨讟（dú）：怨言。這句指楚人對莊王沒有怨言。

12. 經：常；指其政事不失正道。

13. 荊尸：指楚兵佈陣之法，這種法式為莊王的祖先楚武王所定。舉：指出兵。

14. 奸（gān）：犯。指違反正道。

15. 蔿（wēi）敖：人名，即孫叔敖，楚令尹。宰：令尹。

16. 令典：法令典憲。

17. "軍行"三句：古代的軍隊，每輛戰車配有步兵七十二人，分隨車的兩側，軍隊行進時，處於戰車右側的步兵，手持武器以備突然事件，處於左側的兵則準備宿營時供睡覺之用的草。蓐：草墊子。

18. 茅：通"旄"，旗子。"前茅"句：指行軍時斥候部隊先行，以備不測。見敵情則舉為號，以通知大部隊。"慮無"，指思慮所不到的事。

19. 中權：指中軍主將制定作戰大計。

20. 後勁：指以精兵斷後。

21. "百官"句：古代各級官員都載有旗幟，旗上畫有不同之物，以象徵其職責。這句是說各級官員均按其職守去行動。

22. 兼弱：兼併弱國。攻昧：攻伐政治昏暗之國。善經：良好的法子。

23. 經武：整治武裝。

24. 仲虺：殷商開國君主湯的賢臣。"取亂侮亡"句當出自逸《書》，後來人取入偽古文《尚書·仲虺之誥》。

25. 《汋》(zhuó)：《詩經·周頌》篇名（今《詩經》作《酌》）。於(wū)：歡美之辭。鑠：美好。遵養時晦：意為周武王能遵循天道，靜待紂的惡積累多了，再來討伐。

26. 耆：致。這句說武王致討於昏暗之國。

27. 《武》：《詩經·周頌》篇名。競：疆，窮盡。"無競"，意為無窮盡。烈：功業。這句是說武王建立了無窮之業。

28. 撫弱：當與前引仲虺所說"兼弱"的意思相同。唐孔穎達以為說"撫弱"指"撫養而取之"，"未必皆攻伐以求池。"這句說晉國應學武王之"兼弱攻昧"，以成功業，不必與楚爭強。

29. 彘(zhì)：地名，今山西霍縣，當時屬晉。彘子：即先縠，晉卿，其封地為彘，故稱"彘子"。

30. 師武：軍隊勇猛。臣力：群臣盡力。

31. 非夫也：猶今言"不是大丈夫"。

32. 以中軍佐濟：指先縠率領他部下的官員和軍隊渡過黃河。他當時是中軍佐（副帥），統有部分兵力。

33. 知莊子：即荀首，他的封邑為"智"（在今山西臨猗西南一帶），"莊子"是他的謚號。

34. "師出"二句：見《周易·師卦》初六爻辭，意為行軍靠紀律，紀律不好就會遭遇凶禍。指先縠不從荀林父意見，擅自引兵渡河。否

（pǐ）臧：不能遵守紀律。臧：善。"否臧"指不善於遵守紀律。

35. 川壅為澤：這句指上文所引《周易》中的《師》、《臨》二卦而言。《師卦》為䷆（坎下坤上），《臨卦》為䷒（兌下坤上）；在《周易》中坎為水，指河流，兌指澤，即沼澤。河流壅堵而成沼澤，象徵法令不能暢通。法令不行，各人按照自己意志行事，故言"有律以如己"（雖有法令而各自行其意）。

36. 竭：敗壞。夭：阻塞。這幾句說法令敗壞就像水流遇阻塞而枯涸。

37. 不行謂之《臨》：水不流行，川壅為澤，這就成了《臨卦》。

38. 尸之：對這罪行負責。

39. 韓獻子：即韓厥。"獻子"是他的諡號。

40. 屬：附屬於晉之國，指鄭。

41. 六人同之：指讓先縠、士會、郤克、趙朔與欒書五人即中軍佐及上、下軍將佐和主帥荀林父共負戰敗之責。

　　楚子北師，次於郔。[42]沈尹將中軍，子重將左，子反將右，將飲馬於河而歸。聞晉師既濟，王欲還，嬖人伍參欲戰，[43]令尹孫叔敖弗欲，曰："昔歲入陳，今茲入鄭，不無事矣。戰而不捷，參之肉其足食乎？"參曰："若事之捷，孫叔為無謀矣。不捷，參之肉將在晉軍，可得食乎？"令尹南轅反旆，[44]伍參言於王曰："晉之從政者新，未能行令。其佐先縠剛愎不仁，未肯用命。其三帥者專行不獲，聽而無上，眾誰適從？[45]此行也，晉師必敗。且君而逃臣，若社稷何？"王病之，告令尹，改乘轅而北之，次於管以待之。[46]

　　晉師在敖鄗之間，[47]鄭皇戌使如晉師曰："鄭之從楚，社稷之故也，未有貳心。楚師驟勝而驕，其師老矣，而不設備。子擊之，鄭師為承，[48]楚師必敗。"郤子曰："敗楚服鄭，於此在矣，必許之。"欒武子曰[49]："楚自克庸以來，[50]其君無日不討國人而訓之：於民生之不易，[51]禍至之無日，[52]戒懼之不可以怠。在軍，無日不討軍實而申儆之：[53]於勝之不可保，紂之百克而卒無後。[54]訓之以若敖、蚡冒，篳路藍縷以啟山林。[55]箴之曰[56]：'民生在勤，勤則不匱。'[57]不可謂驕。先大夫子犯有言曰：[58]'師直為壯，曲為老。'我則不德而徼怨於楚，[59]我曲楚直，不可謂老。其君之戎，分為二廣，廣有一卒，[60]卒偏之兩。[61]右廣初駕，數及日中，左則受之，以至於昏。[62]內官序當其夜，[63]以待不虞，不可謂無備。子良，鄭之良也，[64]師叔，楚之崇也。[65]師叔入盟，子良在楚，楚鄭親矣。來勸我戰，我克則來，不克遂往，以我卜也。鄭不可從。"趙括、趙同曰："率師以來，唯敵是求，克敵得屬，又何俟？必從郤子。"知季曰[66]："原屏咎之徒也。"[67]趙莊子曰[68]："欒伯善哉，實其言必長晉國。"[69]

　　楚少宰如晉師，曰："寡君少遭閔凶，不能文。[70]聞二先君之出入此行也，[71]將鄭是訓定，豈敢求罪於晉？二三子無淹久。"隨季對曰："昔平王命我先君文侯曰[72]：'與鄭夾輔周室，毋廢王命。'今鄭不率，[73]寡君使群臣問諸鄭，豈敢辱候人，[74]敢拜君命之辱。"郤子以為諂，使趙括從而更之，曰："行人失辭，寡君使群臣遷大國之跡於鄭，曰：‘無辟敵！’群臣無所逃命。”[75]

注釋

42. 北師：引軍北進。邲（yán）：古地名，屬鄭，在今河南鄭州市南。

43. 嬖（bì）人：被寵倖的人。

44. 南轅反旆（pèi）：把車轅朝南，旗子轉過方向，意欲退還楚國。

45. 晉之從政者：指荀林父。新：指執政時間還短。三帥：指先縠、趙同和趙括。專行不獲：指先縠和二趙身非主帥，要獨斷專行還不能做到。聽而無上：指晉軍士若聽從先縠之命，則為不服上級（主帥荀林父）。眾誰適從：指眾軍不知聽從誰為是。

46. 管：古地名，在今河南鄭州市附近。

47. 敖鄗（qiāo）：二山名，在今河南滎陽西北。

48. 承：後繼。

49. 欒武子：即欒書，“武子”是他的諡號。

50. 庸：春秋時古國名，故地在今湖北竹山西。克庸：指春秋魯文公十六年（前611），楚莊王滅庸。

51. 討：治，指以訓導之法治國人。

52. 禍至之無日：指災禍的到來，其日期不可預測，意謂當時刻戒備。

53. 申儆：反復告誡。

54. 紂之百克而卒無後：商代的紂王曾多次戰勝而終於滅亡，無後繼者。

55. 若敖、蚡（fén）冒：楚君的兩位祖先。篳路：柴車。藍縷：穿着破衣。形容楚國祖先之貧困和勤儉。以啟山林：開發山林以建國。

56. 箴：告誡。

57. 匱：窮乏。

58. 先大夫：已故的大夫。子犯：即狐偃，見前。

59. 徼（yāo）：招致。

60. 廣（guàng）：春秋時楚國軍制，楚王的親兵分為二"廣"，每"廣"有兵車十五乘。卒：步兵百人為"一卒"。

61. 偏：戰車二十五乘為"偏"。兩：軍隊二十五人為"兩"。

62. "右廣"四句：這句說楚王出征，先乘右廣的兵車，直到中午，讓右廣休息而乘左廣，直到黃昏。

63. 內官：楚王的近臣。序當其夜：輪流值夜。

64. 子良：鄭大夫，鄭君之弟。

65. 師叔：楚大夫潘尫（wāng）字。崇：尊貴的人。

66. 知季：即知莊子荀首。

67. 原：指趙同。屏：指趙括。咎之徒也：意為和先穀一樣必然招禍。

68. 趙莊子：即趙朔，"莊子"是他的謚號。

69. 欒伯：指欒書。實其言：能實踐他的話。長晉國：指執晉國之政。

70. 少遭閔凶：楚莊王父穆王在位十二年，"閔凶"大約指喪父。不能文：缺少文采。

71. 二先君：指莊王之祖成王及父穆王。出入此行：指往來於鄭地。

72. 隨季：即隨武子士會。平王：指周平王姬宜臼。文侯：指晉文侯姬仇。

73. 不率：指鄭不遵循周平王之命。

74. 候人：指楚軍中的斥候諸人。其實這是謙辭，不明言楚王。

75. 遷大國之跡於鄭：即消滅楚國在鄭的勢力。辟：同"避"。無所逃命：無法違反命令。

　　楚子又使求成於晉，晉人許之，盟有日矣。楚許伯御樂伯，攝叔為右，以致晉師。[76]許伯曰："吾聞致師者，御靡旌，摩壘而還。"[77]樂伯曰："吾聞致師者，左射以菆，[78]代御執轡，御下兩馬，掉鞅而還。"[79]攝叔曰："吾聞致師者，右入壘折馘，[80] 執俘而還。」皆行其所聞而復。晉人逐之，左右角之。樂伯左射馬而右射人，角不能進，[81] 矢一而已，麋興於前，射麋麗龜。[82] 晉鮑癸當其後，[83] 使攝叔奉麋獻焉。曰：「以歲之非時，獻禽之未至，敢膳諸從者」。[84] 鮑癸止之，曰：「其左善射，其右有辭，君子也。」既免。[85]

晉魏錡求公族，未得而怒，欲敗晉師，請致師，弗許，請使，許之。遂往，請戰而還。楚潘黨逐之，及熒澤，[86] 見六麋，射一麋以顧獻。曰：「子有軍事，獸人無乃不給於鮮，敢獻於從者。」叔黨命去之。趙旃求卿未得，且怒於失楚之致師者，請挑戰，弗許，請召盟，許之。與魏錡皆命而往。郤獻子曰：「二憾往矣，[87] 弗備必敗。」郤子曰：「鄭人勸戰，弗敢從也，楚人求成，弗能好也，師無成命，多備何為？」士季曰：「備之善。若二子怒楚，楚人乘我，喪師無日矣。不如備之。楚之無惡，除備而盟，何損於好。若以惡來，有備不敗。且雖諸侯相見，軍衛不徹，警也。」[88] 郤子不可。士季使鞏朔、韓穿帥七覆於敖前，[89] 故上軍不敗，趙嬰齊使其徒先具舟於河，故敗而先濟。潘黨既逐魏錡，趙旃夜至於楚軍，席於軍門之外，使其徒入之。[90] 楚子為乘廣三十乘，分為左右。右廣雞鳴而駕，日中而說。[91] 左則受之，日入而說。許偃御右廣，養由基為右；彭名御左廣，屈蕩為右。乙卯，王乘左廣以逐趙旃，趙旃棄車而走林，屈蕩搏之，[92]

得其甲裳。晉人懼二子之怒楚師也，使軘車逆之。[93]潘黨望其塵，使騁而告曰：“晉師至矣！”楚人亦懼王之入晉軍也，遂出陳。孫叔曰：“進之，寧我薄人，[94]無人薄我。《詩》云：‘元戎十乘，以先啟行’，[95]先人也。《軍志》曰：‘先人有奪人之心’，薄之也。”遂疾進師，車馳卒奔，乘晉軍。桓子不知所為，鼓於軍中曰：“先濟者有賞。”中軍下軍爭舟，舟中之指可掬也。晉師右移，上軍未動，工尹齊將右拒卒以逐下軍。[96]楚子使唐狡與蔡鳩居告唐惠侯，[97]曰：“不穀不德而貪，以遇大敵，不穀之罪也。然楚不克，君之羞也。敢藉君靈以濟楚師。”[98]使潘黨率游闕四十乘從唐侯，[99]以為左拒，以從上軍。駒伯曰：“待諸乎？”[100]隨季曰：“楚師方壯，若萃於我，吾師必盡，不如收而去之。分謗生民，[101]不亦可乎。”殿其卒而退，不敗。

注釋

76. 以致晉師：向晉軍挑戰。這是楚方的策略，一面和談，一面又派單軍挑戰，以免示弱。

77. 御靡旌：御者駕車疾驅。摩壘：逼近敵方營壘。

78. 左：指戰車中左邊的人，他職掌射箭。敢（zōu）好箭。

79. “代御”三句：指“左”代御車者執轡（馬絡頭），而御者下車調整馬匹整頓轡繩，因為挑戰時車右要下車入敵壘抓俘虜（見下），而“左”及御者在敵營外等待，故意示敵以閒暇。

80. 折馘（guó）：抓住戰俘割去其耳朵以獻功。

81. 角：追逐者。

82. 麗：附着。龜：指動物背脊上骨隆起之處。即射中麋背。

83. 鮑癸：晉大夫，參加追逐樂伯等人，正當其後。

84. "以歲之非時"三句：這次戰役發生在夏曆四月，還不到獸人之官獻獵獲物之時，所以用這麋獻給鮑癸的從者充膳食。

85. 鮑癸止之：鮑癸命令御者停止追趕。免：脫身。

86. 魏錡：晉大夫。潘黨：楚潘尫子、亦即下文之"叔黨"。榮澤：水澤名，在今河南滎陽東北。

87. 二憾：指魏錡和趙旃。

88. 徹：除去。警：戒備。

89. 士季：即士會。七覆：七支伏兵。敖：敖山，當時晉軍所駐處。

90. 席於軍門之外：佈席而坐於楚軍軍門外，以示無所畏懼。使其徒入之：趙旃派他的部屬進入楚軍捉俘虜。

91. 說（shuì）：休息。

92. 搏之：下車抓捕趙旃。

93. 軘（tún）車：兵車的一種，用於屯守。

94. 進之：進軍向前。薄：搏擊。

95. 《詩》：指《詩經·小雅·六月》。元戎：兵車。"元戎"二句即見《六月》篇中。

96. 工尹齊：楚大夫。右拒：楚軍陣名。

97. 唐狡、蔡鳩居：二人皆楚大夫。唐惠侯：唐國君主，惠侯是他的諡號。唐國乃附屬於楚的小國，故地在今湖北隨州西北。

98. 藉：假借。靈：福祐。濟：成就。

99. 遊闕：備補缺之用的戰車。

100. 駒伯：即上軍佐郤克。一說為郤克子郤錡。待諸乎：指要不要迎擊唐侯的軍隊。

101. 分謗生民：指分擔戰敗之責而撤軍使民眾得不死。

王見右廣，將從之乘。[102] 屈蕩戶之曰[103]：“君以此始，亦必以終。”自是楚之乘廣先左。晉人或以廣隊，[104]不能進，楚人惎之脫扃。[105] 少進，馬還，又惎之拔旆投衡，[106]乃出。顧曰：“吾不如大國之數奔也。”[107] 趙旃以其良馬二濟其兄與叔父，以他馬反，遇敵，不能去，棄車而走林。逢大夫與其二子乘，謂其二子無顧，顧曰：“趙傁在後”。[108] 怒之，使下，指木曰：“尸女於是。”[109] 授趙旃綏以免。[110] 明日，以表尸之，皆重獲在木下。[111] 楚熊負羈囚知罃，[112] 知莊子以其族反之，[113] 廚武子御，[114]下軍之士多從之。每射，抽矢菆，納諸廚子之房。[115] 廚子怒曰：“非子之求，而蒲之愛，[116] 董澤之蒲可勝既乎？”[117] 知季曰：“不以人子，吾子其可得乎？[118] 吾不可以苟射故也。”射連尹襄老，獲之，遂載其屍。射公子穀臣，[119] 囚之，以二者還。及昏，楚師軍於邲。[120] 晉之餘師不能軍，宵濟，亦終夜有聲。

丙長，楚重至於邲，遂次於衡雍。[121] 潘黨曰：“君盍築武軍，[122] 而收晉尸以為京觀。[123] 臣聞克敵必示子孫，以無忘武功。”楚子曰：“非爾所知也。夫文，止戈為武。武王克商，作《頌》曰：‘載戢干戈，[124] 載櫜弓矢。我求懿德，[125] 肆於時夏，[126] 允王保之。’[127] 又作《武》，[128]其卒章曰：[129] ‘耆定爾功。’[130] 其三曰：‘鋪時繹思，[131]我徂惟求定。’[132] 其六曰：‘綏萬邦，[133] 屢豐年。’[134] 夫武，禁暴戢兵，保大定功，安民和眾，豐財者也。故使子孫無忘其章。今我使二國暴骨，暴矣。觀兵以威諸侯，兵不戢矣。暴而不戢，安能保大？猶有晉在，焉得定功？所違民欲猶多，民何安焉？無德而強爭諸侯，何以和眾？利人之幾，[135] 而安人之亂，以為己榮，何以豐財？武有七德，我無一焉，何以示子孫？其為先君宮告成事而已，武非吾功也。古者明王伐不敬，取其鯨鯢而封之，[136] 以為大戮，於是乎有京觀以懲淫慝。今罪無所，而民皆盡忠以死君命，[137] 又何以為京觀乎？”祀於河，[138] 作先君宮，告成事而還。

注釋

102. 將從之乘：指楚莊王本乘“左廣”的戰車，現在想改乘“右廣”。

103. 戹：阻止。

104. 廣：兵車。隊（zhuì）：墜落。這句說晉軍載大旗的兵車陷於坑中。

105. 綦（jì）：教。扃（jiōng）：車上橫木，用以固定旗子或兵器。脫扃：除去橫木，以便消除障礙，脫出陷坑。

106. 馬還：指馬打轉不進。斾：大旗。衡：馬頸上橫木。這句說車陷坑中，馬無力把車拉出，所以打圈子不能前進，楚人教他拔出大旗，把它放在駕馬的橫木上，以減輕風力影響；一說，是既拔去大旗，又丟棄橫木，以減輕重量，脫出陷坑。

107. 數（shuò）奔：多次戰敗逃奔。

108. 逢大夫：晉大夫，逢是他的姓氏。傁：同“叟”，對老人的尊稱。

109. 指木：指着林中樹木。尸女於是：在這裡尋求你們的屍體。按：

逢大夫本不想救趙旃，所以不叫兒子回頭看望，兒子們回頭後，逢大夫認為已被趙旃看見，只能叫兒子下車而去救趙旃。

110. 綏：駕車用的繩索。

111. 以表尸之：根據所作的標記去尋找逢大夫二子的屍體。重獲在木下：在樹下找到二人屍體。

112. 知罃：晉荀首之子。

113. 反之：還轉過來再進行戰鬥。

114. 廚武子：即魏錡。“廚”是他的封邑。地待考。

115. 抽矢菆：選取好箭。房：裝箭的袋。

116. 蒲：柳條，用以作箭。

117. 董澤：湖沼名，在今山西聞喜東北。可勝既乎：能用得盡嗎？

118. “不以”二句：意謂不用好箭射楚國貴人之子作人質，我不可能找到我的兒子。

119. 連尹襄老：楚大夫。連尹，官名，連地縣尹。公子穀臣：楚王之子。

120. 邲（bì）：地名，春秋時屬鄭，故地在今河南滎陽東北。

121. 衡雍：地名，春秋時屬鄭，故地在今河南原陽境。

122. 武軍：軍營。

123. 京觀：把晉軍屍體堆積起來，上面蓋上土以顯示後人，謂之“京觀”。

124. 《頌》：指《詩經·周頌》。載：語氣詞。戢：止息。

125. 懿德：長久而美好之德。

126. 肆：實行。時：是。夏：大。此句說武王想以美德行於天下。

127. 允：確實。這句說王如能確切實行，即能久保天下。這幾句詩見《周頌·時邁》。

128. 《武》：《詩經·周頌》篇名。

129. 卒章：末章。

130. 耆：達到。這句說完成了功業。

131. 其三：第三篇。指《詩經·周頌·賚》按：此處論《詩經》次序
　　 與今本有不同。鋪：佈。繹：連繫。這句說頒發政令使之永久堅
　　 持。

132. 徂：往。指武王出征為求安定。

133. 其六：第六篇。指《詩經·周頌·桓》。綏：安定。

134. 屢豐年：稱頌武王平定天下後屢獲豐收，順乎天意。

135. 利人之幾：乘他人之危以求利。

136. 鯨鯢：兩種大魚之名，古人以為它們吞食小魚，以此比喻巨奸大
　　 憝。

137. 今罪無所：現在戰死的晉兵並無罪。盡忠以死君命：為國君之命
　　 盡忠而死。

138. 祀於河：向黃河致祭。按：楚國在南方，勢力很少到黃河，此次
　　 勝晉，已到黃河岸邊，故致祭。

串講

　　晉、楚二國是春秋時期兩個最強盛的大國，長期在中原爭
霸，先後發生過三次大戰，其中前此的城濮之戰（僖公二十八
年）和後此的鄢陵之戰（成公十六年）是晉國取得勝利，而此
戰則為楚國得勝。從實力上看來，這兩個大國可謂旗鼓相當，
誰也不能輕易取勝。因此在戰前兩國的君臣中，往往有人出來
反對用兵，然而迫於形勢，戰爭還是打了起來。在這種情況
下，決定戰爭勝負的主要因素往往不在個別人的勇猛好鬥而在
雙方諸統帥的團結協作和他們對當時形勢的正確估計。《左傳》
中寫了許多次戰爭，往往都是着重寫這些方面，而較少着眼於
具體的廝殺情景，關於這次邲之戰的記述，尤其如此。

　　這次戰爭的起因在於晉楚二國爭奪對鄭國的控制權，這種

矛盾存在已久。當時的形勢是：楚國正在莊王統治時期，內政修明，前此已平定了楚國的內亂，並征服了陳國，勢力不斷向北推進。面對楚國的強大，長期稱霸中原的晉國自然不會甘心。但晉國執政諸臣中由於爭權而互相不和，主帥荀林父掌權不久，對其他將領不能有效駕馭，副帥先縠是個剛愎自用，昧於形勢，不能和衷共濟的人。荀林父對楚方的情況有較清醒的估計，所以不願開戰，和他意見相同的有上軍將士會、下軍佐欒書和下軍大夫荀首等，他們都看到楚軍有很好的訓練和戒備，難於取勝。但先縠則一味強調“由我失霸，不如死”，盲目進軍，置晉軍於危險的境地，而荀林父對他並沒有約束力。還有趙同、趙括也和先縠持同一見解。至於趙旃和魏錡，更是因為對執政者有怨恨，故意想陷晉軍於敗局。這種情況說明了晉軍內部矛盾重重，決定了他們難免陷於戰敗。本文開始的部分就着重寫晉軍諸將的不同意見，顯示出他們戰敗的必然性。

文中寫戰前楚軍情況比較概括，這是因為楚方並無晉方營壘中那些複雜的矛盾。自然，楚國君臣在和戰問題上也有不同看法。楚莊王和令尹孫叔敖都不想動武，只有楚王的嬖幸之臣伍參主戰。應當承認：伍參對晉軍內部的矛盾有着清醒的估計，但楚王和孫叔敖的不願交戰並非出於他們對形勢缺乏了解，而是出於慎重。因為晉畢竟是楚惟一的強敵，有識見的執政者誰都不願輕易挑起戰端。但當戰爭一打起來，楚王和孫叔敖都能採取確當的戰術，終於取勝。這和先縠等人的愚昧魯莽形成鮮明對比。

在寫到此次戰役的過程時，光寫到晉楚曾有避免交戰的可能，但終於沒有實現，這和魏錡、趙旃等人的行為有很大關係。文中具體描述作戰的文字很少，但寫晉軍失敗後狼狽逃竄的情況則很具體，"中軍、下軍爭舟"，"晉之餘師不能軍"等情節給人以深刻印象。寫荀罃被楚軍所俘後，荀首率其族人回頭進擊楚軍，說明晉方並非實力不如楚，其失敗全在於將帥不和，軍令不一。文章最後部分寫楚莊王在戰勝後的言論和措施，更說明他是一位有識見的英主，成為一代霸主決非偶然。

評析

《左傳》作為一部史傳文學巨著，顯然要記述春秋二百多年間大大小小的各次戰爭。這許多戰爭起因、過程和結果各自不同，因此書中描寫每次戰爭，都往往能抓住各自的特點，並無雷同。邲之戰在晉楚三次大戰中，記述最為詳細，在所有的戰爭描寫中亦以此戰情況寫得最為充分。

首先，此戰起因為晉、楚爭奪鄭國，而楚勝晉敗則由於晉方將領的不和及軍令的不統一。文中着重描寫了戰前晉軍將領的意見分歧，把晉軍諸將分為主戰和反對動武的兩派，其中主戰一派其實只是強調"不可失霸"，不願"聞敵彊而退"。反對動武的一派，則能對形勢作充分的分析，尤其是士會和欒書二人對楚方的了解頗為清楚。從表面看來，此文似乎着重寫了晉方，而對楚方情況寫得比較簡略，其實關於楚軍的情況，已通過士會、欒書二人之口說了出來，所以不必重複。文中對雙方人物的描寫雖各有繁簡的不同，卻都能體現各自的不同性格。例如晉軍主帥荀林父本是不主張開戰的，此戰的失敗在某種程度上說也不應由他負全部責任。在書中其他篇幅看來，此人亦非全無長處，但在此戰中，他顯然表現得很無能。他不主張作戰卻基本上沒有指出敵我力量的對比，只說不要勞苦士兵，自然難於說服先縠等人。對於部下的議論紛紜和各行其是，他毫無辦法，也沒有採取甚麼措施，等到楚軍殺來，他慌得"不知所為"，"鼓於軍中曰：'先濟者有賞'"，造成了中軍、下軍爭舟之禍，充分體現了一個庸才的面目。相反地，楚方君臣完全不是這樣，儘管始發開戰之議者為伍參，而楚莊王及孫叔敖並不贊成，但他們是出於慎重而非怯懦，所以一到交戰不可避免時，孫叔敖就揮軍前進，楚莊王還親自追擊趙旃。戰勝之後楚莊王的言論更顯出了勝而不驕、具有遠見的英主風度。

　　文中對具體交戰的場面着墨不多，但像"舟中之指可掬也"及 "晉之餘師不能軍，宵濟，亦終夜有聲" 諸語，寥寥數字，充分體現了晉軍慘敗之狀。寫到晉軍敗退，兵車陷入泥坑，反靠楚人指點脫身之法，更烘托出戰敗後的狼狽相。到脫身之後，晉人卻回頭說："吾不如大國之數奔也"一語，忙中偷閒，更富風趣，也表現了晉軍將士對這次失敗並不服氣。事實上晉方實力並不弱於楚方，這從荀罃被俘，荀首還軍再戰的情況看來也很清楚，更顯出晉軍之敗，全在將帥之不和。文中寫到晉軍某些人物的性格亦極傳神，例如趙旃，他在軍中算不得主要的指揮者，但他的表現卻給人留下了深刻印象。他開始時氣壯如牛："夜至於楚軍，席於軍門之外，使其徒入之"，似乎一無畏懼，而當楚軍出來應戰時，卻只得 "棄車而走林"，楚將屈蕩 "得其甲裳"，最後倖賴逢大夫相救，才免於陣亡，亦顯得膽小如鼠。這種描寫，可謂入木三分。

呂相絕秦

（選自《左傳・成公十三年》）

　　夏四月戊午，晉侯使呂相絕秦，[1] 曰："昔逮我獻公及穆公相好，[2] 戮力同心，[3] 申之以盟誓，重之以昏姻。[4] 天禍晉國，文公如齊，惠公如秦。[5] 無祿，獻公即世，[6] 穆公不忘舊德，俾我惠公用能奉祀於晉，[7] 又不能成大勳，而為韓之師。[8] 亦悔於厥心，用集我文公，[9] 是穆之成也。文公躬擐甲冑，[10] 跋履山川，踰越險阻，征東之諸侯，虞夏商周之胤而朝諸秦，[11] 則亦既報舊德矣。鄭人怒君之疆埸，[12] 我文公帥諸侯及秦圍鄭。[13] 秦大夫不詢於我寡君，擅及鄭盟。[14] 諸侯疾之，將致命於秦。文公恐懼，綏靖諸侯，秦師克還無害，則是我有大造於西也。[15]

　　無祿，文公即世，穆為不弔，蔑死我君，[16] 寡我襄公，迭我殽地，[17] 奸絕我好，伐我保城，[18] 殄滅我費滑，[19] 散離我兄弟，[20] 撓亂我同盟，傾覆我國家。我襄公未忘君之舊勳，而懼社稷之隕，是以有殽之師，猶願赦罪於穆公。[21] 穆公不聽，而即楚謀我。天誘其衷，成王隕命，[22] 穆公是以不克逞志於我。

　　穆、襄即世，康、靈即位，[23] 康公我之自出，[24] 又欲闕翦我公室，[25] 傾覆我社稷，帥我蝥賊，[26] 以來蕩搖我邊疆，我是以有令狐之役。[27] 康猶不悛，[28] 入我河曲，[29] 伐

我涑川，³⁰俘我王官，³¹翦我羈馬，³²我是以有河曲之
戰。³³東道之不通，³⁴則是康公絕我好也。

及君之嗣也，³⁵我君景公引領西望曰³⁶：'庶撫我
乎！'君亦不惠稱盟，利吾有狄難，入我河縣，³⁷焚我箕
郜，³⁸芟夷我農功，³⁹虔劉我邊垂，⁴⁰我是以有輔氏之
聚。⁴¹君亦悔禍之延，而欲徼福於先君獻穆，使伯車來命
我景公，⁴²曰：'吾與女同好棄惡，復修舊德，以追念前
勳。'言誓未就，景公即世，我寡君是以有令狐之會。⁴³
君又不祥，背棄盟誓。白狄及君同州，君之仇讎而我昏姻
也。⁴⁴君來賜命曰：'吾與女伐狄。'寡君不敢顧昏姻，
畏君之威，而受命於吏。君有二心於狄，曰：'晉將伐
女。'狄應且憎，是用告我。楚人惡君之二三其德也，亦
來告我，曰：'秦背令狐之盟，而來求盟於我，昭告昊天
上帝、秦三公、楚三王，⁴⁵曰："余雖與晉出入，余唯利
是視。"不穀惡其無成德，是用宣之，以懲不壹。⁴⁶諸侯
備聞此言，斯是用痛心疾首，暱就寡人。⁴⁷寡人帥以聽
命，唯好是求。君若惠顧諸侯，矜哀寡人，而賜之盟，則
寡人之願也。其承寧諸侯以退，⁴⁸豈敢徼亂。君若不施大
惠，寡人不佞，其不能以諸侯退矣！敢盡布之執事，⁴⁹俾
執事實圖利之。"⁵⁰

注釋

1. 晉侯：指晉屬公姬州滿。呂相：即魏相，魏錡之子，晉大夫。絕秦：宣佈與秦斷交。

2. 獻公：晉君，姓姬名俭諸。穆公：秦君，姓嬴名任好。

3. 戮力：同"勠（lù）力"，合力，勉力。

4. 重之以昏姻：指秦穆公娶晉獻公女穆姬為夫人。

5. "天禍"三句：指晉遭驪姬之亂，文公重耳奔狄，又去齊國；惠公夷吾奔梁，遂至秦。

6. 無祿：不幸。即世：逝世。

7. "俾我"句：意為使惠公能回國奉祀晉的祖先。

8. 不能成大勳：指晉惠公不能安定晉國。韓之師：指魯僖公十五年秦晉戰於韓，晉惠公被秦所俘。

9. 悔於厥心：指秦穆公心中後悔。集：成就。指秦穆公援立晉文公事。

10. 摜（guān）：穿着。這句說晉文公親自穿了盔甲。

11. 胤（yìn）：後代。按：晉文公作諸侯盟主，無朝秦事。

12. 埸（yì）：田界。

13. "我文公"句：指魯僖公三十年晉及秦伐鄭事，乃討伐鄭對晉文公無禮。鄭無侵秦之事，此誣辭。

14. "秦大夫"二句：指秦穆公與鄭盟而退兵，晉亦退兵事。

15. 大造：大功。西：指秦。

16. 蔑：輕視。

17. 寡：弱，指以襄公為軟弱。迭：通"軼"（yì）。殽（xiáo）地：即崤山，在今河南洛寧縣北。

18. 保城：據守的城邑。此亦誣秦之辭。

19. 殄（tiǎn）滅：滅亡。費滑：指滑國，都於費，故地在今河南偃師東南。

20. 離散我兄弟：滑為姬姓之國，故晉稱之為兄弟。

21. 殽之師：指魯僖公三十三年晉敗秦於殽事。"猶願"句：指晉雖敗秦，尚願得秦穆公諒解。

22. 天誘其衷：意為上天明察。成王隕命：指魯文公元年楚世子羋商臣（穆王）殺其父成王羋頵事。

23. 康、靈：指秦康公嬴罃和晉靈公姬夷皋。

24. "康公"句：按：康公為穆姬所生，故云"我之自出"。

25. 闕翦我公室：損害和削弱晉國的君主家族。按：此亦誣辭，晉襄公死後，晉臣欲立長君，迎公子雍於秦，秦人送公子雍，而晉臣因穆嬴反對，改變主意，迎擊秦軍，敗之於令狐。

26. 蟊（máo）賊：本指吃莊稼的害蟲，這裡指公子雍。

27. 令狐：地名，杜預以為"在河東"。魯文公七年，晉敗秦兵於此。

28. 悛（guān）：悔改。

29. 河曲：黃河轉折之處，指今山西芮城西的風陵渡一帶。

30. 涑（sù）川：即涑水，出山西聞喜至山西永濟境入黃河。

31. 王官：地名。魯文公三年秦人伐晉，取王官。杜注謂晉地。

32. 羇（jī）馬：地名，屬晉，大約在今山西永濟以南一帶。魯文公十二年秦伐晉，取羇馬。

33. 河曲之戰：指魯文公十二年秦晉戰於河曲，秦兵夜遁。

34. 東道：晉在秦之東，故稱"東道"。

35. 君：指秦桓公。嗣：繼位。

36. 景公：姓姬名獳（nòu）。

37. 河縣：靠近黃河的縣邑。

38. 箕、郜（gào）：皆地名。"箕"在今山西蒲縣的箕城；"郜"在今山西祁縣西，二地皆屬晉境。

39. 芟（shān）夷：割取。農功：農作物。

40. 虔劉：擾亂殺掠。垂：遠邊。

41. 輔氏之聚：輔氏，地名，在今陝西大荔境，魯宣公十五年，晉將魏顆敗秦兵於此，俘其將杜回。

42. 伯車：秦桓公子。

43. 我寡君：指晉厲公。令狐之會：指魯成公十一年，秦晉盟於令狐，秦君不願過河，使人到河東結盟，晉君亦派人去河西結盟。不久秦背約。

44. 白狄：北方少數民族的一支。同州：指同屬雍州。"而我昏姻也"：指晉文公娶狄女季隗（見前）。

45. 秦三公：指秦穆公、康公和共公。楚三王：指楚成王、穆王、莊王。

46. 不壹：不守信用。

47. 暱（nì）：親近。

48. 承寧諸侯以退：承秦君之意，使諸侯寧靜退兵。

49. 執事：管事的人，實指秦君。

50. 實圖利之：指衡量其利害。

串講

　　秦、晉兩國是春秋時代的兩個強國，境界相連，春秋初年因利害一致，曾經結盟互助，但後來終於破裂而不斷發生衝突，這是因為兩國間本來存在着矛盾。早在魯僖公九年秦穆公幫助晉惠公繼位時，秦穆公預料晉惠公不能安定晉國，就說"是吾利也。"此後果然發生了韓之戰。此後秦又幫助晉文公回國即位，兩國關係表面上較融洽，然而各懷私利，在伐鄭之役中就充分暴露了出來，最後在殽之戰後，更是徹底破裂，經常爆發戰爭。當時晉國的實力強於秦國，所以在多數場合都是晉國得勝。秦國為了和晉對抗，就和楚國結盟。晉國是當時中原各國的盟主，晉厲公聯合了齊、宋、魯、衛、鄭等國伐秦。這篇文章就是晉大夫呂相奉厲公之命聲討秦國之辭，文中歷敘秦、晉之間從穆、獻二公時代起直到桓、厲二公時止（約前659—前578）的八十餘年中兩國間多次的交涉和戰爭。由於此文出於晉人之口，所以把過錯全歸於秦國，有些甚至是誣加罪名；同時，兩國間的戰爭雖以晉國取勝為多，但也有秦國戰勝之事，文中也避而不談。文中指責秦國"唯利是視"，其實晉國亦何嘗不是如此。通過此文，我們可以了解春秋時代各國爭強的情況，也可以了解當時外交辭令的概貌。

評析

《呂相絕秦》是《左傳》中極為傳誦的名篇。早在南北朝時代，有位叫劉顯的人，六歲時就以能背此文而聞名，可見當時的人已把它當作名篇和寫作的範本。大抵古代文人之推崇《左傳》，往往從其中一些外交辭令方面着眼，這是因為當時那些士人做官，總要為帝王或上級起草公文，而這些公文又經常取法《左傳》中的文章。在今天看來，《左傳》中的辭令文章，確有其特色，那就是措辭含蓄文雅，柔中帶剛。像這篇《呂相絕秦》，明明是一篇討伐對方的文字，卻絕無疾言厲色，一開始還肯定了秦穆公對晉國曾有功績，但筆鋒一轉，就把一切過失歸於對方。例如秦晉伐鄭，顯係秦助晉討鄭，反說"鄭人怒君之疆場"，其實鄭秦並不接境，何來衝突。又如"令狐之役"，分明是晉國去迎公子雍回國，中途變卦，卻把罪名完全加在秦方。文中寫晉國對秦用兵，雖經常取勝，卻每次出於萬不得已，如說晉景公盼望和好，"引領西望曰：'庶撫我乎'，"更顯得毫無惡意。但篇末聲言："寡人不佞，其不能以諸侯退矣"，看似婉和，實為威脅。這種行文方式和後來的

《戰國策》等書迥然不同，但各盡其妙，而過去的文人作文，更多的人似取法《左傳》。

晉楚鄢陵之戰

(選自《左傳·成公十六年》)

晉侯將伐鄭。[1]范文子曰：[2]"若逞吾願，諸侯皆叛，晉可以逞。[3]若唯鄭叛，晉國之憂可立俟也。"[4]欒武子曰："不可以當吾世而失諸侯，[5]必伐鄭。"乃興師。欒書將中軍，士燮佐之；郤錡將上軍，荀偃佐之；韓厥將下軍，郤至佐新軍。荀罃居守，郤犨如衛，遂如齊，皆乞師焉。[6]欒黶來乞師，[7]孟獻子曰[8]："有勝矣。"戊寅，晉師起。鄭人聞有晉師，使告於楚，姚句耳與往。[9]楚子救鄭，司馬將中軍，令尹將左，右尹子辛將右。[10]過申，[11]子反見申叔時曰[12]："師其何如？"對曰："德、刑、詳、義、禮、信，戰之器也。[13]德以施惠，刑以正邪，詳以事神，[14]義以建利，禮以順時，信以守物。民生厚而德正，用利而事節，時順而物成，上下和睦，周旋不逆，求無不具，各知其極。故《詩》曰：'立我烝民，莫匪爾極'，[15]是以神降之福，時無災害，民生敦厐，[16]和同以聽，莫不盡力以從上命，致死以補其闕，[17]此戰之所由克也。今楚內棄其民而外絕其好，瀆齊盟而食話言，[18]奸時以動，[19]而疲民以逞，民不知信，進退罪也。人恤所底，其誰致死？[20]子其勉之，吾不復見子矣！"[21]姚句耳先歸，子駟問焉，[22]對曰："其行速，過險而不整。速則失志，不整喪列。志失列喪，將何以戰，楚懼不可用也。”

五月，晉師濟河，聞楚師將至，范文子欲反，曰：“我偽逃楚，可以紓憂。[23] 夫合諸侯，非吾所能也，以遺能者。我若群臣輯睦以事君，多矣。”武子曰：“不可！”六月，晉楚遇於鄢陵，[24] 范文子不欲戰，郤至曰：“韓之戰，惠公不振旅，[25] 箕之役，先軫不及命，[26] 邲之師，荀伯不復從，[27] 皆晉之恥也。子亦見先君之事矣，今我辟楚，又益恥也。”文子曰：“吾先君之亟戰也有故，[28] 秦狄齊楚皆彊，不盡力，子孫將弱。今三彊服矣，敵楚而已。[29] 唯聖人能外內無患。自非聖人，外寧必有內憂。盍釋楚以為外懼乎！”甲午晦，楚晨壓晉軍而陣，[30] 軍吏患之。范匄趨進，[31] 曰：“塞井夷竈，陣於軍中，[32] 而疏行首，[33] 晉楚唯天所授，[34] 何患焉！”文子執戈逐之，曰：“國之存亡，天也。童子何知焉！”欒書曰：“楚師輕窕，固壘而待之，三日必退，退而擊之。必獲勝焉。”郤至曰：“楚有六間，[35] 不可失也：其二卿相惡；[36] 王卒以舊；鄭陣而不整；蠻軍而不陣；陣不違晦；[37] 在陣而囂。合而加囂，[38] 各顧其後，莫有鬥心。舊不必良，以犯天忌，我必克之。”

注釋

1. 晉侯：指晉厲公。
2. 范文子：即士燮（xiè）。“范”是他的封邑，文子是諡號。

3. "若逞"三句：意思是說如果照我的願望，只有各國諸侯都叛晉，晉厲公才能恐懼而修德，晉國才可緩解災禍。這是因為士燮預見到晉國君臣間矛盾甚大，厲公驕矜，必然引起內亂。楊伯峻《春秋左傳注》引楊樹達說以為兩"逞"字意義不同。前"逞"為"快意"；後"逞"為"綎"（tīng，緩也）之假借字，是緩解憂患的意思。
4. 俟：等待。這兩句說僅鄭一國叛晉，還不足引起警惕，內亂很快會來臨。
5. 欒武子：即欒書，見前。此時欒書是晉執政的正卿，所以不願在自己手裡失去諸侯。
6. 郤犫（chōu）：人名，晉卿。乞師：徵發其軍隊助戰。
7. 欒黶（yǎn）：晉大夫，欒書之子。
8. 孟獻子：魯卿，名仲孫蔑，獻子是他的謚號。
9. 姚句（gōu）耳：鄭大夫。與往：參加出使者之列，非正使。
10. 楚子：指楚共（gōng）王芈審。司馬：指公子側（子反）。令尹：指楚莊王弟公子嬰齊。子辛：公子壬夫。
11. 申：地名。本周代封國，後被楚所滅，故地在今河南南陽。
12. 申叔時：楚大夫，當時已告老，居申。
13. 器：指取勝不可缺少的條件。
14. 詳：審慎周到。
15. 《詩》：指《詩經·周頌·思文》。烝：眾多。極：至大的恩德。這兩句說建立對眾民的統治，使他們無不受其恩德。
16. 敦厖（máng）：純厚。這句說民眾齊心無邪行。
17. 致死以補其闕：不怕戰死以補充兵力之缺。
18. 瀆齊盟：褻瀆莊嚴的盟誓，不敬重神明。食話言：說話不守信用。
19. 奸（gān）時：逆時勢。
20. 恤：顧慮。底（dǐ，舊讀zhǐ）：致，這裡指後果。這句說民眾顧慮戰爭的後果，不肯奮力作戰。
21. "吾不復見子矣"：申叔時知楚軍必敗，子反必不能返國。

22. 子駟：鄭大夫，鄭穆公子。

23. 紓（shū）：緩解。這句說避開楚國而不去戰勝它，可以使晉屬公不驕，以緩解內憂。

24. 鄢陵：地名，故地即今河南鄢陵。

25. 韓：地名，屬晉，故地在今陝西韓城。魯僖公十五年，晉惠公和秦穆公在此開戰，晉軍大敗，惠公被俘。惠公：名夷吾，晉君。振旅：戰勝後整軍凱旋。

26. 箕：地名，故地在今山西太谷東。魯僖公三十三年，狄人侵晉，被晉軍擊敗。晉卿先軫戰死。不反命：指戰死未能返回。

27. 邲之師：見前《晉楚邲之戰》。荀伯：指荀林父。不復從：不從出發時故道回國，指戰敗逃歸。

28. 亟（qì）：屢次。

29. 敵楚而已：指當時能與晉對抗的僅有楚國。

30. 壓：迫近。

31. 范匄（gài）：即士匄，士燮子。

32. “塞井”二句：因楚軍迫近，晉人佈陣的地方不夠，所以塞井夷（平）竈，以佈陣。

33. 疏行首：當陣地前決開營壘以為作戰通道。

34. 唯天所授：意為晉楚勢均力敵，就看上天幫助誰了。

35. 間：間隙，指可以利用的弱點。

36. 二卿：指子重和子反。惡（wù）：憎恨。

37. 晦：月底。古人迷信，忌以月底佈陣作戰。

38. 囂：喧嘩。合而加囂：本應安靜而更喧嘩。

　　楚子登巢車以望晉軍，[39] 子重使大宰伯州犁侍於王後。[40] 王曰：“騁而左右何也？”曰：“召軍吏也。”“皆聚於中軍矣！”曰：“合謀也。”張幕矣！曰：“虔卜於先君也。"[41]"徹幕矣!"曰:"將發命也。""甚囂,且塵上矣!"曰:"將塞井夷竈而為行也。""皆乘矣,左右執兵而下矣!"曰:"聽誓也。""戰乎?"曰:"未可知也。""乘而左右皆下矣!"曰:"戰禱也。"

伯州犁以公卒告王,[42]苗賁皇在晉侯之側,[43]亦以王卒告。[44]皆曰:"國士在,且厚,不可當也。"[45]苗賁皇言於晉侯,曰:"楚之良在其中軍,王族而已。請分良以擊其左右,而三軍萃於王卒,必大敗之。"公筮之,[46]史曰:"吉!其卦遇《復》䷗,曰:'南國蹙,[47]射其元王,中厥目。'國蹙王傷,不敗何待?"公從之。有淖於前,乃皆左右相違於淖。步毅御晉厲公,[48]欒鍼為右。[49]彭名御楚共王,潘黨為右。石首御鄭成公,唐苟為右。[50]欒、范以其族夾公行,[51]陷於淖,欒書將載晉侯,[52]鍼曰:"書退!國有大任,焉得專之。且侵官冒也,失官慢也,離局姦也,有三罪焉,不可犯也。"乃掀公以出於淖。[53]

癸巳,潘尫之黨與養由基蹲甲而射之,[54]徹七札焉,[55]以示王,曰:"君有二臣如此,何憂於戰?"王怒曰:"大辱國,詰朝爾射,死藝!"[56]呂錡夢射月中之,[57]退入於泥。占之,曰:"姬姓,日也,異姓,月也,必楚王也。射而中之,退入於泥,亦必死矣。"及戰,射共王,中目。王召養由基,與之兩矢,使射呂錡,中項,伏弢,[58]以一矢復命。

郤至三遇楚子之卒,見楚子,必下,免冑而趨風。[59]

楚子使工尹襄問之以弓，[60]曰：“方事之殷也，有韎韋之跗注，[61]君子也，識見不穀而趨，無乃傷乎？”郤至見客，免冑承命，曰：“君之外臣至，從寡君之戎事。以君之靈，間蒙甲冑，不敢拜命。敢告不寧，君命之辱。為事之故，敢肅使者。”[62]三肅使者而退。

注釋

39. 巢車：有望樓的車，用以瞭望敵情。

40. 伯州犁：晉大夫伯宗子，上年因父被郤氏譖殺而奔楚。

41. 虔卜：恭敬地占卜。

42. 公卒：指晉侯的親兵。

43. 苗賁皇：楚卿鬥椒之子，魯宣公四年，鬥椒作亂被殺，苗賁皇奔晉。

44. 王卒：楚王的親兵。

45. “皆曰”三句：這是晉君左右的人都認為楚王左右聚集了精銳，力量雄厚，不可抵擋。

46. 筮（shì）：古人占吉凶的一種迷信活動，用龜殼叫卜，用蓍草叫筮。

47. 蹴（cù）：同“蹙”，收縮，困窘。

48. 步毅：即郤毅，郤錡等人的族人。

49. 欒鍼：欒書之子。

50. 石首、唐苟：鄭大夫。鄭成公：姓姬名睔（gǔn）。

51. “欒、范”句：欒、范二族強盛，故在晉君左右。

52. “欒書”句：因晉君的車陷於淖，所以欒書要用自己的車供晉君乘坐。

53. 掀公以出於淖：把晉軍之車掀出泥淖。

54. 蹲：聚集。

55. 札：鎧甲上的葉片。

56. 詰朝：明天。死藝：因射藝而死。

57. 呂錡：即魏錡，已見前。

58. 中項，伏弢：指呂錡頸部中箭，倒在自己的弓袋上死去。

59. 免胄而趨風：脫下頭盔，疾趨而過。

60. 工尹：官名，"襄"是他的名字。問之以弓：送他一張弓去慰問
    他。

61. 殷：盛。事之殷：指當激戰時。韎（mèi）：把皮革染成赤黃色。
    韋：加過工的皮。跗（fū）注：軍服中護腳所穿，從袴上一直遮到
    腳背。

62. "敢告"二句：意為自己辱勞楚君慰問，不敢自安。肅：用手致敬
    的一種方式，與作揖略有不同，需稍彎腰。

　　晉韓厥從鄭伯，其御杜溷羅曰："速從之，其御屢顧
不在馬，可及也。"[63] 韓厥曰："不可以再辱國君"，[64]
乃止。郤至從鄭伯，其右茀翰胡曰："諜輅之，[65]余從
之，乘而俘以下。"郤至曰："傷國君有刑。"亦止。石
首曰："衛懿公唯不去其旗，是以敗於熒。"[66]內旌於弢
中。[67]唐苟謂石首曰："子在君側，敗者壹大。我不如
子，子以君免，我請止"，[68]乃死。

　　楚師薄於險，叔山冉謂養由基曰："雖君有命，為國
故，子必射。"乃射，再發，盡殪。[69]叔山冉搏人以投，
中車，折軾，[70]晉師乃止。囚楚公子茷。[71]欒鍼見子重之
旌，請曰："楚人謂夫旌，子重之麾也，彼其子重也。日

臣之使於楚也，子重問晉國之勇，臣對曰：‘好以眾整。’[72]曰：‘又何如？’臣對曰：‘好以暇。’[73]今兩國治戎，行人不使，不可謂整。臨事而食言，不可謂暇，請攝飲焉。”[74]公許之，使行人執榼承飲，[75]造於子重，曰：“寡君乏使，使鍼御持矛，是以不得犒從者，使某攝飲。”子重曰：“夫子嘗與吾言於楚，必是故也，不亦識乎！[76]受而飲之。免使者而復鼓。旦而戰，見星未已。子反命軍吏察夷傷，補卒乘，繕甲兵，展車馬，雞鳴而食，唯命是聽，晉人患之。苗賁皇徇曰：[77]“蒐乘補卒，[78]秣馬利兵，脩陳固列，蓐食申禱，[79]明日復戰。”乃逸楚囚。王聞之，召子反謀。穀陽豎獻飲於子反，[80]子反醉而不能見。王曰：“天敗楚也夫！余不可以待。”乃宵遁。

　　晉入楚軍三日穀，[81]范文子立於戎馬之前，曰：“君幼，諸臣不佞，[82]何以及此，君其戒之！《周書》曰：‘惟命不於常’，有德之謂”。[83]楚師還及瑕，[84]王使謂子反曰：“先大夫之覆師徒者，君不在。[85]子無以為過，不穀之罪也。”子反再拜稽首，曰：“君賜臣死，死且不朽。臣之卒實奔，臣之罪也。”子重復謂子反曰：“初隕師徒者，而亦聞之矣，[86]盍圖之！”對曰：“雖微先大夫有之，大夫命側，側敢不義？側亡君師，敢忘其死？”王使止之，弗及而卒。[87]

注釋

63. 可及也：可以追上抓住。

64. 不可以再辱國君：按：魯成公二年，齊、晉戰於鞌，韓厥追擊齊頃公，幾乎俘虜了他，抓到他的車右逢丑父。故言不可以再辱國君。

65. 諜輅之：這句說派輕兵速進，裝作鄭軍去迎接鄭君以俘獲他。

66. 衛懿公：衛國君主，姓姬名赤，魯閔公二年，狄入衛，衛懿公在戰敗後未藏起旗子，因此被狄人所殺。熒：即熒澤，地點不詳，當在黃河以北。

67. 內旌於弢中：把旗子藏在弓袋中。

68. "子以"二句：意謂你保着國君脫逃，我留在這兒死戰。

69. 殪（yì）：射死。

70. 軾：車前扶手的橫木。

71. 公子茷（fá）：楚貴族，《晉語》六作"王子發鉤"。

72. 好以眾整：喜歡使軍眾整齊。

73. 好以暇：喜閒暇。

74. 攝飲：派使者代自己向子重送酒。

75. 榼（kē）：盛酒器。承：奉獻。

76. 識（zhì）：記得清。

77. 徇（xùn）：告於眾軍。

78. 蒐乘：察閱兵車。補卒：補充士兵的缺額。

79. 蓐食：在睡覺的草墊上吃飯，指提前進食，以便作戰。申禱：再次向神祈禱。

80. 穀陽豎：子反的小使。未成年曰"豎"。《史記・晉世家》、《楚世家》、《淮南子・人間訓》作"豎陽穀"，《韓非子・十過》作"豎穀陽"。

81. 穀：食楚軍之穀。

82. 不佞：不才。

83. 《周書》：指《尚書・康誥》。"惟命不於常"：意謂天命不會常保戰勝，而是祐助有德的一方。

84. 瑕：地名。《左傳·桓公六年》記楚武王伐隨，軍於瑕。杜注：
　　"隨地"，當在今湖北隨州附近，乃自鄢陵歸江陵之路。

85. 先大夫之覆師徒者：指魯僖公二十八年城濮之戰中楚軍主師子玉。
　　君不在：指此戰中楚成王不在前線。

86. 隕：喪失。而：你。

87. 弗及而卒：指來不及趕到，子反已自殺而死。

串講

　　在春秋時代晉楚的三次大戰中，鄢陵之戰也許是最激烈的
一次。據說此役"且而戰，見星未已"，結果是楚、鄭大敗，
楚王負傷，鄭君亦險些被俘，戰後晉軍還繳獲楚軍糧草"三日
穀"。看來這一戰役晉方大獲全勝，而楚方受了重創。但此戰
的後果卻造成了晉國君臣間的矛盾進一步尖銳，以致晉卿郤氏
三兄弟和晉厲公都先後被殺。這一點晉軍將領士燮是早已預見
到了，所以在晉國出兵之前，士燮就頗持異議，但他的意見遭
到了多數人的反對。因為從當時的形勢說，晉軍佔着上風，楚
方統帥內部嚴重不和，軍紀也不嚴整。所以在戰前，不光雙方
一些人，連魯國的孟獻子和鄭國的姚句耳也早已料到楚軍必
敗。顯然，晉方多數將領自然也看得很清楚，甚至士燮的兒子
士匄也是主戰派，和其父見解不同。這種情況，老謀深算的士
燮當然更清楚，所以過去的評論家往往說他有深謀遠見。其實
士燮的反對開戰，另有他的打算。原來當時晉國諸卿中，勢力
最大就數欒、范（士）二族，所以文中說"欒、范以其族夾公
行"。其中欒氏的勢力更大，因為欒書為主帥，其子欒鍼又為
晉厲公的車右。但欒氏和晉厲公之間也存在着尖銳的矛盾，所

以厲公的寵臣長魚矯後來對厲公說，"不殺二子（欒書、中行偃），憂必及君"。除了欒氏外，郤氏和晉君的矛盾更為尖銳，郤氏雖非主帥，而一門"五大夫三卿"（《國語・晉語》八），力量亦不弱，同時他們和欒氏也互相敵對。士燮預知戰勝楚國不難，而戰勝之後，晉國君臣間因驕矜而爭權廝殺，比外敵更為可慮。這是因為一旦晉君取勝，就削弱眾卿的力量；而欒氏取勝，對士（范）亦不利（後來正是士燮之子士匄滅了欒氏）。文中所以一再地寫士燮的態度，正是想由此顯示晉國內部的種種矛盾。

文中對楚方情況的記載似較簡略，儘管《左傳》作者多次強調"師克在和"的道理，卻並未詳述"二卿不和"的情節，只是在戰敗之後說到子重迫使子反自殺一事，就把二人間的矛盾烘托了出來。文中着重描繪的倒是楚軍中一些人的勇猛和武藝高強。這些勇士在晉軍中似無其人，而晉軍之取勝，主要在於其"好以眾整"。這種觀點和《荀子・議兵》中強調"節制之師"強於好勇鬥狠的軍隊相一致。據說荀況是先秦《左傳》學說的傳授者，看來是有道理的。

從這段文字看來，晉之勝楚本為意料中事。但戰爭所引起的種種後果卻說明晉國雖然取勝，卻導致了後來的內亂，引起君主權力的衰落，諸卿權力的擴張，最終敗為三家分晉。至於楚國，雖然戰敗，並且使主將自殺，受了很大損失，但根本的實力似未受太大影響。所以在春秋後期晉楚爭霸中，往往是楚佔優勢。看來，士燮之反對用兵，雖有其私心，但他對事變的進程確有預見。《左傳》作者所以對他採取稱賞的態度，蓋由於此。

評析

　　這篇文章寫戰爭場面的最精采處在於楚王在"巢車"上和晉國降臣伯州犁之間一場對話。這時楚王遠望敵方活動，儘管不十分了解，但其動靜則看得很清楚。文中對晉軍的活動，都通過楚王的嘴反映出來，如"騁而左右，何也"，"皆聚於中軍矣"，"張幕矣"，"徹幕矣"，"甚囂且塵上矣"等等，一幅戰前緊張忙碌的景象突現在讀者面前。晉軍這些動作都只是用簡短的幾個字表現出來，這是因為這些都不過是楚王所見，而在臨戰之前，他不可能細說詳情。而伯州犁的回答，也僅僅是幾個字，活畫出當時楚國君臣的口吻，也反映了楚王心情的緊張，可謂傳神之筆。

　　文中寫晉軍幾個將帥的對話，也各具特色。士燮是反對動武的，但他預見到晉國君臣內部的尖銳矛盾而不便直說，因為晉君和欒書的地位均在他之上。他持反對意見，只能委婉曲折地講，"惟聖人能內外無患"，"盍釋楚以為外懼乎"等語，語氣十分緩和。但他的意見不合主帥欒書的心意，"不可以當吾世而失諸侯"一語表現出執政者的專斷口氣。欒書自然不是一個盲目的好戰者，在邲之戰時，他曾是主張知難而退的人。此次他看出了楚軍的弱點，認識到可以取勝，而戰勝的結果，自然對他的威望有很大好處。和他意見相同的還有郤至，郤至對楚軍弱點的分析，可以說是很有見地的，然而未免露才揚己，引起欒書之忌，最終招來殺身之禍。對楚軍將領的性格似着墨不多，從主帥子反命令軍吏整頓軍馬準備再戰的情節看來，亦非無能之輩。但楚軍中給人留下較深印象的似是養由基和叔山冉，儘管他們個人武勇出眾，卻無救於全軍之敗。不過，寫楚王給他兩枝箭去射死呂錡，以“一矢復命”和叔山冉“搏人以投，中車折軾”的情景還是動人的。這說明楚軍之敗，全由上層將帥失和，至於將士們則鬥志很強，這和鄢之戰中晉軍的狼狽逃奔很不一樣。

子產告范宣子輕幣

(選自《左傳‧襄公二十四年》)

范宣子為政，諸侯之幣重，[1] 鄭人病之。[2] 二月，鄭伯如晉，子產寓書於子西，[3] 以告宣子，曰："子為晉國，四鄰諸侯不聞令德，而聞重幣，僑也惑之。僑聞君子長國家者非無財賄之患，而無令名之難。[4] 夫諸侯之賄聚於公室，則諸侯貳。[5] 若吾子賴之，[6] 則晉國貳。[7] 諸侯貳，則晉國壞，晉國貳，則子之家壞。何沒沒也，將焉用賄。[8] 夫令名，德之輿也，[9] 德，國家之基也。有基無壞，無亦是務乎！有德則樂，樂則能久。《詩》云：'樂只君子，邦家之基'，[10] 有令德也夫。'上帝臨女，無貳爾心'，[11] 有令名也夫。恕思以明德，則令名載而行之，是以遠至邇安，毋寧使人謂子，子實生我，而謂子浚我以生乎。[12] 象有齒而焚其身，賄也。" 宣子說，乃輕幣。

注釋

1. 范宣子：即士匄，見前《晉楚鄢陵之戰》。幣：指進獻晉國的禮物。
2. 病之：以此為苦事。
3. 鄭伯：指鄭簡公姬嘉。子產：鄭國執政的大夫，名公孫僑。子西：鄭大夫，名公孫夏。
4. 長（zhǎng）：撫養。財賄：財物。
5. 公室：指晉國的公室。貳：懷有貳心。

6. 若吾子賴之：指如果你范宣子依賴這財物。
7. 則晉國貳：那晉國人就離心於你。
8. 沒沒：沉溺不明的樣子。焉用賄：要財物何用？
9. 輿：車子，這是說美好的名聲像車輛一樣傳播德行。
10. 《詩》：指《詩經》。"樂只"二句：見《詩經·小雅·南山有台》，意為樂於履行美德的君子，是國和家的基礎。
11. "上帝"二句：見《詩經·大雅·大明》，意為上帝在監臨着武王，不要懷有貳心。
12. 毋寧：豈不願。浚（jùn）：盤剝。這三句意謂你願意人們說你養活了我們，還是說你靠盤剝我們為生呢？

串講

　　晉楚爭霸之所以要爭奪許多小國，主要是迫使小國去朝見他們，而且在朝見時還要交上一批價值昂貴的貢品。在春秋後期，晉國的實權已落入執政的"六卿"之手，范宣子在當時就是主要的執政者，他自然免不了要從收取貢品中飽其私囊。由於晉國的這種行為使鄭國深受其害，所以子產加以剴切的批評。在子產執政時期，晉鄭的關係還不算很緊張，而且子產本人在列國君臣間也頗有聲望，所以像范宣子那樣霸國的權臣，也能考慮他的意見。

評析

　　此文相對於前面所選錄的兩篇外交辭令來說，更顯得直率、剴切，因為作為霸主向小國要求高額的貢品，顯然不得人心。子產是春秋時代傑出的政治家，他這段話說理透闢，切中情理，所以范宣子不能不虛心接受。在春秋時代，小國的大夫對大國的執政者一般都顯得很謙恭，而子產這番話卻不是這樣。這是因為他明知此文所說的道理本來無可反駁，同時他也明知這時晉國的霸權已趨衰落，諸侯中有些國家在叛晉即楚，所以晉國亦不敢過於蠻橫。但文中措辭還是掌握了分寸的，有些譬喻亦富有哲理，如"象有齒而焚其身"一語，後來成了文人們經常引用的典故。

宋衛陳鄭火

（選自《左傳・昭公十八年》）

　　夏五月，火始昏見。[1]丙子，風。梓慎曰[2]："是謂融風，火之始也，七日其火作乎！"[3]戊寅，風甚。壬午，大甚，宋、衛、陳、鄭皆火。梓慎登大庭之庫以望之，[4]曰："宋、衛、陳、鄭也。"數日，皆來告火。裨竈曰："不用吾言，鄭又將火。"[5]鄭人請用之，子產不可。子大叔曰[6]："寶以保民也，若有火，國幾亡。可以救亡，子何愛焉？"子產曰："天道遠，人道邇，非所及也，何以知之？竈焉知天道？[7]是亦多言矣，豈不或信？"[8]遂不與，亦不復火。鄭之未災也，里析告子產，[9]曰："將有大祥，民震動，國幾亡。吾身泯焉，弗良及也。[10]國遷，其可乎？"[11]子產曰："雖可，吾不足以定遷矣。"[12]及火，里析死矣，未葬。子產使輿三十人遷其柩。[13]火作，子產辭晉公子公孫於東門。[14]使司寇出新客，禁舊客勿出於宮。[15]使子寬、子上巡群屏攝，[16]

左丘明

至於大宮。¹⁷使公孫登徙大龜，¹⁸使祝史徙主祏於周廟，¹⁹告於先君。使府人、庫人各儆其事。²⁰商成公儆司宮，²¹出舊宮人，寘諸火所不及。²²司馬、司寇列居火道，行火所焫。²³城下之人伍列登城。²⁴明日，使野司寇各保其徵。²⁵郊人助祝史除於國北，²⁶禳火於玄冥、回祿，²⁷祈於四鄘。²⁸書焚室而寬其徵，與之材。²⁹三日哭，國不市，³⁰使行人告於諸侯。宋、衛皆如是。陳不救火，許不弔災，君子是以知陳許之先亡也。

注釋

1. 火：星名，大火星即心宿。昏見：黃昏時出現。
2. 梓慎：魯大夫。
3. 融風：東北風。古人以東北為"木之始"，木為火之祖。火作：火災發生。
4. 大庭：古帝王之名，有人以為即炎帝神農氏。"大庭之庫"在魯都（今曲阜）中。
5. 裨竈：人名，鄭人。《左傳》載，上一年他曾對子產預言將有火災，若用玉器祭祀禳災，鄭國可不受災，子產不答應。
6. 子大叔：鄭大夫游吉。
7. 焉知天道：哪裡知道天道。
8. "是亦"二句：意謂"他說的很多，豈不會有說對的例子。"
9. 里析：鄭大夫。
10. 大祥：大災變。"吾身"二句：意謂"我將死去，不會見到此事"。
11. 國遷：遷都。
12. "吾不"句：意謂我不能決定遷都之事。其實他認為即使遷都亦難免災。

13. 輿：職位低賤的吏卒。

14. 晉公子公孫：這些人物大約是新從晉國來聘，因有火災，故辭其勿來。一說他們本在鄭國，是舊客，但晉為盟主，不便禁其出宮，故辭之。東門：指鄭都（今河南新鄭）的東門。

15. 司寇：官名，職掌國家禁令。"出新客"是請新來的客人離開，"禁舊客勿出於宮"是由於他們熟知鄭國之情，故禁止他們離開館舍。

16. 子寬、子上：皆鄭大夫。屏攝：指祭祀之位。"巡群屏攝"即巡察各祀廟等地，勿使被火波及。

17. 大宮：鄭國的祖廟。

18. 公孫登：鄭國掌管占卜的大夫。徙大龜：古人用龜占卜，恐毀於火，所以搬徙。

19. 祏（shí）：藏祖先神主的石函。周廟：周厲王廟。鄭祖為桓公友，屬王少子，故鄭有厲王廟。把祖先神主合藏於厲王廟，以便救護。

20. 府人、庫人：掌管府庫之官。做其事：指備火，以免財物受損。

21. 商成公：鄭大夫。司宮：掌管宮中之事的內臣。

22. 舊宮人：前代君主的宮女。真：同"置"。

23. 列居火道：駐於火所燒到的地方。焮（xìn）：燒灼。

24. "城下"句：指司馬和司寇組織城下的人列成隊伍登城以備非常。

25. 野司寇：掌管郊野獄訟的官。這句說使"野司寇"督察已聚集起來的人眾，勿使散去。

26. "郊人"句：指命令郊野的人幫助"祝史"（主管祭神之事的人）在國都以北建立壇場。

27. 禳火：求神祐以祛除火災。玄冥：水神。回祿：火神。

28. 鄘（yōng）：城牆。指在城上的四面祈禱神祐。

29. "書焚室"二句：指記下被火所焚人家之名，寬免其賦稅，給他們建材重建居室。

30. 不市：不開集市以示憂戚。

串講

"宋衛陳鄭災"是春秋時代發生的一場大火災。在這次火災中，鄭國的子產組織官員和百姓救火，一切都安排得井井有序。據《左傳》記載，當時宋、衛諸國採取的措施也和鄭國相似，不過文中專寫鄭國，可能因為鄭國組織得最為得力，同時子產又是傑出的政治家，所以着重來寫他。從文中看來，子產確是一個有識見的人，他拒絕了裨竈的建議，認為"天道遠，人道邇"，結果"亦不復火"。在當時，他確具卓識。

評析

《左傳》中寫救火的場面深受歷來論者的推崇。如唐劉知幾《史通·雜說》上論到《左傳》敘事之長時，曾舉此為例，認為："論備火則區分在目，修飾峻整"。確實，當時大火延燒好幾個諸侯國，火勢甚烈，在這種慌亂的情況下，子產能有條不紊地安排各種人去執行防火任務，指揮若定，顯出一位傑出人物的風度。這篇文章也寫得條理清楚，文字簡潔有力，使人感受到當時鄭國人在面臨大災時的從容應付、毫不慌亂的情景。這種敘事手法自成一格，看來平鋪直敘，毫無誇飾，但突出了人們不畏自然災害的勇氣，自是記敘文中的名篇。

晉欒盈之難

（選自《左傳·襄公二十三年》）

晉將嫁女於吳，[1] 齊侯使析歸父媵之，[2] 以藩載欒盈及其士，納諸曲沃。[3] 欒盈夜見胥午而告之，[4] 對曰：“不可，天之所廢，誰能興之，子必不免。吾非愛死也，知不集也。”[5] 盈曰：“雖然，因子而死，吾無悔矣。我實不天，子無咎焉。”[6] 許諾，伏之而觴曲沃人，樂作，午言，曰：“今也得欒孺子，何如？”[7] 對曰：“得主而為之死，猶不死也。”皆歎，有泣者。爵行，[8] 又言，皆曰：“得主，何貳之有？”盈出，徧拜之。[9] 四月，欒盈帥曲沃之甲，因魏獻子，[10] 以晝入絳。[11] 初，欒盈佐魏莊子於下軍，獻子私焉，故因之。[12] 趙氏以原、屏之難怨欒氏，[13] 韓、趙方睦，中行氏以伐秦之役怨欒氏，[14] 而固與范氏和親。[15] 知悼子少而聽於中行氏，[16] 程鄭嬖於公。[17] 唯魏氏及七輿大夫與之。[18] 樂王鮒侍坐於范宣子，[19] 或告曰：“欒氏至矣！”宣子懼，桓子曰[20]：“奉君以走固宮，[21] 必無害也。且欒氏多怨，子為政，欒氏自外，子在位，其利多矣。既有利權，又執民柄，將何懼焉。欒氏所得，其唯魏氏乎，而可強取也。[22] 夫克亂在權，[23] 子無解矣！”[24] 公有姻喪，王鮒使宣子墨縗冒絰，[25] 二婦人輦以如公，[26] 奉公以如固宮。范鞅逆魏舒，[27] 則成列既乘，將逆欒氏矣。趨進曰：“欒氏帥賊以入，鞅之父與二三子在

楊伯俊著《春秋左傳注》

君所矣，使鞅逆吾子，鞅請驂乘！"[28]持帶，遂超乘，[29]右撫劍，左援帶，命驅之出。僕請，鞅曰："之公！"[30]宣子逆諸階，執其手，賂之以曲沃。

初，斐豹，隸也，著於丹書。[31]欒氏之力臣曰督戎，國人懼之。斐豹謂宣子曰："苟焚丹書，[32]我殺督戎。"宣子喜曰："而殺之，[33]所不請於君焚丹書者，有如日！"乃出豹而閉之，督戎從之，踰隱而待之。[34]督戎踰入，豹自後擊而殺之。范氏之徒在台後，欒氏乘公門，[35]宣子謂鞅曰："矢及君屋，死之。"鞅用劍以帥卒。欒氏退，攝車從之，[36]遇欒樂，曰："樂免之，死，將訟女於天。"[37]樂射之，不中，又注，則乘槐本而覆，[38]或以戟鉤之，斷肘而死。[39]欒魴傷，[40]欒盈奔曲沃，晉人圍之。

注釋

1. 晉：指晉平公姬彪。吳：指吳王姬諸樊。

2. 齊侯：指齊莊公姜光。析歸父：齊大夫。媵（yìng）：古代諸侯之女出嫁時陪嫁的人。當時甲國嫁女，乙國亦有送陪嫁者之例。

3. 藩：有遮蔽的車子。欒盈：本晉卿，因爭權逃奔楚又去齊。曲沃：晉地名，今屬山西。

4. 胥午：欒盈的舊相識，當時是守曲沃的大夫。

5. 愛死：惜死，怕死。集：成功。

6. 因：憑藉。不天：不得天助。這句說失敗是我不得天助，你不必引為過失。

7. 欒孺子：指欒盈。

8. 爵：古代飲酒之器，三足。爵行：指開始遞杯飲酒之時。

9. 徧拜之：指欒盈拜謝眾人對他的思念。

10. 魏獻子：指魏荼，晉大夫，後為卿，獻子是謚號。

11. 晝：白天。絳：當時晉都，故地今屬山西。

12. 魏莊子：指魏絳，獻子父。私：相親近。

13. 原：指趙同。屏：指趙括。魯成公八年，晉殺趙同、趙括。當時欒、郤二家曾證成其罪狀。

14. 韓、趙方睦：韓獻子厥在晉殺趙同、趙括時同情趙氏，後趙武（文子）復立，韓厥有功。至韓厥子起（宣子），亦與趙氏相好。中行氏：即荀氏。魯襄公十四年，晉率諸侯伐秦，欒盈父欒黶不服主帥中行偃指揮，故怨欒氏。

15. 范氏：指范宣子士匄。

16. 知悼子：即知罃子知盈，當時年僅十七。知氏之祖荀首是中行氏祖先荀林父之弟。

17. 程鄭：晉大夫。

18. 七輿大夫：官名。位至侯伯的諸侯，有副車七乘，掌其事者即"七輿大夫"。與之：支持欒盈。

19. 樂王鮒（fù）：晉大夫。

20. 桓子：樂王鮒的謚號。

21. 固宮：有台觀及守備之宮。

22. 可強取也：用威力強使他歸向自己。

23. 權：權謀。

24. 解：古"懈"字。

25. 墨縗（cuī）：黑色的粗麻布條，古人服喪時披於胸前。冒絰（dié）：服喪的人用麻帶蒙着頭叫"冒絰"，范宣子這樣做是不使人察覺。

26. 輦以如公：用人力拉的車。如公：到君主所處的地方。

27. 范鞅：范宣子士匄之子。

28. 驂乘：乘車時居車右，即陪乘。

29. 超乘：跳上魏獻子的車。

30. 之公：到晉君和眾卿那裡。

31. 丹書：古人把犯罪沒為官奴的，用紅漆或顏料寫在簡牘上。

32. 焚丹書：即燒燬文書，免除其奴隸身份。

33. 而：你。

34. 隱：短牆。踰隱：越過短牆。

35. 乘公門：登上晉君所在的宮門。

36. 攝：整頓。

37. "樂免之"三句：意謂"你欒樂休狂，我死且不赦你！"

38. 注：搭箭。槐本：槐樹根。覆：指欒樂的車翻倒。

39. 以戟鈎之：用戟向下的枝擊他。

40. 欒魴：欒樂、欒魴皆欒盈族人，為其屬將。

串講

　　晉國的卿大夫間爭權而互相殘殺的事件很多。前此有先氏之被滅和欒、郤之譖殺趙同、趙括，稍後又有屬公殺郤氏。這次則為欒、范之爭。此時范宣子是晉國執政的正卿，又得到韓、趙、中行和知氏的支持，自然有利得多。至於欒盈其人，據《國語·晉語》載叔向的話說，欒氏之禍起源於欒盈之父欒黶的驕奢和貪暴，到欒盈時，他已經"改桓（黶）之行，而修武（欒書）之德”，然而他的政敵自然不會因此放過他。從此文看來，欒盈也是頗得其部下之心，願意為他拚命的。這種爭權而互相殘殺，本來沒有甚麼是非可言，范宣子只是由於執政，又能利用欒氏和其他諸卿間的矛盾，才取得了勝利。然而他雖一時得勢，到他孫子手裡，亦為趙氏所滅。在這些鬥爭中，晉君幾乎起不到多少作用，這說明三家分晉之事，並非一朝形成的。

評析

　　此文作為記事之史，主要目的是在寫出當時晉國各卿大夫的力量及向背，使人對范氏取勝，欒氏失敗的原因及其歷史意義有一個清楚的了解。因此對鬥爭雙方的主要人物——范宣子和欒盈都沒有作太多描寫。其中給人以深刻印象的倒是胥午宴請欒盈的徒眾，兩次提到“欒孺子”，眾人有的感歎，願為他而死，有的甚至哭了出來，正在這時，欒盈出現在眾人面前。這個情節可能是史實，但寫得十分生動傳神，頗有小說的意味。文中寫范鞅強使魏舒倒戈的一段，尤見精神。本來欒盈入絳是由魏氏之助，而且魏舒已整頓部下，準備助欒盈作戰，但范鞅毫無懼色，從容地告知魏舒，說范宣子和諸卿都已聚集，不由分說，跳上魏舒的戰車，強使投向范宣子一邊。范鞅的果敢和范宣子的裝出謙恭之態，又動之以利，終於瓦解了欒魏的聯合。反觀欒氏，則僅憑匹夫之勇，以致督戎被斐豹刺死；欒樂射范鞅不中，車覆而死於對方的戟下。此文所花筆墨不算多，但概括大勢極為清楚，中間又多生動的細節描寫，自是一篇成功的史傳文學作品。

楚囚鄭皇頡

(選自《左傳·襄公二十六年》)

　　楚子、秦人侵吳，及雩婁，[1] 聞吳有備而還，遂侵鄭。五月，至于城麇，[2] 鄭皇頡戍之，[3] 出與楚師戰，敗。穿封戌囚皇頡，[4] 王子圍與之爭之，[5] 正於伯州犁。伯州犁曰：“請問於囚”，乃立囚。伯州犁曰：“所爭，君子也，其何不知？”上其手曰：“夫子為王子圍，寡君之貴介弟也。”下其手曰：“此子為穿封戌，方城外之縣尹也。誰獲子？”囚曰：“頡遇王子，弱焉。”[6] 戌怒，抽戈逐王子圍，弗及。楚人以皇頡歸。

注釋

1. 楚子：指楚康王芈昭。雩（yú）婁：地名，在今河南商城東。
2. 城麇（jūn）：地名，屬鄭。
3. 皇頡：鄭大夫。
4. 穿封戌：楚方城外的縣尹。
5. 王子圍：楚共王子，康王弟，後為楚靈王。
6. 弱：戰敗。

串講

　　這次楚、秦侵鄭，本非有準備的大舉，只是伐吳未果，順便攻取鄭國一個小邑，俘獲了鄭大夫皇頡。這本非甚麼煊赫戰功，而王子圍和穿封戌竟為此爭了起來，以致穿封戌“抽戈逐王子圍"，可見雙方對這小小的功勞還很重視。但文章的重點，似在突出伯州犂的善於諂媚，討好王子圍的行為，穿封戌之狂怒正由於此。

評析

這篇文章的長處正在用短短百餘字的篇幅刻劃出伯州犂其人的狡猾，他明明是要討好王子圍，卻不直說，但上下其手，又以"寡君之貴介弟"和"方城外之縣尹"來顯示二人身份，明明是暗示皇頡，叫他說被王子圍所俘。因此後來的人往往用"上下其手"作為舞弊的代名詞。

申包胥乞援於秦

(選自《左傳・定公四年》)

　　初，伍員與申包胥友，¹其亡也，²謂申包胥曰："我
必復楚國。"³申包胥曰："勉之，子能復之，我必能興
之。"及昭王在隨，⁴申包胥如秦乞師。曰："吳為封豕
長蛇，以薦食上國，⁵虐始於楚。寡君失守社稷，越在草
莽，⁶使下臣告急。"曰：'夷德無厭，⁷若鄰於君，⁸疆
場之患也。逮吳之未定，君其取分焉。⁹若楚之遂亡，君
之土也。若以君靈撫之，¹⁰世以事君。'"秦伯使辭焉，
曰："寡人聞命矣。子姑就館，將圖而告。"¹¹對曰："寡
君越在草莽，未獲所伏，下臣何敢即安？"¹²立依於庭牆
而哭，日夜不絕聲，勺飲不入口七日。秦哀公為之賦《無
衣》，¹³九頓首而坐。¹⁴秦師乃出。

注釋

1. 伍員（yún）：即伍子胥，本楚人，因楚平王殺其父兄，奔吳，輔吳
　　王闔廬破楚。申包胥：楚大夫。
2. 其亡也：指伍員逃亡至吳。
3. 復：報復，報殺其父兄之仇。
4. 昭王：指楚昭王羋壬。吳伐楚，入郢，楚昭王逃亡至隨。
5. 封豕：大豬。"封豕長蛇"是說吳之貪虐。薦：屢次。
6. 越：遠離。這句指楚王遠離國都，逃亡於草野。
7. 夷：蠻夷，指吳。

8. 若鄰於君：指楚亡後吳會與秦
　接境。

9. 取分：指與吳共分楚地。

10. 靈：福祐。撫之：安撫楚國。

11. 將圖而告：將思考後告訴你。

12. 未獲所伏：指沒有得到安定處
　所。

13. 《無衣》：《詩經·秦風》篇
　名。"賦《無衣》"當為背誦
　此詩，清初王夫之以為此詩
　是秦哀公作。

14. 頓首：以頭叩地。據杜預說，

申包胥

《無衣》凡分三章，秦哀公每誦一章，申包胥三頓首，故云"九頓
首"。

串講

　　春秋中期以後，秦楚長期聯合反晉，所以申包胥在楚被吳
佔領時不得不求救於秦。秦當然願意救楚，但秦當時力量還不
算強，哀公對此自不得不有所顧慮。此文寫申包胥急於求秦出
兵的心情，哀感動人，終於使秦出兵，幫助楚敗吳復國。

評析

　　"申包胥哭秦庭"是史上著名的故事之一，後來的文人往往
引為典故。文中寫申包胥"立依於庭牆而哭，日夜不絕聲，勺
飲不入口七日"，充分體現了他的愛國之心，正因為如此，其
事蹟打動了無數讀者，成為家喻戶曉的故事。

公羊傳

趙盾弒君

（選自《公羊傳・宣公六年》）

　　“六年春，晉趙盾、衛孫免侵陳”。[1]“趙盾弒君”，此其復見何？[2]親弒君者趙穿也。親弒君者趙穿，則曷為加之趙盾？不討賊也。何以謂之不討賊？晉史書賊曰：“晉趙盾弒其君夷獋。”[3]趙盾曰：“天乎，無辜！吾不弒君，誰謂吾弒君者乎？”史曰：“爾為仁為義，人弒爾君，而復國不討賊，[4]此非弒君如何？”趙盾之復國奈何？靈公為無道，使諸大夫皆內朝，[5]然後處乎台上，引彈而彈之。己趨而辟丸，[6]是樂而已矣。趙盾已朝而出，與諸大夫立於朝，有人荷畚自閨而出者。[7]趙盾曰：“彼何也？夫畚曷為出乎閨？”呼之不至，曰：“子大夫也欲視之，則就而視之。”趙盾就而視之，則赫然死人也。趙盾曰：“是何也？”曰：“膳宰也。[8]熊蹯不熟，[9]公怒，以斗摮而殺之，[10]支解，將使我棄之。”趙盾曰：“嘻！”趨而入，靈公望見趙盾，愬而再拜。[11]趙盾逡巡，[12]北面再拜稽首，趨而出。靈公心怍焉，[13]欲殺之。於是使勇士某者往殺之。勇士入其大門，則無人門焉者；[14]入其閨，則無人閨焉者；上其堂，則無人焉，俯而闚其戶，方食魚飧。[15]勇士曰：“嘻！子誠仁人也。吾入子之大門，則無人焉；入子之閨，則無人焉；上子之堂，則無人焉，是子之易也。子為晉國重卿，而食魚飧，是子之儉也。[16]君將使我殺子，吾不忍殺子也。雖然，吾亦不可復見吾君矣。"遂刎頸而死。靈公聞之怒，滋欲殺之甚。[17]眾莫可使往者，於是伏甲於宮中，召趙盾而食之。趙盾之車右祁彌明者，國之力士也，仡然從乎趙盾而入，[18]放乎堂下而立。[19]趙盾已食，靈公謂盾曰："吾聞子之劍蓋利劍也，子以示我，吾將觀焉。"趙盾起，將進劍，祁彌明自下呼之，曰："盾！食飽則出，何故拔劍於君所？"趙盾知之，躇階而走。[20]靈公有周狗，謂之獒，呼獒而屬之，[21]獒亦躇階而從之。祁彌明逆而踆之，[22]絕其領。[23]趙盾顧曰："君之獒不若臣之獒也！"然，而宮中甲鼓而起。[24]有起於甲中者抱趙盾而乘之。趙盾顧曰："吾何以得此於子？"曰："子某時所食活我於暴桑下者也。[25]趙盾曰："子名為誰？"曰："吾君孰為介，子之乘矣，[26]何問吾名。"趙盾驅而出，眾無留之者。趙穿緣民眾不說，起弒靈公，然後迎趙盾而入，與之立於朝，而立成公黑臀。

注釋

1. 趙盾：晉卿，已見前。孫免：衛大夫。這三句是《春秋》原文。
2. "趙盾弒君"：此事在宣公二年，《左傳》、《穀梁傳》同，此事重見疑涉及趙盾而追敘。
3. 夷獋：晉靈公名，《左傳》作"夷皋"。
4. "爾為仁為義"：意為你口頭上講"仁義"。復國：逃亡出國後回國。討賊：討伐兇手。

5. 內朝：到宮中去朝見他。

6. 己：據何漢休注，"己"指諸大夫。趨：快走。辟丸："辟"同"避"，避開彈丸。

7. 畚（běn）：用草繩編製的盛物器具。閨：內室的門。

8. 膳宰：管君主膳食的人。

9. 熊蹯（fán）：熊掌。

10. 斗：古人酌酒的用具，有柄。擊（áo）：打擊。

11. 愬：驚恐的樣子。

12. 逡巡：徘徊猶豫的樣子。

13. 怍（zuò）：慚愧。

14. 無人門焉者：沒有人看守大門。下"無人閨焉"同。

15. 魚飧（sūn）：魚做的熟食。

16. 易：簡省。儉：儉樸。按：晉國執政之卿無門衛、吃魚都說明其生活平易而不鋪張。

17. 滋：更。

18. 仡（yì）然：勇壯的樣子。

19. 放乎：依傍着。

20. 躇（chuò）：越級而急走。

21. 屬之：同"囑之"，即喚獒去撲咬趙盾。

22. 逆：迎上去。踆（cún）：踢。

23. 絕其頷：踢斷它的下巴。

24. "然而"句：黃侃批本作"然，而宮中甲鼓而起"，意謂這時宮中伏兵擊鼓殺出。

25. 暴桑：何休注以為是"蒲蘇桑"，似費解，疑"蒲蘇"為"婆娑"之同音假借。《左傳·宣公二年》作"翳桑"，杜預注："翳桑，桑之多翳蔭者"。婆娑則多蔭。一說為地名，可並存。

26. 吾君孰為介：意為君主為誰而設甲士，豈非為趙盾。子之乘矣：你快上車。

串講

　　"趙盾弒君"這事在"《春秋》三傳"中都有記載,不過詳略不同,《公羊傳》載晉靈公用獒來撲咬趙盾的情節較詳,《左傳》則記趙盾救靈輒事(靈輒之名不見《公羊傳》)較多。大抵二書作者所記,皆出傳聞,在細節上難免有所出入。從總的傾向來說,"三傳"的作者顯然都同情趙盾而否定靈公,因為靈公這種暴君自然要引起人們憎恨。不過,說"趙盾弒君"這大約也是事實。因為趙盾出亡之時正是趙穿殺靈公之時,趙穿又是趙盾的堂兄弟,兩人很可能有密謀,所以靈公被殺,趙盾尚未出國境就返回。在今天看來,殺一個暴君本未可厚非,但說趙盾不預知此事,恐非事實。

評析

　　《公羊傳》寫晉靈公的暴虐無道及其想謀害趙盾的種種情節頗為生動逼真。如寫靈公殺了"膳宰",叫人去棄屍,被趙盾發現,"就而視之,則赫然死人也"二語,突現出趙盾當時吃驚的心情。寫靈公用獒犬去害趙盾時,趙盾匆忙奔逃,後面獒追來,幸虧有祁彌明把獒踢死。這個情節頗為驚險。至於趙盾在逃走時回頭對靈公說:"君之獒不若臣之獒也",恐出於作者想像,因為在這樣的險境中,趙盾未必有閒功夫去譏笑靈公。寫趙盾得靈輒之救逃出宮中的情節亦極逼真,"吾君孰為介,子之乘矣",九字顯出一種倉促急遽的神情,給人以深刻印象。

穀梁傳

齊晉鞌之戰

（選自《穀梁傳·成公元年至二年》）

　　冬十月，季孫行父禿，晉郤克眇，衛孫良夫跛，曹公子手僂，[1]同時而聘於齊，齊使禿者御禿者，使眇者御眇者，使跛者御跛者，使僂者御僂者，蕭同姪子處台上而笑之，[2]聞於客。客不說而去，相與立胥閭而語，[3]移日不解。[4]齊人有知之者，曰："齊之患必自此始矣。"

　　二年春，齊侯伐我北鄙。[5]夏四月丙戌，衛孫良夫帥師及齊師戰於新築，[6]衛師敗績。六月癸酉，季孫行父、臧孫許、叔孫僑如、公孫嬰齊帥師會晉郤克、衛孫良夫、曹公子手及齊侯戰於鞌，齊師敗績。[7]其日，或曰："日其戰也"；或曰："日其悉也"。[8]曹無大夫，其日公子何也，以吾之四大夫在焉，舉其貴者也。

　　秋七月，齊侯使國佐如師。[9]己酉，及國佐盟於爰婁。[10]鞌去國五百里，爰婁去國五十里，[11]壹戰綿地五百里，[12]楚

敦煌寫本《穀梁傳》

雍門之荼，13侵車東至海。14君子聞之曰：“夫甚甚之辭焉，15齊有以取之也。”齊之有認取之何也？敗衛師於新築，侵我北鄙，敖郤獻子：齊有認取之也。爰妻在師之外。郤克曰：“反魯衛之侵地，以紀侯之甗來，16以蕭同姪子之母為質，使耕者皆東其畝，17然後與子盟。”國佐曰：“反魯衛之侵地，以紀侯之甗來，則諾。以蕭同姪子之母為質，則是齊侯之母也。齊侯之母猶晉君之母也。晉君之母猶齊侯之母也。使耕者盡東其畝，則是終土齊也，18不可，請壹戰。壹戰不克，請再，再不克，請三，三不克，請四，四不克，請五，五不克，舉國而授！”19於是而與之盟。

注釋

1. 季孫行父：魯國執政之卿，即季文子。郤克：晉卿。眇：瞎一隻眼。孫良夫：衛大夫。曹公子手：“手”，《左傳》作“首”。僂：曲背。

2. 蕭同姪子：齊頃公之母，“蕭”為國名，“同”為姓，“姪子”是字。

3. 胥閭：門名。

4. 移日不解：太陽移動之後，還未散去，形容時間之久。

5. 齊侯：指齊頃公姜無野。北鄙：北部邊界。

6. 新築：地名，屬衛。

7. 臧孫許、叔孫僑如、公孫嬰齊：皆魯大夫。革：地名，屬齊。

8. “其日”三句：這幾句是解釋《春秋》為甚麼記作戰的日子，一說是為了記戰事，一說是為了記魯國四個大夫都參戰。

9. 國佐：齊大夫。

10. 爰婁：地名，屬齊。

11. “筈去”二句：說明自筈一戰後，晉軍長驅直入，自離都城五百里處，推進到僅五十里的地方。

12. 縣：瀰漫。此句說一戰涉及五百里之地。

13. 雍門：齊都臨淄的城門。茨：指覆蓋城門樓的蘆葦或茅草。

14. 侵車東至海：言晉軍軍車一直打到海邊，齊國幾乎均遭攻擊。

15. “夫甚甚”句：這是甚之又甚的言辭。

16. 紀侯：紀國名，為齊所滅。甗（yǎn）：古代炊飪之器，當為青銅器。

17. 皆東其畝：指田畝都改成東西走向。因晉在齊西，東西向便於晉軍兵車通行。

18. 終土齊也：是說晉國完全佔領齊的土地。

19. 舉國而授：指把全國交給對方。

串講

　　齊晉二國都曾稱霸中原，後來由於晉國的實力更強，遂使齊國服從了晉國。但到晉楚邲之戰以後，晉國內部諸卿爭權，霸業漸衰，齊國就想擺脫晉國的羈絆，其侵魯、衛、曹等國，正是想擴張勢力，與晉分庭抗禮。齊君之母登台嘲笑來客，並非偶然的失禮，而是反映了齊國對晉的輕視。然而齊國的實力，究竟不是晉國及其盟國的對手，這次戰爭終於使它遭到了慘敗，以致齊國全境幾乎都遭到攻擊。在這種情況下，晉方所提的議和條件當然很苛刻。據《左傳》載，國佐出使前，齊君甚至認為“不可，則聽客之所為”，然而面對戰勝者，國佐並不屈服，他認為以齊侯之母做人質未免過甚；違反田畝的自然走向，只顧晉軍行進的方便，這等於吞併齊國。國佐據理力爭，不惜最後一戰，使晉國不能再強求，終於達成和議。

評析

　　此文敘戰爭的起因是由於齊君之母嘲笑了晉、魯、衛、曹的使者，這未免過於誇大。其實從《春秋》和"三傳"的記載來看，齊、晉此戰有其必然的因素，不過文中說到"齊使禿者御禿者"等語，則頗風趣，讀之令人解頤。關於此戰的情景，《穀梁傳》未作仔細描寫，較之《左傳》寫晉韓厥追擊齊頃公，幾乎把他俘獲的寫法，自然要簡略。但說到"峯去國五百里"等語，顯示了齊國幾乎全境遭兵，正因為是全面潰敗，所以才會有這許多苛刻的條件。最後記國佐說："壹戰不克，請再，再不克，請三，三不克，請四，四不克，請五，五不克，舉國而授！"這些話看似囉嗦，較之《左傳》所載"請收合餘燼，背城借一"等語更為直露，但可能更接近國佐的原話。讀起來使人想到他作為一個戰敗國的使者悲憤填膺的心情，實為《穀梁傳》中的名篇。

國語

邵公諫厲王止謗

（選自《國語·周語上》）

厲王虐，[1]國人謗王。邵公告曰：[2]"民不堪命矣！"[3]王怒，得衛巫，使監謗者，以告，則殺之。國人莫敢言，道路以目。[4]王喜，告邵公曰："吾能弭謗矣，[5]乃不敢言。"邵公曰："是障之也。防民之口，甚於防川。川壅而潰，傷人必多，民亦如之。是故為川者決之使導，為民者宣之使言。故天子聽政，使公卿至於列士獻詩，瞽獻曲，[6]史獻書，[7]師箴，[8]瞍賦，[9]矇誦，[10]百工諫，庶人傳語，近臣盡規，親戚補察，瞽、史教誨，耆、艾修之，[11]而後王斟酌焉，是以事行而不悖。民之有口，猶土之有山川也，財用於是乎出；猶其有原隰衍沃也，[12]衣食於是乎生。口之宣言也，善敗於是乎興，行善而備敗，其所以阜財用衣食者也。夫民慮之於心而宣之於口，成而行之，胡可壅也？若壅其口，其與能幾何？"[13]王不聽，於是國莫敢言，三年，乃流王於彘。[14]

徐元誥著《國語集解》

注釋

1. 厲王：西周後期君主，姓姬，名胡。

2. 邵公：名虎，周朝卿士。

3. 民不堪命矣：指民眾受不了厲王的虐政。

4. 道路以目：指人們在路上相遇，只以眼示意，不敢交談。

5. 弭（mǐ）謗：停止人們的毀謗。

6. 瞽（gǔ）：盲人，古代往往以盲人為樂師。曲：樂曲。

7. 史：指外史，掌三皇、五帝之書。

8. 師：少師。箴（zhēn）：勸告，指勸諫王的過失。

9. 瞍（sǒu）：有目無珠的人。賦：背誦列士所獻的詩。

10. 矇（méng）：有眼珠而看不見的盲人。誦：諷誦箴諫之語。

11. 耆艾：高年長老，指君主的師、傅。

12. 原：廣而平的地方。隰（xí）：低濕的地方。衍：低而平的地方。
    沃：有水流可灌的地方。

13. 與：語助辭。能幾何：能維持多久？

14. 彘：地名，屬晉，故地在今山西霍縣。

串講

  像周厲王這樣剛愎的君主，要說服他很難，文中邵公的話說理可謂透闢。首先他指出了“防民之口，甚於防川”的道理。然後列舉前代賢明的君主通過各種渠道，聽取民眾的意見，以補救缺失的成規，給厲王作榜樣。最後他又把土地山川作比喻，說明了聽取庶民百姓的輿論對施政十分有益的道理。說理儘管透闢，但厲王還是聽不進去，最終只能被流放於彘。

評析

　　"防民之口，甚於防川"，這個道理，早在先秦時代已為許多有識見的政治家所熟知。但是歷代的統治者總是不顧民眾的意願，肆無忌憚地壓迫和剝削百姓，最後激起百姓的反抗，使他們的統治遭到滅頂之災。周厲王就是較早的一個例子。文中邵公對這個問題的論述頗為深刻，他把老百姓的議論，比之於"土之有山川也"。民眾的輿論正是執政者鑒觀成敗得失的依據，執政者只能從中汲取營養，改進工作而不能禁止，這是古代文獻中寶貴的民主性精華。

晉優施教驪姬譖太子申生

（選自《國語・晉語一》）

優施教驪姬夜半而泣謂公曰[1]："吾聞申生甚好仁而彊，[2]甚寬惠而慈於民，皆有所行之。今謂君惑於我，必亂國，無乃以國故而行彊於君。[3]君未終命而不歿，[4]君其若之何？盍殺我，無以一妾亂百姓。"公曰："夫豈惠其民而不惠於其父乎？"驪姬曰："妾亦懼矣。吾聞之外人之言曰：為仁與為國不同。為仁者，愛親之謂仁；為國者，利國之謂仁。故長民者無親，眾以為親。[5]苟利眾而百姓和，豈能憚君？[6]以眾故不敢愛親眾況厚之，[7]彼將惡始而美終，以晚蓋者也。[8]凡民利是生，殺君而厚利眾，眾孰沮之？[9]殺親無惡於人，人孰去之？苟交利而得寵，志行而眾悅，[10]慾其甚矣，孰不惑焉？[11]雖欲愛君，惑不釋也。今夫以君為紂，[12]若紂有良子，而先喪紂，無章其惡而厚其敗。[13]鈞之死也，[14]無必假手於武王，[15]而其世不廢，祀至於今，[16]吾豈知紂之善否哉？君欲勿恤，[17]其可乎？若大難至而恤之，其何及矣！"公懼曰："若何而可？"驪姬曰："君盍老而授之政。[18]彼得政而行其欲，得其所索，乃其釋君。[19]且君其圖之，自桓叔以來，[20]孰能愛親？唯無親，故能兼翼。"[21]公曰："不可與政。我以武與威，是以臨諸侯。未歿而亡政，不可謂武；有子而弗勝，不可謂威。我授之政，諸侯必絕；[22]能絕於我，必能害我。失政而害國，不可忍也。爾勿憂，吾將圖之。”

驪姬曰：“以皋落狄之朝夕苛我邊鄙，[23]使無日以牧田野，[24]君之倉廩固不實，又恐削封疆。君蓋使之伐狄，以觀其果於眾也，[25]與眾之信輯睦焉。若不勝狄，雖濟其罪，[26]可也；若勝狄，則善用眾矣，求必益廣，乃可厚圖也。且夫勝狄，諸侯驚懼，吾邊鄙不儆，倉廩盈，四鄰服，封疆信，君得其賴，[27]又知可否，其利多矣。君其圖之！”公說。是故使申生伐東山，衣之偏裻之衣，[28]佩之金玦。[29]僕人贊聞之，[30]曰：“太子殆哉！君賜之奇，奇生怪，怪生無常，無常不立。使之出征，先以觀之，故告之以離心，而示之以堅忍之權，則必惡其心而害其身矣。惡其心，必內險之；[31]害其身，必外危之。[32]危自中起，難哉！且是衣也，狂夫阻之衣也。”[33]其言曰：“盡敵而反。”雖盡敵，其若內讒何！[34]申生勝狄而反，讒言作於中。君子曰：“知微。”

注釋

1. 優施：“優”指優伶，是扮演雜戲供統治者戲弄的人。“施”是其名。據《國語·晉語》載，他與驪姬私通。驪姬：晉獻公姬妾，本驪戎女。公：指晉獻公姬佹（guǐ）諸。
2. 申生：晉獻公的世子。彊：強暴以逞志。

3. 行彊於：對君施彊暴之行，指殺害。

4. 未終命而不歿：年壽未盡而不得善終，指被殺。

5. 長民：為民之長上，指執政治民。這兩句意為治民者不重視親屬關係，而以民眾為親。

6. 憚：忌憚。這裡指豈能忌憚害君。

7. 況：更加。

8. 晚：後來。蓋：掩蓋。意謂以後來的善政掩蓋先前殺父之惡。

9. "凡民利是生"三句：大凡行為民生利之事，殺了君主而對民眾有厚利，眾人誰會阻止他？

10. 交利：俱利，指對申生及民眾皆有利。寵：榮耀。"志行"句：謂其志行而眾人悅。

11. 慾：指申生想做其事。惑：指民眾誰不受迷惑。

12. 紂：殷代最後一個君主，著名的暴君。

13. 章：同"彰"。這句意謂不使紂的惡行顯露出來而造成嚴重的敗壞。

14. 鈞之：同樣的。

15. "無必"句：指不必讓周武王來動手。

16. "而其世"二句：指殷代的世系不被廢棄，其祭祀可延續至今。

17. 恤：憂慮。

18. 老：告老。授之政：把政權交給他。

19. 索：求。乃其釋君：他才會放過您（晉獻公）。

20. 桓叔：晉獻公的祖先。西周末晉國的君主穆侯生子文侯仇及弟桓叔成師。文侯死，子昭侯立，封叔父成師於曲沃，晉大夫殺昭侯而謀立桓叔，不成，但從此晉分裂為翼和曲沃，曲沃不斷進攻翼，最後滅翼，故云。

21. "唯無親"二句：只因不念親情，故能兼並翼。翼：文侯子孫所居處，故地即今山西翼城。

22. 絕：盡。這句說諸侯之位必將喪失。

23. 皋落氏：北方少數民族赤狄的一支。其地當在晉國之東，約當今山西潞城一帶。苛：侵擾。

24. “使無日”句：指無日不受狄人侵犯，使晉人無法在田野放牧。

25. 果：果敢。指用此觀察申生是否果敢於使用民眾。

26. 濟：增加。

27. 信：清楚。賴：利。

28. 裻（dū）：衣背中縫。這句說給他穿件雙色之衣，衣背上的縫兩側顏色不同。

29. 金玦（jué）：以金製的玉佩，其形似環而有缺口。

30. 贊：人名。申生之僕。

31. 惡（è）其心：指其內心憎惡，必心中盤算着害他。

32. 害：忌恨。這句指忌恨其人則在外必危害他。

33. 狂夫：指古代從事驅鬼的“方相氏”之士。“阻”，同“詛”，詛咒。意謂穿這衣服前，必先祭和詛咒。

34. “其言”句：僕人贊把晉獻公命申生“盡敵而反”之言，比作“狂夫祭詛之言”。

串講

　　驪姬和優施設計陷害申生的事是春秋時代一個著名的政治陰謀事件，《左傳》、《史記》等書對此都有記述，而《國語》言之尤詳，在《晉語》中許多篇幅講的都是此事。晉獻公在開疆拓土方面有一定的能力，為晉國的霸業奠定了基礎，但他又是一個貪戀權勢且淫於女色的人。優施和驪姬正是利用他這個毛病進行造謠和挑撥，使他對申生產生猜忌以致最後迫使申生自殺，釀成了晉國多年的內亂。驪姬的讒害申生是逐步深入的。她第一步先用花言巧語使獻公誤以為申生真有殺父奪位之心，為了說動獻公，她引證了晉國歷史上的真實事例，更使獻公不能不信以為真。接着，她明知獻公不肯放棄權勢，偏進退位的建議，實為欲擒故縱，使獻公更猜忌申生。但申生畢竟是獻公之子，即使獻公對他有了忌恨，一時還未必肯下毒手，所以驪姬又進一步提出派申生伐東山皋落氏的計策。此計尤為險惡，因為獻公本有吞併皋落氏的野心，也想用此計來考察申生的才能。這就使申生陷於極端危險的境地，戰敗則不免被橫加罪名，戰勝又使獻公因他有善於用兵的才能而更加猜忌。事實上獻公此時早已不想立申生為繼承人，所以其群臣中已有不少人看到了申生不得立的徵兆。此文中“僕人贊”的話在《左傳》中謂出自先丹木之口，這既可能是傳聞異辭，也可能是兩人所見略同。

評析

　　這段文字極寫驪姬的狠毒。如“盍殺我，無以一妾亂百姓”一語，活畫出她恃寵進讒的嘴臉。她明知獻公決不會殺自己，故作此語，正是要打動獻公之心，使父子二人處於勢不兩立的地位。她叫獻公退位，亦為這種用心。她引證晉國桓叔和紂王的史事，在表面上看來，確似有理，但實為詭辯，申生並無此心而且也不可能有這力量。至於叫申生伐皋落氏，正是充分利用了獻公貪婪和陰狠的心理。整篇文章深刻地寫出了驪姬的陰險和毒辣，渲染了獻公之愚昧和猜忌。在語言方面也能描寫各種人物的口吻，繪聲繪色，自是史傳文學中的傑出名篇。

優施說里克

（選自《國語・晉語二》）

反自稷桑，處五年，[1] 驪姬謂公曰：“吾聞申生之謀愈深。[2] 曰，吾固告君曰得眾，[3] 眾不利，焉能勝狄。[4] 今矜狄之善，其志益廣。[5] 狐突不順，[6] 故不出。吾聞之，申生甚好信而彊，又失言於眾矣，[7] 雖欲有退，眾將責焉。言不可食，眾不可弭，是以深謀。君若不圖，難將至矣。”公曰：“吾不忘也，抑未有以致罪焉。”[8]

驪姬告優施曰：“君既許我殺太子而立奚齊矣，[9] 吾難里克，[10] 奈何？”優施曰：“吾來里克，一日而已。[11] 子為我具特羊之饗，[12] 吾以從之飲酒。我優也，言無郵。”[13] 驪姬許諾，乃具，使優施飲里克酒。中飲，優施起舞，謂里克妻曰：“主孟啗我，[14] 我茲暇豫事君。”[15] 乃歌曰：“暇豫之吾吾，[16] 不如鳥鳥。[17] 人皆集於苑，[18] 己獨集於枯。”[19] 里克笑曰：“何謂苑？何謂枯？”優施曰：“其母為夫人，[20] 其子為君，[21] 可不謂苑乎？其母既死，[22] 其子又有謗，[23] 可不謂枯乎？枯且有傷。”[24] 優施出，里克辟莫，[25] 不飧而寢。[26] 夜半，召優施曰：“曩而言戲乎？[27] 抑有所聞之乎？”曰：“然。君既許驪姬殺太子而立奚齊，謀既成矣。”[28] 里克曰：“吾秉君以殺太子，[29] 吾不忍。通復故交，[30] 吾不敢。中立其免乎？”優施曰：“免。”

　　旦而里克見丕鄭，[31] 曰：“夫史蘇之言將及矣！[32] 優施告我，君謀成矣，將立奚齊。”丕鄭曰：“子謂何？”[33] 曰：“吾對以中立。”丕鄭曰：“惜也！不如曰不信以疏之，[34] 亦固太子以攜之，[35] 多為之故，以變其志，[36] 志少疏，乃可閒也。[37] 今子曰中立，況固其謀也。[38] 彼有成矣，難以得閒。”里克曰：“往言不可及也，[39] 且人中心唯無忌之，何可敗也！[40] 子將何如？”丕鄭曰：“我無心，是故事君者，君為我心，制不在我。”[41] 里克曰：“弒君以為廉，[42] 長廉以驕心，因驕以制人家，吾不敢。[43] 抑撓志以從君，[44] 為廢人以自利也，[45] 利方以求成人，吾不能。[46] 將伏也。”[47] 明日，稱疾不朝。三旬，難乃成。[48]

注釋

1. 稷桑：皋落氏地，申生率晉軍打敗皋落氏於此，事在魯閔公二年。
　　處五年：指魯僖公四年。
2. 申生之謀：指上篇所謂申生要殺晉獻公之謀。
3. 得眾：指申生能得眾人之心。
4. “眾不利”二句：指民眾若不以申生勢為利，豈能戰勝狄人。
5. 矜狄之善：自矜勝狄之功。廣：大。
6. 狐突：晉大夫，文公重耳的外公，時為申生的御戎。
7. 又失言於眾：指申生說出了為眾人奪取政權的話。
8. 致罪：加以罪名。
9. 奚齊：驪姬所生之子。

10. 難：顧慮、擔心。里克：晉大夫。

11. "吾來"二句：意謂我能使里克來轉為己用，這很容易。"一日"，喻容易做到。

12. 特羊之饗：一隻羊為菜餚的宴席。

13. 郵：過錯。這兩句說"我只是個優人，說甚麼都不會出錯。

14. 主孟：里克之妻。啗（dàn）：給我吃。

15. 茲：此，指里克。暇豫：空閒愉快。這句說我來教里克清閒快樂地服侍君主。

16. 吾（yú）吾：疏遠不敢自親的樣子。

17. 烏烏：烏鴉。

18. 苑：繁茂的樹木。

19. 枯：枯木。

20. "其母"句：指奚齊之母驪姬為夫人。

21. 其子為君：意謂奚齊將來會繼位為君。

22. 其母既死：指申生之母齊姜已死。

23. 有謗：有人說他壞話。

24. 枯且有傷：指申生將被傷害。

25. 辟奠：撤去筵席。

26. 不飧而寢：不吃飯就睡。

27. 曩（nǎng）：剛才。

28. 謀既成矣：計謀已定。

29. "吾秉"：意謂要我奉君主之命去殺害太子。

30. 通復故交：仍和太子維持舊交。

31. 丕鄭：晉大夫。

32. 史蘇：晉大夫掌卜筮者。《國語·晉語》一載，他曾預言驪姬將製造禍亂。

33. 子謂何：你（里克）對優施怎麼說的？

34. "不如"句：意謂不如表示不信驪姬有些計謀，以便使她有所顧慮而放鬆這計謀。

35. 攜（xié）：離散。這句說又鞏固太子之地位以離散驪姬的黨羽。

36. 變其志：指改變獻公和驪姬的志意。

37. 閒：瓦解。這句說使驪姬的陰謀稍鬆懈，才可使之落空。

38. 況固其謀：更堅定了她的陰謀。

39. "往言"句：指已說出的話無法改變。

40. "且人"二句：意謂：而且人內心中並不忌憚，其陰謀怎能被擊敗。

41. "我無心"四句：意謂我沒有意志，事君者只以君主之志為自己的志意。因此不由我作主。

42. 廉：端方正直。

43. "長廉"三句：意謂以驕心去顯示自己的正直，逞其驕心去主宰別人家事，我不敢。

44. 撓：屈。這句說但要我屈志去服從君主。

45. 廢人：指廢太子申生。以自利：指從君主之意以求自利。

46. "利方"二句：意謂有利正道以成就太子，我沒有這能力。

47. 伏：隱藏。

48. 難乃成：指驪姬害申生之難終於出現。

串講

　　驪姬害太子申生之事，顯然為晉國多數臣民所反對，但在當時條件下，人們似乎並無力量去加以制止。里克和丕鄭二人都是比較正直的，在《晉語》中，早已記載他們對獻公這種行為不滿。不過，他們也不能不顧惜自身的安危，不能直諫，更無力制止。這段文字充分體現了里克的矛盾心情。優施正是看到並利用了這一點，迫使里克採取中立態度，以達到讒害申生的目的。優施的手段是先用暗示，看里克的態度，所以先不明說，而是用唱歌方式來打動里克，這一着果然有效，引起了里克的追問。優施的回答已很顯然，明指獻公將廢申生而立奚齊。這對里克來說是一大難題，助獻公以殺申生，自然不合道義，不能做；制止獻公這個企圖，他又不敢，最後只能選擇了中立的態度。優施明知要里克轉而支持自己並不容易，所以同意了他中立，這樣，殺害申生的陰謀似乎已無阻力。但是從里克和丕鄭的議論看來，他們只是屈從，並不心服。獻公死後，首先出來殺奚齊的正是里克。里克後來為惠公夷吾所殺，他死後，夷吾後悔，稱他為“社稷之鎮”，可見里克在晉大夫中還是較正直而有才能的人。

評析

　　此文寫優施之陰險佞巧，一步步地引誘里克放棄對申生之支持。他自恃是一個優人，如果說得不合里克之意，完全可以用“戲謔”來開脫，故稱“言無郵”。從文中來看，他其實變了三副嘴臉。第一步唱歌，僅是暗示，不能直說；第二步當他見里克笑問“何謂苑，何謂枯”時，知道里克已經動心，所以直說，最後加一句“枯且有傷”，顯示自己深解內情，使里克寄希望於自己；第三步是當里克問到自己中立能否免禍時，他直截了當說出一個“免”字，更使人感覺他此時已高踞里克之上，大有小人得志的神情。

　　此文寫里克亦頗深刻，里克對驪姬的行為本無好感，但作為晉獻公的臣子，他既無力量反對，也頗有顧慮，所以聽到“暇豫之吾吾”的歌時，雖未必全懂，至少也猜出了其中有所暗示，當優施說出含義後，他收去飯菜不吃，說明內心出現了矛盾。顯然，他並非全無正義感的人，否則他就會倒向驪姬和優施；但他既無力量，也不敢和獻公較量，不得不採取妥協的手段，保持中立。不過他的內心並不平靜，最後終於殺了奚齊、卓子和驪姬，並考慮迎立重耳，在一定意義上說，他這樣做還是為晉國的前途着想。通過此文可以感知里克其人既非勢利小人，亦非委曲求全，而是一個有獨立主張卻又考慮個人安危的活生生的人物。我們可以譴責他的殺人；也可以批評其軟弱的一面，但不可否認他是那個時代真實存在的一類人物。

叔向賀貧

（選自《國語・晉語八》）

　　叔向見韓宣子，[1] 宣子憂貧，叔向賀之，宣子曰：
"吾有卿之名，而無其實，無以從二三子，[2] 吾是以憂，子
賀我何故？"對曰：昔欒武子無一卒之田，[3] 其宮不備其
宗器，[4] 宣其德行，順其憲則，[5] 使越於諸侯，[6] 諸侯親
之，戎狄懷之，以正晉國，行刑不疚，[7] 以免於難。及桓
子驕泰奢侈，貪慾無藝，[8] 略則行志，[9] 假貸居賄，宜及
於難，而賴武之德，以沒其身。及懷子改桓之行，[10] 而修
武之德，可以免於難，而離桓之罪，以亡於楚。[11] 夫郤昭
子，[12] 其富半公室，其家半三軍，恃其富寵，以泰于國，
其身尸於朝，[13] 其宗滅於絳。[14] 不然，夫八郤，五大夫三
卿，[15] 其寵大矣，一朝而滅，莫之哀也，唯無德也。今吾
子有欒武子之貧，吾以為能其德矣，是以賀。若不憂德之
不建，而患貨之不足，將弔不暇，何賀之有？"宣子拜稽
首焉，曰："起也將亡，賴子存之，非起也敢專承之，其
自桓叔以下嘉吾子之賜。"[16]

注釋

1. 叔向：晉大夫，名羊舌肸（xī）。韓宣子：晉卿，即韓起。
2. 二三子：指晉國的卿大夫。
3. 欒武子：即欒書，已見前。一卒之田：古代上上大夫的俸祿為"一

卒之田"，"一卒"指百人，百人所耕之田為百頃（百畝為頃）。上卿應有"一旅之田"即五百頃，而欒書之田不足百頃，還不及上大夫，故為貧困。

4. 宮：指家中居處。宗器：祭祀用的禮器。

5. 憲則：法制。

6. 越於諸侯：名聲廣傳於各諸侯國。

7. 不疚：沒有弊病。按：欒書曾和中行偃一起弒晉厲公，故下言"以免於難"。

8. 桓子：指欒書之子欒黶。藝：限制。

9. 略則行志：忽視法制而行其私意。

10. 懷子：指欒黶之子欒盈。

11. 離：遭受。這句說欒盈受父罪的惡果。以亡於楚：指欒盈為范氏所逐奔楚，詳前《左傳·晉欒盈之難》。

12. 郤昭子：指晉卿郤至。

13. 其身尸於朝：指郤至被殺後屍體被放在朝廷中示眾。

14. 絳：晉國都城，今山西翼城東南。

15. 五大夫三卿："三卿"指郤錡、郤犨（chōu）和郤至；另有族人五人為大夫。

16. 桓叔：韓氏的祖先，即前文已提及的曲沃桓叔，桓叔生子萬，為韓萬，即韓起的祖先。

串講

晉國諸卿中，韓氏的勢力較弱，韓起執政後，憂其財富不如其他諸卿，叔向歷舉已滅亡的欒、郤二族的歷史，說明能修其德行，自能保全其性命而聲名播於諸侯，雖貧不足為憂。相反地不修德行而只顧求富，勢必驕奢淫佚，自取滅亡。說的都是不久前晉國的事實，自然使韓起心服。

評析

　　富與貴本是人們相貪，貧困則往往使人悲愁。叔向反而
"賀貧"，實出韓起意外。但他列舉事例，彰明較著，使人不得
不信。古人作文，往往要求驚人之語，因此取法這類文章的不
少。唐柳宗元曾作《非國語》，對《國語》頗多批評，但他的
《賀進士王參元失火書》，當即師此文之意。

沈諸梁論白公勝

(選自《國語·楚語下》)

子西使人召王孫勝，[1]沈諸梁聞之，[2]見子西曰："聞子召王孫勝，信乎？"曰："然。"子高曰："將焉用之？"[3]曰："吾聞之，勝直而剛，欲實之境。"[4]子高曰："不可，其為人也，展而不信，愛而不仁，詐而不智，毅而不勇，直而不衷，周而不淑。[5]復言而不謀身，展也；[6]愛而不謀長，[7]不仁也；以謀蓋人，[8]詐也；彊忍犯義，毅也；[9]直而不顧，不衷也；[10]周言棄德，不淑也。[11]是六德者，皆有其華而不實者也，將焉用之。彼其父為戮於楚，[12]其心又狷而不絜。[13]若其狷也，不忘舊怨，而不以絜悛德，[14]思報怨而已。則其愛也足以得人，其展也足以復之，其詐也足以謀之，其直也足以帥之，其周也足以蓋之，其不絜也足以行之，而加之以不仁，奉之以不義，蔑不克矣。"

"夫造勝之怨者，皆不在矣。[15]若來而無寵，速其怨也。若其寵之，毅貪無厭，既能得人，而耀之以大利，不仁以長之，思舊怨以修其心，苟國有釁，[16]必不居矣。[17]非子職之，其誰乎？彼將思舊怨而欲大寵，動而得人，怨而有術，若果用之，害可待之。余愛子與司馬，[18]故不敢不言。"

子西曰："德其忘怨乎！余善之，夫乃其寧。"[19]子高曰："不然。吾聞之，唯仁者可好也，可惡也，可高也，可下也。好之不偪，惡之不怨，高之不驕，下之不懼。不仁者則不然。人好之則偪，惡之則怨，高之則驕，下之則懼。驕有欲焉，懼有惡焉，欲惡怨偪，所以生詐謀也。子將若何？若召而下之，將戚而懼；為之上者，將怒而怨。詐謀之心，無所靖矣。有一不義，猶敗國家，今壹五六，[20]而必欲用之，不亦難乎？吾聞國家將敗，必用姦人，而嗜其疾味，其子之謂乎？夫誰無疾眚！[21]能者早除之。舊怨滅宗，國之疾眚也，為之關籥蕃籬而遠備閑之，[22]猶恐其至也，是為日惕。若召而近之，死無日矣。人有言曰：'狼子野心，怨賊之人也。'其又何善乎？若子不我信，盍求若敖氏與子干、子皙之族而近之？[23]安用勝也，其能幾何？昔齊騶馬繻以胡公入於具水，[24]邴歜、閻職戕懿公於圃竹，[25]晉長魚矯殺三郤於樹，[26]魯圉人犖殺子般於次，[27]夫是誰之故也，非唯舊怨乎？是皆子之所聞也。人求多聞善敗，以監戒。今子聞而棄之，猶蒙耳也。吾語子何益，吾知逃也已。"

子西笑曰："子之尚勝也。"[28]不從，遂使為白公。子高以疾閒居於蔡。[29]及白公之亂，子西、子期死。葉公聞之，曰："吾怨其棄吾言，而德其治楚國，楚國之能平均以復先王之業者，夫子也。以小怨寘大德，吾不義也，將入殺之。"帥方城之外以入，[30]殺白公而定王室，葬二子之族。[31]

注釋

1. 子西：楚令尹公子申，平王子，昭王庶兄。王孫勝：即白公勝，平王太子建之子。太子建被讒奔宋，後奔鄭，為鄭所殺。勝被召時在吳。

2. 沈諸梁：即葉（舊讀 shè）公子高，楚大夫沈尹戍子。

3. 將焉用之：準備怎樣使用他？

4. 寘：同"置"。這句說想置他於楚吳邊境。

5. 展：誠實，謂貌似誠實而非忠信。愛而不仁：謂貌似愛人而實無仁心。毅而不勇：作事果敢但並不勇。直而不衷：貌似正直而實不合正道。周而不淑：其行事雖周詳而居心並不善良。

6. 復言：說話能做到而不欺人。不謀身：不計其身之利害。

7. 愛而不謀長：外表愛護人但無長遠之計。

8. 蓋人：蒙蔽人。

9. 彊忍：彊力而忍心冒犯道義。按："彊忍犯義"句，"犯義"二字當為注，誤入正文。

10. "直而"二句：意謂自以為直而不知隱諱，不合中道。

11. "周言"二句：意謂其言雖周密，但不以德為依據，故不善良。

12. 彼其父為戮於楚：按：白公勝父太子建為費無極所讒，奔宋，後適鄭，又與晉謀襲鄭，為鄭人所殺，事見《左傳·哀公十六年》。

13. 狷：心胸狹隘。絜：廉潔。

14. 悛（quān）：悔改。

15. "夫造勝"二句：指讒害太子建的費無極等都已死去。

16. 釁（xìn）：指可乘之機。

17. 居：指安居不動。

18. 司馬：指子西弟公子結，即子期。

19. 夫乃其寧：這樣他就會安寧了。

20. 今壹五六：此句承上句“有一不義，猶敗國家”而來，說白公勝一人而有五六種不義。

21. 疾眚（shěng）：疾病和災難。

22. 關：門閂。籥（yuè）：鎖鑰。蕃籬：籬笆牆壁。閈：阻攔。

23. 若敖氏：楚國貴族，至楚莊王平鬥椒，遂滅若敖氏。子干：楚共王子公子比。子晳：楚共王子公子黑肱。靈王死後，子干代立，以子晳為令尹，平王以計逼二人自殺而代立。

24. 騶（zōu）馬繻（rú）：齊大夫。胡公：名姜靖，太公玄孫之子。虐其臣騶馬繻，為所殺，並丟入具水。

25. 邴（bǐng）歜（chù）、閻職：齊臣。懿公：齊桓公子姜商臣。懿公遊於申池，二人合謀殺懿公而棄於竹林中。

26. 長魚矯：晉厲公臣，厲公與胥童等謀誅三郤（郤錡、郤犨、郤至），他假裝訴訟以戈殺三郤。榭（xiè）：高台上所築木屋，作為講武堂之用。事見《左傳·成公十七年》。

27. 圉人犖（luò）：魯臣，“圉人”是掌管養馬的人。“犖”是他的名字。子般：魯莊公子。莊公弟慶父命圉人犖殺子般。次：旅舍。時莊公死於黨氏，故子般立於黨氏。事見《左傳·莊公三十二年》。

28. 尚：重視。

29. 蔡：蔡國舊地，當時為楚邑，在今河南上蔡東南。

30. 帥方城之外以入：“方城”，山名，在楚北境，葉公子高率方城外兵力入都平亂。

31. 二子：指子西和子期，其族多為白公勝所殺。

白公勝之父太子建的出奔宋、鄭，本由於費無極的讒害，當時他確實無罪。後來太子建為鄭人所殺，其子勝就逃到了吳國。白公勝其人大約有一定的才能。到子西為令尹，想召回白公勝時已經上距太子建出亡三十多年。子西本意想利用白公勝的才能去守楚吳邊境，但他對白公勝的為人並不很了解，只是看到他某些表面現象，而葉公子高卻通過現象看到了本質，指出其外表誠實其實不講信義，外表仁愛，其實並不仁慈等等六個特點，其分析可謂入木三分。接着他又分析了召回白公勝會導致的後果，並且引證了齊、魯、晉等國的史實來告訴子西，引起他的警惕。但是，這一切，子西完全聽不進去，他既想用恩德去感化白公勝，又認為葉公子高過高估計了白公勝的危害。葉公子高知道無法說服子西，而退居於外，最後白公勝果如他所料，作亂殺子西、子期，幸賴葉公子高率軍平定了叛亂。葉公子高能公正地評價子西，認為子西不聽勸告雖然有錯，但治理楚國有他的功勞。作為一個古人，能這樣看待問題，應該說是很難能的。

評析

此文主要是“記言”，實為一篇政論文字。為了說服對方，葉公子高先就白公勝的為人作了分析，指出他六個特點。這六個特點在外表上看來雖像有所長，其實質不但不足取，而且有很大的危險性。接着又從白公勝之父被逐於楚，不忘舊怨，而又有這六個性格特點，必然釀成禍亂。更危險的是，他的父仇相隔已久，若還要作亂，受其禍者就必然是子西、子期等執政者，於是葉公子高舉出一系列歷史來論證，更顯得他對形勢的瞭如指掌，顯示了強大的說服力。文中也頗能傳達說話的語氣，如子西不同意葉公意見，說：“子之尚勝也”，似是一副不以為意的口吻。葉公子高說：“今子聞而棄之，猶蒙耳也”，也很生動地表現出失望之情。最後葉公對子西的評論，也說明了他能公正地對待別人，不失一位政治家風度。

越使諸暨郢行成於吳

(選自《國語·吳語》)

　　吳王夫差起師伐越，[1]越王勾踐起師逆之。[2]大夫種乃獻謀曰[3]：夫吳之與越，唯天所授，[4]王其無庸戰。[5]夫申胥、華登簡服吳國之士於甲兵，[6]而未嘗有所挫也。夫一人善射，百夫決拾，勝未可成也。[7]夫謀必素見成事焉，而後履之，[8]不可以授命。[9]王不如設戎，約辭行成，以喜其民，[10]以廣侈吳王之心。[11]吾以卜之於天，天若棄吳，必許吾成而不吾足也，[12]將必寬然有伯諸侯之心焉。[13]既罷弊其民，而天奪之食、安受其燼，[14]乃無有命矣。[15]

　　越王許諾，乃命諸暨郢行成於吳，[16]曰："寡君勾踐使下臣郢不敢顯然佈幣行禮，[17]敢私告於下執事，[18]曰：昔者越國見禍，得罪於天王。[19]天王親趨玉趾，[20]以心孤勾踐，[21]而又宥赦之。[22]君王之於越也，繫起死人而肉白骨也。[23]孤不敢忘天災，其敢忘君王之大賜乎！今勾踐申禍無良，[24]草鄙之人，敢忘天王之大德，而思邊垂之小怨，以重得罪於下執事？[25]勾踐用帥二三之老，[26]親委重罪，頓顙於邊。[27]

　　今君王不察，盛怒屬兵，將殘伐越國。[28]越國固貢獻之國也，[29]君王不以鞭箠使之，而辱軍士使寇令焉。[30]勾踐請盟：一介嫡女，執箕箒以晐姓於王宮；[31] 一介嫡男，奉槃匜以隨諸御；[32]春秋貢獻，不解於王府。[33]天王豈辱裁之，[34] 亦征諸侯之禮也。

夫諺曰：'狐埋之而狐搰之，[35]是以無成功。'今天王既封植越國，[36]以明聞於天下，而又刈亡之，[37]是天王之無成勞也。雖四方之諸侯，則何實以事吳？[38]敢使下臣盡辭，唯天王秉利度義焉。"

注釋

1. 吳王夫差：吳王闔廬之子，吳國最後的君主。
2. 越王勾踐：越國君主。逆：迎戰。
3. 大夫種：越國謀臣。
4. 唯天所授：言勢均力敵，就看老天幫哪一方。
5. 無庸：不用。
6. 申胥：即伍子胥，封於申，故稱"申胥"。華登：本宋臣，後奔吳為大夫。簡服：訓練之使慣於作戰。
7. 決拾：射箭用具。"決"為骨製，套在手指上以便搭箭。拾為革製的臂套，亦射者所服。此處"決拾"指學射，謂吳人受了申胥、華登影響，多善戰的人，所以越國並無必勝的把握。
8. "夫謀"二句：意謂那計謀必須能預見其必然成功才能付諸行動。
9. 不可以授命：不能草率拚命。
10. "王不如"三句：王不如一面備戰，一面派人用言談求和，使吳民喜於免戰。
11. 以廣侈吳王之心：使吳王的野心更加膨脹。
12. 不吾足也：不以威服我們為滿足。
13. 寬：感覺寬緩無可慮。伯：同"霸"。

14. 燼：殘餘。這三句說既使吳民疲憊於遠征，又遭災荒，我們就能安然制服其殘餘。

15. 乃無有命矣：指吳國不復保有天命。

16. 諸暨郢：越大夫。

17. 顯然：公然。佈：陳列。幣：玉帛。這句乃謙辭，自稱不敢公然陳列玉帛，以示卑屈。

18. 下執事：下級管事的人，表示不敢言於吳王及大臣。

19. 見禍：被上天降下災禍。天王：指吳王。

20. 玉趾：尊貴的腳。這句說勞您天王親臨征討。

21. 孤：拋棄。這句說您本要拋棄勾踐。

22. 宥赦：饒赦。

23. 繄（yī）：這是，如同。

24. 申：重。這句說今勾踐無善心又重得禍。

25. "草鄙之人"四句：表示自己不敢忘吳王大德而念邊境小怨以得罪吳的官吏。

26. 帥：同"率"。二三之老：指越國的官員們。

27. 顙（sǎng）：額頭。頓顙：磕頭。

28. 屬兵：聚集兵馬。殘伐：攻滅。

29. 貢獻之國：負責進貢的臣服之國。

30. "君王"二句：意謂越本臣服之國，可以用鞭打驅使，而君王卻像對付強寇一樣動用軍士來討伐。

31. 晐(gāi)：具備。這句說使勾踐之女作為諸姓之一納於天子宮中。

32. 槃匜(yí)：盥洗的用具，用匜盛水沖洗手，注入槃中。諸御：諸色侍者如宦官之類。

33. 解：用如"懈"。

34. 辱裁之：降意來加以裁決。

35. 搰（hú）：掘出。

36. 封植：培土栽種。此句以種植物為喻。

37. 刈（yì）：割草。

38. 何實以事吳：為甚麼要服事吳國。

串講

　　吳王夫差和越王勾踐的故事在我國歷史上十分有名。《左傳》、《國語》、《史記》以及後來的《吳越春秋》、《越絕書》等都有記載，不但如此，這故事還在民間流傳，幾乎家喻戶曉。吳王夫差本是一個有作為的君主，他為了替父闔廬報仇，起兵打敗了越國。越王勾踐為了雪恥，採納了大夫種的計謀，用卑辭重幣向吳求和，使夫差驕傲起來，自恃其強，向北與齊、晉等國爭霸，以消耗吳國的實力，使吳國民力疲弊，加上天災，國力大為削弱，最後趁吳王北征之時，乘虛而入，一舉滅亡吳國。此文所載，就是當時大夫種為越王定計，先派諸暨郢向吳求和時的言論。諸暨郢的言論十分卑謙，自稱越國過去蒙吳王寬恕，沒有滅亡，因此感恩戴德，不敢背叛，願意貢獻自己的兒女去伺候吳王，春秋兩季進貢，裝出一副十分恭敬和恐懼的樣子。這種言論打動了本已驕矜自滿的吳王夫差之心，從此夫差對越失去了警惕，對伍子胥等舊臣的話再也聽不進去，甚至把伍子胥殺害，完全墮入越王的彀中。這篇文章給人一個明確的教訓，就是對甜言蜜語必須提高警惕；而自恃強大、驕傲放縱者，不免會自取滅亡。

評析

　　從本文中大夫種對越王勾踐說的話看來，當時越國的實力並非完全不足以與吳對抗。大夫種的用心正在於使吳王夫差變得驕傲起來，所以遣辭極為卑遜，完全是一個被征服者對征服者說話的口吻，把吳王稱作"天王"，這在春秋時代諸侯國相互稱呼中是幾乎從未出現過的。把吳王當時寬恕越王稱作"緊起死人而肉白骨也"，可謂極度的自卑；"勾踐用帥二三之老，親委重罪，頓顙於邊"，更是誠惶誠恐，一副可憐相。這種言辭，對一個比較清醒的人說來，顯然很容易想到這是"幣重而言甘，誘我也"，但被勝利沖昏了頭腦的吳王夫差對此卻全無覺察。

諸暨郢這段話，其實也不盡是哀求，他引到了"狐埋之而狐搰之"的諺語，說吳既赦越，便要把好事做到底，不能半途而癈，這對吳國以後去爭取別的諸侯國不利。這樣的話，顯然對夫差是有說服力的，因為他一人要做霸王，自然更想以"寬大"自詡。這篇外交辭令可謂能言善辯，措辭巧妙，但在這動人的言語中也多少顯示出一種陰險狠毒的氣味。

越滅吳

（選自《國語·越語下》）

　　居軍三年，吳師自潰。[1]吳王帥其賢良，與其重祿，以上姑蘇。[2]使王孫雒行成於越，[3]曰：“昔者上天降禍於吳，得罪於會稽。[4]今君王其圖不穀，[5]不穀請復會稽之和。”王弗忍，[6]欲許之。范蠡進諫曰[7]：“臣聞之，聖人之功，時為之庸。[8]得時不成，天有還形。[9]天節不遠，五年復反，[10]小凶則近，大凶則遠。先人有言曰：‘伐柯者其則不遠。’[11]今君王不斷，[12]其忘會稽之事乎？”王曰：“諾。”不許。

　　使者往而復來，辭愈卑，禮愈尊，王又欲許之。范蠡諫曰：“孰使我蚤朝而晏罷者，非吳乎？[13]與我爭三江、五湖之利者，非吳耶？[14]夫十年謀之，一朝而棄之，其可乎？王姑勿許，其事將易冀已。”[15]王曰：“吾欲勿許，而難對其使者，子其對之。”范蠡乃左提鼓，右援枹，以應使者，曰：“昔者上天降禍於越、委制於吳，[16]而吳不

越王勾踐劍

受。今將反此義以報此禍，吾王敢無聽天之命，而聽君王之命乎？”王孫雒曰：“子范子，先人有言曰：‘無助天為虐，助天為虐者不祥。’今吳稻蟹不遺種，子將助天為虐，不忘其不祥乎？”范蠡曰：“王孫子，昔吾先君固周室之不成子也，[17]故濱於東海之陂，[18]黿鼉魚鱉之與處，[19]而蛙黽之與同渚。[20]余雖靦然而人面哉，[21]吾猶禽獸也，又安知是諓諓者乎？”[22]王孫雒曰：“子范子將助天為虐，助天為虐不祥。雒請反辭於王。”范蠡曰：“君王已委制於執事之人矣。[23]子往矣，無使執事之人得罪於子。”使者辭反。范蠡不報於王，擊鼓興師以隨使者，至於姑蘇之宮，不傷越民，遂滅吳。

注釋

1. “居軍”二句：按指魯哀公二十年越圍吳，至二十三年滅吳，凡三年。

2. 重祿：大臣。姑蘇：吳國的台，在閶門外，近太湖。一說遺址在今虎丘山。

3. 王孫雒：吳大夫。

4. 會稽：山名，在今浙江紹興市附近。魯哀公元年（前494），吳敗越，越王勾踐避居會稽，向吳求和。

5. 不穀：吳、楚君主自稱。

6. 王：指越王勾踐。

7. 范蠡：越大夫。

8. 庸：用。這句說以天時為功用。

9. 還：反。這兩句說得天時而不用，就有轉向反面之勢。

10. "天節"二句：意謂天道變化的期限是五年一個週期，就會發生變化。

11. 先人：古人。按："伐柯"句見《詩經·豳風·伐柯》："伐柯伐柯，其則不遠"。

12. 不斷：不能決斷。

13. 蚤：同"早"。罷：退朝。這句說使我們提早上朝而晚退朝地忙碌的不就是為了吳國為患嗎？

14. 三江：指長江下游的三條江，有多種說法，據韋昭說，當為吳江、錢唐江和浦陽江。五湖：亦有多說，韋昭以為即今太湖。

15. 冀：希望。此句是說此願望將易於實現。

16. 委制於吳：把越的命運交在吳國手裡。

17. 子：子爵。在周代實行的五等爵中，子男同一位，地位最低。不成子：言越在周室，連子爵的地位也夠不上。

18. 濱於東海之陂：處於東海的水涯邊。

19. 黿（yuán）：大鱉。鼉（tuó）：揚子鱷。這句話是說越人與這些動物雜處。

20. 黽（wā）：蛙類動物。黽（měng）：蛙的一種。

21. 靦（tiǎn）：具有人的面目。

22. 諓（jiàn）諓：巧辯的言辭。

23. 執事之人：指范蠡等領軍之臣。

串講

　　范蠡和大夫種是勾踐滅吳的兩個主要謀士。在上面所錄的大夫種的獻計和諸暨郢的求和看來，越國的主要策略就是讓吳王夫差窮兵黷武，使民力耗盡，限於困境。在吳王北向與齊晉爭強之時，越國卻盡力休養生息，等待時機。這時，勾踐一再地向范蠡請教，問是否可以伐吳，范蠡多次表示時機尚未成熟，直到吳國遭受嚴重災荒，“稻蟹不遺種”，范蠡才建議出兵。出兵以後，他又主張不急於和吳國決戰，圍困三年，使吳師自潰。這時，吳王夫差出於無奈，不得不派王孫雒去向越求和。由於吳使的哀求，勾踐曾一度動心，想答應和議，但范蠡堅決反對，指出為越國大患的是吳國，與越爭“三江五湖之利”的也是吳國。他認為“天道”是會變化的，過去利於吳而不利於越，現在反之；如果放棄時機，說不定又會轉過去有利於吳，因此擊鼓進軍，一舉滅了吳國，體現了范蠡的老謀深算。

評析

　　《吳語》和《越語》在《國語》中比較特殊。一般來說，《國語》和《左傳》之文均代表着春秋時代那種文雅和含蓄的風格，絕少疾言厲色，往往徵引《詩經》、《尚書》的語句，有時還多少表現出一些儒家“仁義”的思想。但《吳語》、《越語》卻不一樣，其行文比較犀利，像范蠡最後對王孫雒說的話，毫無委婉之氣，卻顯得殺氣騰騰，近似於戰國策士的口吻。這也不奇怪，越滅吳是魯哀公二十二年的事，此時照傳統的看法，雖然尚未進入戰國，而“春秋”時代卻已結束，所以時代風尚已經有了改變，文風自然也隨之不同。

戰
國
策

范雎說秦昭王

（選自《戰國策・秦策三》）

　　范雎至秦，王庭迎，[1]謂范雎曰：“寡人宜以身受令久矣。[2]今者義渠之事急，[3]寡人日自請太后。[4]今義渠之事已，寡人乃得以身受命。躬竊閔然不敏，[5]敬執賓主之禮。”[6]范雎辭讓。是日見范雎，見者無不變色易容者。秦王屏左右，宮中虛無人，秦王跪而請曰：“先生何以幸教寡人。”范雎曰：“唯唯。”[7]有間，秦王復請，范雎曰：“唯唯。”若是者三。

　　范雎謝曰：“非敢然也。臣聞始時呂尚之遇文王也，[8]身為漁父而釣於渭陽之濱耳。[9]若是者，交疏也。已一說而立為太師，載與俱歸者，[10]其言深也。故文王果收功於呂尚，卒擅天下而身立為帝王。[11]即使文王疏呂望而弗與深言，是周無天子之德，而文、武無與成其王也。[12]今臣，羈旅之臣也，[13]交疏於王，而所願陳者，皆匡君之之事，[14]處人骨肉之間，[15]願以陳臣之陋忠，而未知王心也，所以王三問而不對者是也。臣非有所畏而不敢言也，知今日言之於前，而明日伏誅於後，然臣弗敢畏也。大王信行臣之言，死不足以為臣患，亡不足以為臣憂，[16]漆身而為厲，[17]被髮而為狂，不足以為臣恥。五帝之聖而死，[18]三王之仁而死，[19]五伯之賢而死，[20]烏獲之力而死，[21]

奔、育之勇焉而死。[22]死者，人之所必不免也。處必然之勢，可以少有補於秦，此臣之所大願也，臣何患乎？伍子胥橐載而出昭關，[23]夜行而晝伏，至於菱水，[24]無以糊其口，坐行蒲服，乞食於吳市，[25]卒興吳國，闔廬為霸。[26]使臣得進謀如伍子胥，加之以幽囚，終身不復見，是臣說之行也，臣何憂乎？箕子、接輿，[27]漆身而為厲，被髮而為狂，無益於殷、楚。使臣得同行於箕子、接輿，漆身可以補所賢之主，是臣之大榮也，臣又何恥乎？臣之所恐者，獨恐臣死之後，天下見臣盡忠而身蹶也，[28]是以杜口裹足，莫肯即秦耳。[29]足下上畏太后之嚴，[30]下惑姦臣之態，居深宮之中，不離保傅之手，[31]終身闇惑，無與照姦；[32]大者宗廟覆滅，小者身以孤危。此臣之所恐耳。若夫窮辱之事，死亡之患，臣弗敢畏也。臣死而秦治，賢於生也。"

秦王跽曰[33]："先生是何言也！夫秦國僻遠，寡人愚不肖，先生乃幸至此，此天以寡人恩先生，[34]而存先王之廟也。寡人得受命於先生，此天所以幸先王而不棄其孤也。先生奈何而言若此！事無大小，上及太后，下至大臣，願先生悉以教寡人，無疑寡人也。"范雎再拜，秦王亦再拜。

注釋

1. 范雎（jū）：魏人，相秦昭襄王，封應侯。王：指秦昭襄王嬴則（一云稷）。

2. 寡人：古代諸侯自稱。宜以身受令：應該親自來受您教誨。

3. 義渠：西北少數民族，故地大約在今陝西西部和甘肅東部一帶。

4. 太后：昭襄王之母羋氏，號宣太后。

5. 躬竊閔然不敏：我自傷不聰明，乃自謙之辭。

6. 敬執賓主之禮：作為君主接見士人而用主客相見之禮，是對范雎表示尊敬。

7. 唯（wěi）唯：答應聲。

8. 呂尚：即周初的太公望（姜太公）。文王：指周文王姬昌。

9. 渭陽之濱：渭水以北的河岸上。傳說其地在今陝西岐山一帶。

10. 載與俱歸：指文王聽了呂尚的話，就用車載呂尚同歸，加以任用。

11. 卒：終於。擅：佔有。

12. 文、武：指文王及子武王姬發。王（wàng）：成就王業。

13. 羈旅之臣：指外來的臣子。

14. 匡：補救。匡君之事：糾正君主缺失之事。按：兩"之"字，疑衍一字。

15. 處人骨肉之間：按：范雎所論為秦王之母太后、舅穰侯及弟涇陽君、華陽君之事。

16. 亡：逃亡。

17. 厲：癩病。"漆身為厲"指以漆塗在身上裝作有癩病，使人認不出來以逃避追捕。

18. 五帝：指黃帝、顓頊（zhuān xū）、帝嚳（kù）、堯、舜五位傳說中的帝王。

19. 三王：指夏禹、商湯、周文武和武王。

20. 五伯：即"五霸"。有幾種說法：一說指齊桓公、晉文公、楚莊公、秦穆公和宋襄公；一說指齊桓、晉文、楚莊、吳闔廬和越勾踐；又一說指齊桓、晉文、楚莊、秦穆和闔廬；又一說指夏代昆吾，商代豕韋、大彭，周代齊桓、晉文。

21. 烏獲：秦武王時力士。

22. 奔、育：孟奔、夏育，古代兩個勇士。

23. 伍子胥：即伍員。橐（tuó）：口袋。橐載：藏在口袋裡。昭關：地名，故地在今安徽含山西北小峴山上。

24. 菱（líng）水：即溧水，在今江蘇溧陽附近。

25. 蒲服：即"匍匐"。吳市：吳都之市，在今江蘇蘇州。

26. 卒：終於。"闔廬為霸"，據此范雎似以闔廬為五霸之一。

27. 箕子：商紂之叔，曾披髮為狂以避禍。接輿：春秋時楚國的隱士，曾狂歌以笑孔子。

28. 蹶（jué）：跌倒。引申為遭禍。

29. 杜口裹足：閉塞嘴，束縛腳，形容不敢去秦國說真話。即秦：來到秦國。

30. 足下：指秦昭襄王。上畏太后之嚴：言秦昭襄初年，政事須聽太后決定，如前面談到"義渠之事"必須"自請太后"。

31. 保傅：古代輔導君主的人稱為"保"、"傅"。

32. 照姦：明察陰謀。

33. 跽（jì）：長跪。表示恭敬。

34. 愍（hùn）：打擾。這句意為老天把寡人之事來給先生添麻煩。

串講

　　戰國時代各諸侯國都有一些舊貴族掌握了部分政權，對君主構成威脅。當時的君主要改革政治，富國強兵，往往就會和這部分人發生衝突，甚至造成流血鬥爭。但歷史的事實告訴我們，秦國的富強以及最後能統一中國，在很大程度上得力於此。所以後來的李斯在《諫逐客書》中說："昭王得范雎，廢穰侯，逐華陽，強公室，杜私門，蠶食諸侯，使秦成帝業。"
這個評價應該是有道理的。此文所記，是范雎剛到秦國，見昭
襄王的情景。這時秦國朝廷中的形勢十分緊張，范雎所要反對
的是秦王的母親、舅舅和幾個弟弟，尤其舅舅穰侯（魏冉）還
在執政期間建立過功勞。所以范雎初來秦國，還不明白秦王的
心思，只能吞吞吐吐，多方試探。秦昭襄王是一個有一定作為
但權勢慾很重的人，對范雎這種用意自然一拍即合，最後完全
接受了范雎的思想。《戰國策》中對范雎和秦王的談話有好幾
篇記載，這是最傳誦的一篇，寫范雎初見秦王時的情景，由於
是初次見面，不像後來幾次那樣直率，但正因為如此，寫范雎
那種欲擒故縱的手段更為生動傳神。

評析

　　這篇文章在手法上和《戰國策》中多數文章不大一樣，除
了記言之外，也雜有記事的成分。

　　這些記事的文字雖很簡略，卻烘托出當時的氣氛。如"秦
王屏左右，宮中虛無人"；"見者無不變色易容者"，說明秦
王此次接見范雎，正醞釀着政治上的一場暴風雨，這一點，大
約秦王左右的人也多少有所覺察。正因為如此，范雎不能不更
加小心，因為"處人骨肉之間"，穰侯又是既有大功又掌握大
權的人，萬一走漏風聲，顯然十分危險。所以范雎提到
"死"、"亡"、"漆身為厲"、"披髮為狂"等等，雖意在打
動秦王，而這種危險倒也確實存在，所以秦王一再發問，他只
是"唯！唯！"二字。當然，這種態度一方面說明他有顧慮，
另一方面也是一種策略，他越是不開口，秦王越是急於聽取他

的意見。直到他摸清秦王的心思之後，才直接了當地提出了秦王已處於穰侯諸人控制之下，有被篡弒的危險。這些話似對當時的危險形勢不無誇大，然而一句“上畏太后之嚴”的秦王心中久已不滿，再加上范雎的言辭，就使他下決心對穰侯諸人下手。從客觀效果看，范雎對秦確實起了進步作用；但從范雎主觀上說恐不過想取穰侯等人而代之以求富貴而已。

陳軫說昭陽

（選自《戰國策·齊策二》）

昭陽為楚伐魏，[1] 覆軍殺將得八城，[2] 移兵而攻齊。陳軫為齊王使，[3] 見昭陽，再拜賀戰勝，起而問：“楚之法，覆軍殺將，其官爵何也？”[4] 昭陽曰：“官為上柱國，[5] 爵為上執珪。”[6] 陳軫曰：“異貴於此者何也。”[7] 曰：“唯令尹耳。”[8] 陳軫曰：“令尹貴矣！王非置兩令尹也，[9] 臣竊為公譬可也。楚有祠者，[10] 賜其舍人巵酒。[11] 舍人相謂曰：‘數人飲之不足，一人飲之有餘。請畫地為蛇，先成者飲酒。’一人蛇先成，引酒且飲之，[12] 乃左手持巵，右手畫蛇，曰：‘吾能為之足。’未成，一人之蛇成，奪其巵曰：‘蛇固無足，子安能為之足。’遂飲其酒。為蛇足者，終亡其酒。[13] 今君相楚而攻魏，破軍殺將得八城，不弱兵，[14] 欲攻齊，齊畏公甚，公以是為名居足矣，[15] 官之上非可重也。[16] 戰無不勝而不知止者，身且死，爵且後歸，[17] 猶為蛇足也。”昭陽以為然，解軍而去。

注釋

1. 昭陽：楚懷王將。昭氏為楚國大族。
2. 覆軍殺將：指破魏軍，殺魏將。
3. 陳軫：戰國游說之士，夏（夏族故地，漢潁川、南陽地，今河南南部偏西一帶）人，曾仕齊、楚。

4. "楚之法"三句：意為楚國的法律建破軍殺將之功者，授何官，封何爵。

5. 上柱國：楚國官名。

6. 珪（guī）：一作圭，古代君主和貴族所執玉製禮器，上尖下方，以此表示身份。"上執珪"是楚國爵名。

7. 異貴於此者：比這更高貴的官爵。

8. 令尹：楚國的執政大臣，最高的官位。

9. 非置兩令尹：王不會設兩位令尹。

10. 祠：祭。這句說楚國有人剛舉行過祭祀。

11. 舍人：左右親從的私屬人員。卮（zhī）：圓形酒器，容四升。

12. 且：將要。

13. 終亡其酒：終於失去了酒。

14. 不弱兵：沒有削弱兵力。

15. 居：一本無此字，當是因下文"足"字而誤衍。一本改作"亦"。

16. 官之上非可重也：更上的官位是不可能再增加了。

17. 爵且後歸：意為您將得不到爵位而歸於後來為將的人。

串講

"畫蛇添足"這個典故幾乎成了人們常用的口語。這就是說，凡做事都要恰如其分，不能過頭。譬如說蛇這個東西，本來沒有腳，你偏要給牠添上腳，就毫無必要。至於這裡所談到的昭陽更是如此，他打敗了魏國，未必一定能再打敗齊國，再說他的官爵已無法再升，如果繼續下去，確有走向反面的危險。經陳軫一說，昭陽就收兵而去。前人說："此策雖其指為齊，亦持勝之善。"在歷史上功高不賞反而受害的例子頗不少見，所以古人常有這看法。

評析

　　這篇文章雖主旨在勸昭陽收兵，但後來的讀者似更看重
"畫蛇添足"的寓言，寫那位首先畫好蛇而又去添足的人那種雖
然愚蠢，卻還洋洋得意的神情給人留下了深刻的印象。我們現
在引用這個典故，其意義也已遠遠超出本文的用意。

馮諼為孟嘗君門客

（選自《戰國策・齊策四》）

　　齊人有馮諼者，貧乏不能自存，使人屬孟嘗君，願寄食門下。[1] 孟嘗君曰："客何好？"[2] 曰："客無好也。"曰："客何能？"曰："客無能也。"孟嘗君笑而受之曰[3]："諾。"左右以君賤之也，食以草具。[4] 居有頃，[5] 倚柱彈其劍，歌曰："長鋏歸來乎！[6] 食無魚。"左右以告，孟嘗君曰："食之，比門下之客。"[7] 居有頃，復彈其鋏，歌曰："長鋏歸來乎！出無車。"左右皆笑之，以告。孟嘗君曰："為之駕，比門下之車客。"[8] 於是乘其車，揭其劍，[9] 過其友曰："孟嘗君客我。"後有頃，復彈其劍鋏，歌曰："長鋏歸來乎！無以為家。"[10] 左右皆惡之，[11] 以為貪而不知足。孟嘗君問："馮公有親乎？"對曰："有老母。"孟嘗君使人給其食用，無使乏。於是馮諼不復歌。

　　後孟嘗君出記，[12] 問門下諸客："誰習計會，[13] 能為文收責於薛者乎？"[14] 馮諼署曰[15]："能。"孟嘗君怪之，曰："此誰也？"左右曰："乃歌夫長鋏歸來者也。"孟嘗君笑曰："客果有能也，吾負之，未嘗見也。"請而見之，謝曰[16]："文倦於事，憒於憂，而性懧愚，[17] 沉於國家之事，[18] 開罪於先生。先生不羞，乃有意欲為收責於薛乎？”馮諼曰：“願之。”於是約車治裝，載券契而行，辭曰：“責畢收，以何市而反？”[19]孟嘗君曰：“視吾家所寡有者。”驅而之薛，使吏召諸民當償者，悉來合券。[20]券徧合，起矯命以責賜諸民，[21]因燒其券，民稱萬歲。

長驅到齊，晨而求見。孟嘗君怪其疾也，[22]衣冠而見之，曰：“責畢收乎？來何疾也！”曰：“收畢矣。”“以何市而反？”馮諼曰：“君云‘視吾家所寡有者。’臣竊計，君宮中積珍寶，狗馬實外廄，美人充下陳。[23]君家所寡有者以義耳！竊以為君市義。”孟嘗君曰：“市義奈何？”曰：今君有區區之薛，不拊愛子其民，[24]因而賈利之。[25]臣竊矯君，以責賜諸民，因燒其券，民稱萬歲。乃臣所以為君市義也。孟嘗君不說，曰：“諾，先生休矣。”[26]

後期年，齊王謂孟嘗君曰：“寡人不敢以先王之臣為臣。”[27]孟嘗君就國於薛，未至百里，民扶老攜幼，迎君道中。孟嘗

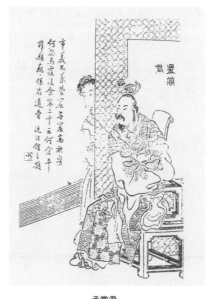

孟嘗君

君顧謂馮諼：“先生所為文市義者，乃今日見之。”馮諼曰：“狡兔有三窟，僅得免其死耳，今君有一窟，未得高枕而臥也。請為君復鑿二窟。”孟嘗君予車五十乘，[28]金五百斤，西遊於梁，謂惠王曰：“齊放其大臣孟嘗君於諸侯，[29]諸侯先迎之者，富而兵強。”於是，梁王虛上位，[30]以故相為上將軍，遣使者，黃金千斤，車百乘，往聘孟嘗君。馮諼先驅誡孟嘗君曰[31]：“千金，重幣也；百乘，顯使也。齊其聞之矣。”梁使三反，孟嘗君固辭不往也。齊王聞之，君臣恐懼，遣太傅齎黃金千斤，[32]文車二駟，服劍一，封書謝孟嘗君曰：“寡人不祥，[33]被於宗廟之祟，[34]沉於諂諛之臣，開罪於君，寡人不足為也。[35]願君顧先王之宗廟，姑反國統萬人乎？”馮諼誡孟嘗君曰：“願請先王之祭器，立宗廟於薛。廟成，還報孟嘗君曰：“三窟已就，君姑高枕為樂矣。”

注釋

1. 屬：同“囑”，囑託。孟嘗君：姓田名文，齊貴族大臣，以養士聞名。

2. 客何好：這位門客有何愛好。

3. 笑而受：笑着接受他為門客。

4. 賤之：看不起他。草具：粗劣的飲食。

5. 居有頃：住了一段時間。

6. 鋏（jiá）：劍把。

7. 食（sì）之：供應他食物。比門下之客：和門下一般客一樣。

8. 車客：出門有車地位較高的門客。

9. 揭：舉起。

10. 無以為家：無法照顧家人。

11. 惡（wù）：討厭。

12. 出記：出示通知。

13. 計會（kuài）：算賬。

14. 責：同"債"。薛：地名，孟嘗君封邑，故址在今山東棗莊的薛城區。

15. 署：簽名。

16. 請而見之，請來相見。謝：道歉。

17. 憒：昏亂。懧（nuò）：懦弱。

18. 沉於國之事：忙於國家事務。（按：當時他是齊相。）

19. 何市而反：買些甚麼回來。

20. 合券：驗對債券。

21. 徧合：都驗完無誤。矯：假稱。

22. 怪：以為奇怪。疾：快。

23. 下陳：在台階下充伺候者之列。

24. 拊：同"撫"。愛子其民：愛其民如子。

25. 賈（gǔ）：謀求。

26. 休矣：休息吧。

27. 不敢以先王之臣為臣：客氣話，實即免去孟嘗君相位。

28. 五十乘：車五十輛，用馬二百匹。

29. 放：放逐。

30. 虛上位：留下上座，以便請孟嘗君為相。

31. 先驅：首先出發。

32. 齎：同"齎"（jī）：付與。

33. 不祥：不吉利。

34. 祟：鬼神降災。

35. 不足為也：不值得計較。

串講

　　孟嘗君是戰國時代以善於養士聞名的"四公子"之一。據說他有一次陷身秦國，幾乎不得脫身，幸賴門客中有人善於學雞鳴和盜竊，竟幫他逃出了函谷關。宋代大政治家王安石曾就此發過議論。從這篇文章看來，他的"養士"雖未必對他任齊相時幫他作出甚麼值得稱道的政績，但這些門客中有一些人確實為鞏固他個人的地位，使他脫出困境出過一些力量，大抵他養士的目的也僅限於此。從馮諼為孟嘗君所設計的"三窟"看來，最終目的無非是使孟嘗君能夠"高枕而樂"。不過，他的手段也未始對民眾沒有一點好處，像他去薛地收債，矯稱孟嘗君放棄債權，引起薛地人民對孟嘗君的感"恩"，客觀上還是可取的。馮諼指責孟嘗君"不拊愛子其民，因而賈利之"的話，也很有理。至於他游說梁王使之迎孟嘗君，又叫孟嘗君推辭，這顯然是要挾齊王的一種手段。這種手段代表戰國策士的一種特色，為了達到自己的目的，往往可以不擇手段。篇末馮諼稱"三窟已就，君姑高枕為樂矣"，赤裸裸地表示只求高枕為樂，絕無掩飾，這種口吻在後人的文章中絕少見到。

評析

　　馮諼的故事亦見於《史記・孟嘗君列傳》，應該有真人真事為背景，但在描述的過程中也可能採用了當時人的口頭傳說和作者的想像，所以繪聲繪色，頗為動人。一開始強調馮諼的"客無好也"、"客無能也"，再加上多次的"彈鋏而歌"，都給人以一種無能而多少有些可笑的印象。但孟嘗君對此似乎並不計較，即使他自稱能收債，而把債款送給民眾後，孟嘗君雖然不高興，卻也不曾有甚麼表示。文章的後半寫到孟嘗君被罷相返薛，受到百姓迎接時，氣氛就此不同，馮諼的才能才充分表現出來，顯示出他足智多謀的一面。作者所着力描寫的正是馮諼施展手段，使齊、梁二國爭着迎孟嘗君，使其地位大為顯赫。作者這樣寫的目的就在突出地顯示當時的君主和貴族，都不免要得士人之助，所謂"得士者強，失士者亡"。為了加強文章的感染力，文中寫人物的言語和神情，都有十分精彩之筆。如"諾，先生休矣"一語，刻劃出孟嘗君心裡不滿又不願開罪馮諼的心情。馮諼後來說"狡兔有三窟"等語，表現了馮諼見孟嘗君已認識到自己才能，而急於進一步表現自己的神態。馮諼說梁王，稱孟嘗君之能"諸侯先迎之者，富而兵強"，一種洋洋得意的口吻亦躍然紙上。

齊宣王見顏斶

（選自《戰國策·齊策四》）

　　齊宣王見顏斶，[1]曰：“斶前！”斶亦曰：“王前！”宣王不悅，左右曰：“王，人君也。斶，人臣也。王曰‘斶前’，亦曰‘王前’可乎？”斶對曰：“夫斶前為慕勢，王前為趨士。[2]與使斶為趨勢，不如使王為趨士。”王忿然作色曰：“王者貴乎？士貴乎？”對曰：“士貴耳，王者不貴。”王曰：“有說乎？”斶曰：“有。昔者秦攻齊，令曰：‘有敢去柳下季壟五十步樵采者，[3]死不赦。’令曰：‘有能得齊王頭者，封萬戶侯，賜金千鎰。’[4]由是觀之，生王之頭，曾不若死士之壟也。”宣王不悅。

　　左右皆曰：“斶來，斶來！大王據千乘之地。[5]而建千石鐘，萬石簴。[6]天下之士，仁義皆來役處；[7]辯知並進，莫不來語；東西南北，莫敢不服。求萬物不備具，而百無不親附。[8]今夫士之高者，乃稱匹夫，徒步而處農畝，下則鄙野，監門閭里，[9]士之賤也，亦甚矣。”

　　斶對曰：“不然。斶聞古大禹之時，諸侯萬國。何則？德厚之道，得貴士之力也。[10]故舜起農畝，出於鄙野，而為天子。及湯之時，諸侯三千。當今之世，南面稱寡者，[11]乃二十四。由此觀之，非得失之策與？[12]稍稍誅滅，滅亡無族之時，¹³欲為監門、閭里，安可得而有乎哉？是故《易傳》不云乎：'居上位，未得其實，以喜其為名者，¹⁴必以驕奢為行。据慢驕奢，則凶從之。'¹⁵是故無其實而喜其名者削，¹⁶無德而望其福者約，¹⁷無功而受其祿者辱，禍必握。¹⁸故曰：'矜功不立，¹⁹虛願不至。'²⁰此皆幸樂其名，華而無其實德者也。²¹是以堯有九佐，舜有七友，禹有五丞，湯有三輔，²²自古及今而能虛成名於天下者，無有。是以君王無羞亟問。²³不媿下學；²⁴是故成其道德而揚功名於後世者，堯、舜、禹、湯、周文王是也。故曰：'無形者，形之君也。²⁵無端者，事之本也。'²⁶夫上見其原，下通其流，²⁷至聖人明學，²⁸何不吉之有哉！老子曰：'雖貴，必以賤為本；雖高，必以下為基。是以侯王稱孤寡不穀，是其賤之本與？'²⁹非夫孤寡者，³⁰人之困賤下位也，而侯王以自謂，豈非下人而尊貴士與？³¹夫堯傳舜，舜傳禹，周成王任周公旦，³²而世世稱曰明主，是以明乎士之貴也。"

宣王曰："嗟乎！君子焉可侮哉，寡人自取病耳！³³及今聞君子之言，乃今聞細人之行，³⁴願請受為弟子。³⁵且顏先生與寡人游，食必太牢，³⁶出必乘車，妻子衣服麗都。"³⁷

顏斶辭去曰："夫玉生於山，制則破焉，³⁸非弗寶貴矣，然夫璞不完。³⁹士生乎鄙野，推選則祿焉，⁴⁰非不尊遂也，⁴¹然而形神不全。斶願得歸，晚食以當肉，安步以當車，無罪以當貴，清靜貞正以自虞。[42]制言者王也，盡忠直言者爾也。言要道已備矣，願得賜歸，安行而反臣之邑屋。"則再拜而辭去也。

爾知足矣，歸反樸，則終身不辱也。

注釋

1. 齊宣王：姓田，名辟疆，戰國時齊王。顏斶（chù）：齊隱士。

2. 趨（qū）：歸附。

3. 柳下季：春秋時魯大夫，即展禽，柳下是他的采邑，諡號為惠，故稱柳下惠，以排行稱柳下季。柳下惠為人，曾得孔子、孟子稱讚，故禁士兵侵其墳墓。壟（lǒng）：墳墓。樵采：砍柴。

4. 鎰（yì）：二十兩為一鎰。

5. 千乘：一千輛戰車，古人往往以兵車數計國之大小。

6. 石：一百二十斤為一石。簴：當即"虡"（jù）字，古代懸掛鐘磬的架子。

7. "天下之士，仁義皆來役處"：當為"天下仁義之士，皆來役處"；意謂天下言仁義之士皆來居齊服事齊宣王。

8. "求萬物不備具，而百無不親附"二句：當為"求萬物無不備具，而百姓無不親附。

9. 鄙野：邊遠的僻野之地。監門閭里：古代的鄉二十五家為閭，僻遠郊野二十五家為里，各有門，其看守門戶者為監門。《史記·魏公子列傳》記侯嬴曰："終不以監門困故而受公子財。"

10. 得貴士之力也：因貴士而得其力。

11. 南面而稱寡者：指君主，古代君主面向南，自稱"寡人"。

12. 策：古代計數的小籌。這裡引申為推知事理的根據。

13. 滅亡無族之時：指其國家滅亡，君主之族隨之被誅滅之時。

14. "居上位"三句：指居於上位，無其德行，徒喜尊貴之名者，即無德行之君主。

15. 据：同"倨"。凶從之：災禍由此而來。

16. 削：削弱。

17. 約：陷於困境。

18. 握：通"渥"，深重。（按：這段引文不見今本《周易》的《繫辭》、《說卦》等傳。）

19. 矜功不立：自矜其功者功不能立。

20. 虛願不至：空有這願望者不能實現。

21. "此皆"二句：一本無"華"字，意為只喜高位之名而無居位之實德者。

22. "是以"四句：這裡的"九佐"、"七友"等皆虛擬之辭，不必實考其人名。

23. 亟（qì）：屢次。這句說君王不應以屢次問人為恥。

24. 下學：向地位低的人學習。

25. "無形者，形之君也"："無形"指德行等沒有形體的東西，"形"指有形體的爵位、國土等。

26. 無端：沒有端倪，亦指德行一類，有其德方可居其位，所以為"事之本也"。

27. 原：指事物的根源。流：指事物的發展及後果。

28. "至聖"句："人"字衍。明學：明通其學，知其本源。

29. "老子曰"六句：見《老子》第三十九章，今本作"故貴必以賤為本，高必以下為基。是以侯王自稱孤寡不穀，此非以賤為本耶？"

30. "非夫"句：按：《老子》"此非以賤為本耶"句下有"非乎"二字。此句"非"字下疑奪"乎"字。"夫孤寡者"之"夫"字或即"乎"之誤；夫字屬下讀亦通。

31. "豈非"句：指侯王以"孤"、"寡"自稱，豈非意在下人而尊貴士人？

32. 周成王：武王子，姓姬名誦。旦，周公名。

33. 自取病：自討沒趣。

34. 細人之行：指無實德而不貴士。

35. 請受為弟子：一本無"為"字，文氣更順暢。

36. "且顏先生與寡人游"句："顏"字當為"願"字，形近而誤。太牢：古人以牛、羊、豬全備為"太牢"，僅有羊豬為"少牢"。

37. 麗都：美麗。

38. 制：裁作。這句說玉塊一經製作，即破其完整。

39. 璞（pú）：未經雕琢的玉。

40. 推選：經人推舉選拔。祿：享受俸祿，指做官。

41. 尊遂：尊貴而得志。

42. 虞：同"娛"。

串講

　　戰國時代由於"七雄"分立爭強，給士人提供較多的仕進機會。一個士人在甲國不得志就可以到乙國去，"朝秦暮楚"的現象十分普遍，因此士人對於君主很少依賴性；相反地，倒是各國的君主和貴族因為要求賢才幫助自己富國強兵而往往謙恭下士。當時那些士人雖然未必都有真才實學，但確有一些士人對改革一些國家的政治起過較重要的作用，漢東方朔所謂"得士者強，失士者亡"，也並非全屬虛語。所以當時的士人往往不願對君主卑躬屈節，有時甚至對他們採取藐視的態度。這種情況，在當時的儒、道、法、縱橫等學派的人物身上都有所表現。本文所記的顏斶大約兼受儒、道二家的影響，他所標榜的"聖賢"是堯、舜、禹、湯、文王、周公，這全是儒家所推崇的"聖人"，但他同時也引證《老子》語，其字句亦與今本

《老子》基本相同。他提出了"士貴耳，王者不貴"的說法，指出歷來不少君主但知居高位，自命尊貴而無實德，最後常常遭亡國滅族之禍，求為微賤之人而不可得。這樣的例子很多，而且他把大禹之時，諸侯萬國，湯時僅存三千，到戰國時只有二十四的原因，歸結為"倨慢驕奢"。這些話正好痛斥了齊宣王左右所誇耀的齊王之貴在於："據千乘之地，而建千石鐘，萬石簴"等鄙俗無知之語。齊宣王雖口頭上表示欽佩，而仍以"食必太牢，出必乘車，妻子衣服麗都"作為與自己游處的條件，自然會遭到顏斶的拒絕。顏斶這種思想既代表了古代氣節之士的傳統，也反映着戰國時代士人的特點。

評析

此文寫顏斶和齊王及其左右的爭論。齊王及其左右認為王者尊貴，只是強調其權力大，財富多，其實是頗為庸俗的看法。顏斶的論點則不是這樣，首先提到"秦攻齊"的例子，說到"生王之頭不如死士之壟"。這是驚人之語，但僅此一語，還不足以服齊宣王之心。所以顏斶舉出了歷史事實，並且引證《易傳》、《老子》的話，指出居上位而無實德，必以驕奢為行，則必招致災之禍之理。又從哲理的高度闡發了《老子》所謂"雖貴，必以賤為本，雖高，必以下為基"的原理，說理十分透闢。寫齊王左右向顏斶誇耀齊王的權力和財富亦頗生動地刻劃其庸俗鄙陋之態。《古文觀止》中選錄此文，頗加刪削，如左右誇耀富貴之語及顏斶引《易傳》、《老子》以論驕奢之害部分，均未保存，不特文意不全，也失去了顏斶語與齊王左右語的強烈對比，藝術效果與邏輯力量均有遜色。

莊辛說楚襄王

（選自《戰國策·楚策四》）

莊辛謂楚襄王曰[1]：“君王左州侯，右夏侯，輦從鄢陵君與壽陵君，[2]專淫逸侈靡，不顧國政，郢都必危矣。”[3]襄王曰：“先生老悖乎？將以為楚國祅祥乎？”[4]莊辛曰：“臣誠見其必然者也，非敢以為國祅祥也。君王卒幸四子者不衰，楚國必亡矣。臣請辟於趙，[5]淹留以觀之。”[6]莊辛去之趙，留五月，秦果舉鄢、郢、巫、上蔡、陳之地，[7]襄王流揜於城陽。[8]於是使人發騶，徵莊辛於趙。[9]莊辛曰：“諾。”莊辛至，襄王曰：“寡人不能用先生之言，今事至於此，為之奈何？”

莊辛對曰：“臣聞鄙語曰：‘見兔而顧犬，未為晚也；亡羊而補牢，未為遲也。’臣聞昔湯、武以百里昌，桀、紂以天下亡。今楚國雖小，絕長續短，[10]猶以數千里，豈特百里哉。[11]王獨不見夫蜻蛉乎？[12]六足四翼，飛翔乎天地之間，俛啄蚊虻而食之，[13]仰承甘露而飲之，自以為無患，與人無爭也。不知夫五尺童子，方將調鈆膠絲，[14]加己乎四仞之上，[15]而下為螻蟻食也。蜻蛉其小者也，黃雀因是以。俯噣白粒，[16]仰棲茂樹，鼓翅奮翼，自以為無患，與人無爭也。不知夫公子王孫，左挾彈，右攝丸，[17]將加己乎十仞之上，以其類為招。[18]晝游乎茂樹，夕調乎酸鹹，倏忽之間，墜於公子之手。

夫雀其小者也，黃鵠因是以。游於江海，淹乎大沼，俯喝鱔鯉，[19] 仰嚙薐衡，[20] 奮其六翮，[21] 而凌清風，飄搖乎高翔，自以為無患，與人無爭也。不知夫射者，方將脩其矰盧，[22] 治其繒繳，[23] 將加己乎百仞之上。被磁磻，[24] 引微繳，折清風而抎矣。[25] 故晝游乎江河，夕調乎鼎鼐。[26]

夫黃鵠其小者，蔡聖侯之事因是以。[27] 南游乎高陂，北陵乎巫山，[28] 飲茹谿流，[29] 食湘波之魚，[30] 左抱幼妾，右擁嬖女，與之馳騁乎高蔡之中，[31] 而不以國家為事。不知夫子發方受命乎宣王，[32] 繫己以朱絲而見之也。[33]

蔡聖侯之事其小者也，君王之事因是以。左州侯，右夏侯，輦從鄢陵君與壽陵君，飯封祿之粟，[34] 而戴方府之金，[35] 與之馳騁乎雲夢之中，[36] 而不以天下國家為事。不知夫穰侯方受命乎秦王，[37] 填黽塞之內，[38] 而投己乎黽塞之外。"

襄王聞之，顏色變作，身體戰慄。於是乃以執珪而授之為陽陵君，與淮北之地也。

注釋

1. 莊辛：人名，楚莊王之後，以諡號為氏。楚襄王：即楚頃襄王羋橫，楚懷王子，在位時秦拔楚鄢郢，遂東遷於陳（今河南淮陽）。

2. 州侯、夏侯、鄢陵君、壽陵君：都是楚襄王的寵倖之臣。輦(niǎn)：人拉的車，一般為君主所乘。輦從：言輦車每出去時，鄢陵君、壽陵君隨從輦後。

3. 郢都：楚國的都城，故地在今湖北江陵。

4. 祅（yāo）祥：預示災禍的事物反常現象。

5. 辟：同"避"。

6. 淹留：停留。

7. "秦果舉"句：按：此句疑後人追敘有誤。《史記‧秦本紀》載秦
昭襄王二十八年，"大良造白起攻楚，取鄢、鄧，赦罪人遷之。二
十九年，大良造白起攻楚，取郢為南郡，楚王走……三十年，蜀守
若伐楚，取巫郡……"又《楚世家》：楚頃襄王十一年，"秦將白
起遂拔我郢，燒先王墓夷陵。楚襄王兵散，遂不復戰，東北保於陳
城。"至於陳的陷落，在楚考烈王二十二年徙都壽春時，非襄王時
事。

8. 流揜（yǎn）：流亡淹留。城陽：當作"成陽"，故地在今河南息
縣東北。

9. 騶（zōu）：車輛及御者。徵：徵召。

10. 絕長續短：截長補短，喻楚國所餘土地合起來。

11. 特：但。

12. 蜻蛉（líng）：蜻蜓。

13. 蚉蝱："蚉"即"蚊"，"蝱"（méng）：飛蠅之類。

14. 鈆：當作"飴"，即飴糖。膠絲：在絲上塗膠水。這句指童子調製
飴糖等準備粘取蜻蜓。

15. 仞：七尺（一說八尺）為一仞。

16. 噣：同"啄"。白粒：米粒。

17. 攝：按持。

18. 顉：一說當為"頸"之誤。招：的，即射擊的目標。

19. 鱣：一本作"鱔"，一說為"鼹"（yǎn），即鮎魚。

20. 嚙（niè）：字本作"齧"，咬。薐：同"菱"。衡：指荇菜，一
種水草。

21. 六翮：鳥的翅膀，因鳥翅有六根主要的羽毛，故稱 "六翮"。

22. 莝：一本作 "碆"（bō）即 "蟠" 字，石製箭鏃，可繫繩射鳥。盧：通 "旅"，黑色的弓。

23. 繒繳： "繒" 通 "矰"，射鳥的箭。繳（zhuó）繫在箭上的絲繩。

24. 礛（jiān）：鋒利的。

25. 扰（yǔn）：通 "隕"，墜落。

26. 鼐（nài）：大鼎。

27. 蔡聖侯：一作 "蔡靈侯"。（按： "蔡靈侯" 是春秋時人，但也有學者認為當作 "聖侯"，詳下。）

28. 北陵乎巫山：（按：春秋或戰國時蔡之疆域都不可能包括巫山。）

29. 飲茹溪流：茹溪為巫山的溪流。

30. 食湘波之魚：（按：蔡國疆域亦不可到今湘江一帶。）

31. 高蔡：即上蔡，在今河南上蔡一帶。按：蔡國曾多次遷徙，但其故址均在今河南東南部一帶，此文說到 "巫山"、 "湘波" 都與蔡國無涉。此文疑出後人追記而失實。

32. 子發：一說即春秋時楚靈王誘蔡靈侯而殺之事，但《左傳》未記子發參與其事，因而推測為 "蓋使子發召之"。另一說指戰國時事，誘殺蔡侯的是楚宣王，並謂楚宣王時有子發。宣王：名熊良夫，楚悼王子，肅王弟。

33. 朱絲：綑綁人的紅繩。

34. 封祿之粟：所封祿位而收得的糧食。

35. 戴：一作 "載"。方：四方。方府之金：四方所貢之金。

36. 雲夢：古代的大湖，在今湖北、湖南二省境。

37. 穰侯：名魏冉，秦昭襄王之舅為秦相，封於穰。

38. 黽（méng）塞：楚國的要塞，即今平靖關，在今河南信陽市西南與湖北應山接界處。

串講

　　戰國後期，楚國政治日益混亂，國力日衰，屢次為秦所敗。自楚懷王入秦被扣留不返，長子頃襄王立，比懷王更為昏庸，結果遭到秦將白起進攻，奪取了楚國的舊都鄢郢等大片土地，使頃襄王不得不向東逃亡，遷都於陳。這篇文章記載楚國的賢士莊辛在郢都失陷前，已經預見到這災難，並向頃襄王進諫，但頃襄王絲毫聽不進去。後來郢都失守，頃襄王也不能不想起莊辛當時的話，把他徵召回來。莊辛再一次借"蜻蛉"、"黃雀"、"黃鵠"和"蔡聖侯"的例子，分析了危機的存在而行將被禍的人毫無覺察的事例，最後落實到頃襄王本人的情況。他的話當場確實打動了頃襄王，但後來的事實卻證明頃襄王並未真正引以為戒，所以楚國的局勢並未由此有所好轉。這篇文章大約出於後來人追記，所以總的來說，寫頃襄王的驕奢淫佚不恤國政，顯然是真實的，但文中提到的一些史事則和事實大有出入。因此此文作為史料其價值不高，但行文卻有其特點，為不少讀者所傳誦。

評析

　　這篇文章歷來傳誦，主要是因為其說理方法頗有特色。莊辛的主要目的是使楚襄王從沉湎於盤樂怠傲中猛醒過來，正視楚國當時的危險境地。但是像楚襄王這樣一個昏庸的君主是很難接受勸諫的，如果直接了當地向他指出秦國正在算計他，要滅亡楚國，他未必肯聽，而且弄不好還會招來麻煩。因此莊辛的說辭採取了迂迴的手法，先從小小的蜻蛉說起，然後講到黃雀、黃鵠，進而提到被楚國所滅的小國之君蔡聖侯，最終落實到楚襄王本人身上。文中提到人們去捕捉和獵殺蜻蛉、黃雀和黃鵠的方法，是大家日常習見。人們作種種捕殺的準備時，蜻蛉等動物自然毫無所知，一到人下手時，已無可逃避。同樣地，楚王的先世誘殺蔡侯滅亡蔡國時，蔡侯也是毫無覺察的，以此而論，秦強楚弱，秦王亡楚之計已定，而楚王竟尚無所知，醉生夢死，豈不可危！全文由小到大，一層深入一層，剴切明白，使人不得不信，不得不服，自是說理文章的傑作。

汗明見春申君

(選自《戰國策・楚策四》)

汗明見春申君，[1]候問三月，而後得見。[2]談卒，春申君大說之。汗明欲復談，春申君曰：“僕已知先生，先生大息矣。”[3]汗明憱焉曰：[4]“明願有問君而恐固。[5]不審君之聖，孰與堯也？”春申君曰：“先生過矣，臣何足以當堯？”汗明曰：“然則君料臣孰與舜？”春申君曰：“先生即舜也。”汗明曰：“不然，臣請為君終言之。君之賢實不如堯，臣之能不及舜。夫以賢舜事聖堯，三年而後乃相知也。今君一時而知臣，是君聖於堯而臣賢於舜也。”春申君曰：“善。”召門吏更為汗先生著客籍，[6]五日一見。

春申君

汗明曰：“君亦聞驥乎？夫驥之齒至矣，服鹽車而上太行，蹄申膝折，[7]尾湛胕潰，[8]漉汁灑地，[9]白汗交流，中阪遷延，[10]負轅不能上。伯樂遭之，下車攀而哭之，解紵衣以冪之。[11]驥於是俛而噴，仰而鳴，聲達於天，若出金石聲者，何也？彼見伯樂之知己也。今僕之不肖，陷於州部，[12] 堀穴窮巷，[13] 沈洿鄙俗之日久矣，君獨無意湔拔僕也，[14] 使得為君高鳴屈於梁乎？"[15]

注釋

1. 汗明：人名，身世不詳。春申君：即楚人黃歇，曾為楚相，以喜養士聞名。
2. 候問：一作"候間"，指等待春申君有空才能接見。
3. 大息：指休息。
4. 憱：即"蹙"（cù），驚悚不安的樣子。
5. 固：淺陋。
6. 著客籍：記下其名於賓客名籍中。
7. 申：同"伸"。這句說馬拉的車過重，伸蹄向前而膝屈曲不進，喻力竭。
8. 尾湛：尾下沉，"湛"同"沉"。這是出汗過多之故。胕：同"膚"。胕潰：形容出汗而皮膚如潰爛之狀。
9. 汁：指汗水。
10. "白汗"二句：形容流汗多而無法前行。阪：山坡。遷延：不進的樣子。
11. 紵（zhù）：用苧麻織成之衣。幭（mì）："幦"的異體字，遮蓋。
12. 州部：指地方上的行政官署。此句意謂自己不為當地官員所重視。
13. 堀（kū）：穴。
14. 湔（jiān）：洗滌。
15. 梁：當指山梁，有人以為汗明曾困於梁國，恐非。

串講

　　春申君雖以養士著名，但他似乎並不懂得識拔人才。從汗明求見到春申君接見他竟花了三個月時間，接見後儘管欣賞汪明，卻不願深談，便叫人休息，這完全不是求賢若渴的態度，所以汪明以堯和舜的故事來說明春申君並不真正理解他。汪明其人究竟有多大才能？我們根據現有的史料已很難考知。但此文寫驥和伯樂的故事，卻寫得頗為感人，代表着許多失意之士不遇知音之苦。

評析

千里馬不遇伯樂，拉着鹽車以上太行山的寓言，長期以來一直被許多士人所樂道。因為幾千年來廣大士人能抒展其抱負者畢竟是少數。所以賈誼《弔屈原文》云："驥垂兩耳，服鹽車兮"；韓愈《雜說》四有"千里馬常有，而伯樂不常有"之歎。此文極寫老馬困頓之狀，十分傳神，自能引起許多失意者之共鳴。

春申君與李園

（選自《戰國策‧楚策四》）

　　楚考烈王無子，[1]春申君患之，求婦人宜子者進之，甚眾，卒無子。趙人李園，持其女弟，[2]欲進之楚王，聞其不宜子，恐又無寵。李園求事春申君為舍人。[3]已而謁歸，[4]故失期。還謁，春申君問狀。對曰：“齊王遣使求臣女弟，與其使者飲，故失期。”春申君曰：“聘入乎？”[5]對曰：“未也。”春申君曰：“可得見乎？”曰：“可。”於是園乃進其女弟，即幸於春申君。知其有身，[6]園乃與其女弟謀。

　　園女弟承間說春申君曰：“楚王之貴幸君，雖兄弟不如。今君相楚王二十餘年，而王無子，即百歲後將更立兄弟。[7]即楚王更立，彼亦各貴其故所親，君又安得長有寵乎？非徒然也？君用事久，多失禮於王兄弟，兄弟誠立，禍且及身，奈何以保相印、江東之封乎？今妾自知有身矣，而人莫知。妾之幸君未久，誠以君之重而進妾於楚王，王必幸妾，妾賴天而有男，則是君之子為王也，楚國封盡可得，孰與其臨不測之罪乎？”春申君大然之。乃出園女弟，謹舍而言之楚王。[8]楚王召入，幸之。遂生子男，立為太子，以李園女弟立為王后。楚王貴李園，李園用事。李園既入其女弟為王后，子為太子，恐春申君語泄而益驕，陰養死士，欲殺春申君以滅口，而國人頗有知之者。

春申君相楚二十五年，考烈王病。朱英謂春申君曰：[9]“世有無妄之福，[10]又有無妄之禍。今君處無妄之世，以事無妄之主，安不有無妄之人乎？”春申君曰：“何謂無妄之福？”曰：“君相楚二十餘年矣，雖名為相國，實楚王也。五子皆相諸侯。今王疾甚，旦暮且崩，太子衰弱，疾而不起，而君相少主，因而代立當國，如伊尹、周公。王長而反政，不，即遂南面稱孤，因而有楚國。此所謂無妄之福也。”春申君曰：“何謂無妄之禍？”曰：“李園不治國，王之舅也。不為兵將，而陰養死士之日久矣。楚王崩，李園必先入，據本議制斷君命，[11]秉權而殺君以滅口。此所謂無妄之禍也。”春申君曰：“何謂無妄之人？”曰：“君先仕臣為郎中·君王崩，李園先入，臣請為君劃其胸殺之。[12]此所謂無妄之人也。”春申君曰：“先生置之，[13]勿復言已。李園，軟弱人也，僕又善之，又何至此？”朱英恐，乃亡去。後十七日，楚考烈王崩，李園果先入，置死士，止於棘門之內。[14]春申君後入，止棘門。園死士夾刺春申君，斬其頭，投之棘門外。於是使吏盡滅春申君之家。而李園女弟，初幸春申君有身，而入之王所生子者，遂立為楚幽王也。

注釋

1. 楚考烈王：名熊元，頃襄王子。

2. 女弟：妹。

3. 舍人：古代王公貴人的侍從賓客。

4. 謁歸：告假回家。

5. 聘入乎：聘幣已送入否？

6. 有身：懷孕。

7. 百歲後：死後。

8. 謹舍：指另一處房舍，而奉養護衛頗為謹嚴。

9. 朱英：春申君的門客。

10. 無妄：同“無望”，即想不到的。

11. 據本議：根據自己的本意。制斷君命：主宰你的命運。

12. 劖（chōng）：刺。

13. 置之：停下；即不要說了。

14. 棘門：宮門。“棘”通“戟”，古代宮門插戟以為護衛，故名。

串講

　　這個故事亦見《史記·春申君列傳》，其情節幾乎全同，只是文字上稍有出入。值得注意的是在這故事發生的同時，秦國也出現了秦始皇為呂不韋之子的說法，而且兩個故事又有不少類似之處，所以也有些研究者曾對此持有懷疑態度。在今天看來，這種宮闈之事，本很難說，然而《戰國策》和《史記》的記載，大約都雜有民間傳說的成分。《戰國策》中這篇文章大約出於戰國秦漢間一些策士根據傳聞寫成的（當時《戰國策》尚未成書，可能見於“《國策》”、“《事語》”或“《短長》”等名目的書中），而司馬遷即以此採入《史記》。從這篇文章看來，春申君想借李園之妹以取楚國，而李園也想以此顯貴於楚是完全可能的。至少春申君死於李園之手，這應該無疑問，所以故事反映的是統治者內部一種勾心鬥角的情況。

評析

　　春申君早年曾經是一個頗有才能的人，《戰國策‧秦策》四有一篇他游說秦昭襄王的文章，對秦、楚、韓、魏的形勢分析頗為清楚。如果不是這樣，他不可能長期相楚，掌握楚國的大權。並且當時一些傑出的思想家如荀況，也曾對他抱有幻想。但春申君在顯貴之後，變得驕縱昏庸起來，他的聽信李園而向考烈王進獻李園之妹，表現了他確有野心。但是，他對李園顯然疏於防範，當朱英向他指出危險時，他竟說："先生置之，勿復言已！李園，軟弱人也，僕又善之，又何至此？"一副不以為意的樣子。這幾句話很能傳達出春申君的心態。至於寫李園用告假手段引誘春申君納其妹一節，情節曲折，有小說意味，大約亦出傳說。

魯仲連義不帝秦

（選自《戰國策・趙策三》）

　　秦圍趙之邯鄲，[1] 魏安釐王使將軍晉鄙救趙。[2] 畏秦，止於蕩陰，[3] 不進。魏王使將軍辛垣衍間入邯鄲，[4] 因平原君謂趙王曰[5]：“秦所以急圍趙者，前與齊湣王爭強為帝，[6] 已而復歸帝，以齊故。今齊湣王已益弱，[7] 方今唯秦雄天下，此非必貪邯鄲，其意欲求為帝。趙誠發使尊秦昭王為帝，[8] 秦必喜，罷兵去。”平原君猶豫未有所決。此時魯仲連適游趙，[9] 會秦圍趙。聞魏將欲令趙尊秦為帝，乃見平原君曰：“事將奈何矣？”平原君曰：“勝也何敢言事？百萬之眾折於外，[10] 今又內圍邯鄲而不能去。魏王使將軍辛垣衍令趙帝秦。今其人在是，勝也何敢言事？”魯連曰：“始吾以君為天下之賢公子也，吾乃今然後知君非天下之賢公子也。梁客辛垣衍安在？吾請為君責而歸之。”平原君曰：“勝請召而見之於先生。”平原君遂見辛垣衍曰：“東國有魯連先生，其人在此，勝請為紹介而見之於將軍。”辛垣衍曰：“吾聞魯連先生，齊國之高士也。衍，人臣也，使事有職，吾不願見魯連先生也。”平原君曰：“勝已泄之矣。”辛垣衍許諾。

　　魯連見辛垣衍而無言。辛垣衍曰：“吾視居此圍城之中者，皆有求於平原君者也。今吾視先生之玉貌，非有求

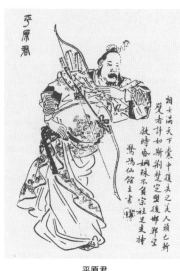

平原君

於平原君者,曷為久居此圍城之中而不去也?"魯連曰:"世以鮑焦無從容而死者,[11] 皆非也。今眾人不知,則為一身。彼秦者,棄禮義而上首功之國也。[12] 權使其士,虜使其民。[13] 彼則肆然而為帝,[14] 過而遂正於天下,[15] 則連有赴東海而死矣。吾不忍為之民也。所為見將軍者,欲以助趙也。"辛垣衍曰:"先生助之奈何?"魯連曰:"吾將使梁及燕助之,齊、楚則固助之矣。"辛垣衍曰:"燕則吾請以從矣。若乃梁,則吾乃梁人也,先生惡能使梁助之耶?"魯連曰:"梁未睹秦稱帝之害故也,使梁睹秦稱帝之害,則必助趙矣。"辛垣衍曰:"秦稱帝之害奈何?"魯仲連曰:"昔齊威王嘗為仁義矣,[16] 率天下諸侯而朝周。周貧且微,諸侯莫朝,而齊獨朝之。居歲餘·周烈王崩,[17] 諸侯皆弔,齊後往。周怒,赴於齊曰:'天崩地坼,天子下席。東藩之臣田嬰齊後至,則斮之。'[18] 威王勃然怒曰:'叱嗟!而母婢也。'[19] 卒為天下笑。故生則朝周,死則叱之,誠不忍其求也。彼天子固然,其無足怪。"辛垣衍曰:"先生獨未見夫僕乎？十人而從一人者，寧力不勝，智不若耶？畏之也。"魯仲連曰："然梁之比於秦若僕耶？"辛垣衍曰："然。"魯仲連曰："然吾將使秦王烹醢梁王。"[20]辛垣衍快然不悅曰："嘻，亦太甚矣，先生之言也！先生又惡能使秦王烹醢梁王？"

魯仲連曰："固也，待吾言之。昔者，鬼侯、鄂侯、文王，紂之三公也。[21]鬼侯有子而好，故入之於紂，紂以為惡，醢鬼侯。鄂侯爭之急，辨之疾，故脯鄂侯。[22]文王聞之，喟然而歎，故拘之於牖里之庫，[23]百日而欲令之死。曷為與人俱稱帝王，卒就脯醢之地也？齊閔王將之魯，[24]夷維子執策而從，[25]謂魯人曰：'子將何以待吾君？'魯人曰：'吾將以十太牢待子之君。'[26]夷維子曰：'子安取禮而來待吾君？彼吾君者，天子也。天子巡狩，諸侯辟舍，[27]納（於）筦鍵，[28]攝衽抱几，[29]視膳於堂下，天子已食，退而聽朝也。'魯人投其籥，[30]不果納。不得入於魯，將之薛，假塗於鄒。[31]當是時，鄒君死，閔王欲入弔。夷維子謂鄒之孤

魯仲連

曰[32]：‘天子弔，主人必將倍殯柩，[33]設北面於南方，然後天子南面弔也。’鄒之群臣曰：‘必若此，吾將伏劍而死。’故不敢入於鄒。鄒、魯之臣，生則不得事養，死則不得飯含。[34]然且欲行天子之禮於鄒、魯之臣，不果納。今秦萬乘之國，[35]梁亦萬乘之國。俱據萬乘之國，交有稱王之名，睹其一戰而勝，欲從而帝之，是使三晉之大臣不如鄒、魯之僕妾也。且秦無已而帝，[36]則且變易諸侯之大臣。彼將奪其所謂不肖，而予其所謂賢；奪其所憎，而與其所愛。彼又將使其子女讒妾為諸侯妃姬，處梁之宮，梁王安得晏然而已乎？而將軍又何以得故寵乎？"於是，辛垣衍起，再拜謝曰："始以先生為庸人，吾乃今日而知先生為天下之士也。吾請去，不敢復言帝秦。"秦將聞之，為卻軍五十里。

適會魏公子無忌奪晉鄙軍以救趙擊秦，[37]秦軍引而去。於是平原君欲封魯仲連。魯仲連辭讓者三，終不肯受。平原君乃置酒，酒酣，起前以千金為魯連壽。魯連笑曰："所貴於天下之士者，為人排患、釋難、解紛亂而無所取也。即有所取者，是商賈之人也，仲連不忍為也。"遂辭平原君而去，終身不復見。

注釋

1. 邯鄲：當時趙國的都城，今屬河北。
2. 魏安釐王：名圉，昭王子。

3. 蕩陰：在今河南湯陰一帶。

4. 間入：化裝潛入。

5. 平原君：趙王之弟，名趙勝。

6. 齊湣王：一作"齊閔王"，姓田名地，宣王子。

7. "今齊"句：意謂現在的齊湣王比過去更弱。

8. 秦昭王：即秦昭襄王，名則，一說名稷。

9. 魯仲連：戰國時高士，齊人，《漢書·藝文志》著錄有《魯仲連子》
   十四篇，此文有可能採自此書。從文中對"秦昭王"、"齊湣王"皆
   稱諡號，疑出自後人追記。

10. 百萬之眾折於外：指秦昭襄王四十七年秦軍在長平（今山西長子
    南）大破趙軍。

11. 鮑焦：周代隱者，荷擔採樵，拾橡實而食，不願出仕，後遇孔子弟
    子子貢，加以指責，"遂抱木立枯焉"，事見《韓詩外傳》及《莊
    子·盜跖》成玄英疏。

12. 上首功：崇尚"首功"。"首功"，指作戰時斬獲敵軍首級以論功。

13. "權使"二句：意謂以權詐使喚其士人，如對奴虜一樣對待其民
    眾。

14. 肆然：放肆地。

15. "過而"句：意謂如果秦真的肆然為帝，甚而至於為政於天下。
    過：甚。正：同"政"。

16. 齊威王：姓田，名嬰齊，始代姜氏而有齊國。

17. 周烈王：姓姬名喜。（按：據錢穆先生《先秦諸子繫年》卷四考
    證，烈王與齊威王年代不相當，此疑後人增飾之辭。）

18. 斮（zhuó）：斬殺。

19. 而：同"爾"。

20. 醢（hǎi）：剁成肉醬。

21. 鬼侯、鄂侯：傳說中殷末諸侯。一說"鬼侯"即"媿侯"，其地在
    今山西西北部；鄂侯其地在今河南沁陽西北。

22. 脯：殺了製成肉乾。

23. 牖里：地名，在今河南湯陰境。庫：一作"車"。

24. 齊閔王：即齊湣王。

25. 夷維子：齊臣；"策"：馬鞭。

26. 太牢：一牛一羊一豬為一太牢。

27. 辟：同"避"。辟舍：指避開正屋。

28. 筦鍵：鎖和鑰匙。

29. 攝衽抱几：提起衣襟，塞在腰帶上，跪着捧案几向"天子"進獻食品。

30. 籥：同"鑰"，指放下鑰匙，不為齊湣王開門。

31. 薛：本春秋時國名，後為齊所滅，今山東棗莊市薛城區。鄒：國名，今山東鄒城市。

32. 孤：鄒國君的繼承者，因父死故稱"孤"。

33. 倍：同"背"。倍殯柩：指把死者的棺木掉轉方向，頭朝北，使"天子"面向南去弔唁。

34. 事養：指俸祿不夠事養其父母。飯含：指死後將米和珠子放在口中。

35. 萬乘：一萬輛兵車。指大國。

36. 無已：無法制止其稱帝的話。

37. 魏公子無忌：即信陵君。

串講

在戰國"七雄"中，無疑地以秦為最強大，最後也是由秦來統一了中國。但是早在秦統一以前，許多士人都把秦看作"虎狼之國"，稱之為"暴秦"。這大約和秦法過於嚴酷而在對待敵國俘虜方面尤為殘暴有關。例如長平之戰後，秦將白起就屠殺了趙軍降卒四十萬人，這種行為自然得不到多數人的支持。所以魯仲連的反對尊秦為帝，在歷來傳為美談，形諸吟詠。如晉左思《詠史》有“吾慕魯仲連，談笑卻秦軍”之句；南朝謝靈運《述祖德詩》也有“仲連卻秦軍”句。這篇文章雖屬後人追記（文中提到齊湣王、秦昭王謚號。但文章中極寫秦稱帝之害，引了許多歷史事例，說明作者對當時的形勢有很清楚的認識。尤其是痛斥辛垣衍想尊秦為帝之失策，認為“三晉之大臣不如鄒魯之僕妾”，可謂痛切。至於談到一旦秦果真稱帝。“則且變易諸侯之大臣”一段，直接關係到了辛垣衍的地位，終於把辛垣衍打動，“不敢復言帝秦。文中講到紂殺鬼侯、鄂侯，囚禁文王；周王斥責齊威王；以及魯、鄒二國之拒絕齊湣王等事，都說明一旦有個高踞諸侯之上的“天子”或“帝”，都能使諸國不勝其責求。儘管從歷史的趨勢來看，由割據而走向統一，有其必然性，但反對秦的殘暴統治，反對辛垣衍那樣“睹其一戰而勝，欲從而帝之”的主張，還是有一定意義的。

評析

這篇文章歷來被視為《戰國策》中的名篇，文中魯仲連慷慨陳辭，引證史實來說明秦稱帝之害，說理透闢，筆鋒洋溢着激憤之情，特別是敍述一些歷史故事時，轉述古人言語，能真實生動地寫出這些人種種不同的心理狀態，如齊威王發怒，斥責周王說：“叱嗟！而母婢也！”一個君主出口罵人，僅用簡短的幾個字就烘托出他忍無可忍的狂怒心境。當辛垣衍提到梁國懼怕秦國，以主人和奴僕為比喻時，立即以“吾將使秦王烹醢梁王”來反駁，引出了不少事例，尤其寫魯、鄒兩國之臣拒絕齊湣王的情況，更顯示了辛垣衍的怯懦和渺小。文中寫平原君在見魯仲連時連稱“勝也何敢言事”，表現出他在戰敗之後，勢窮力竭的心態。總之全文中寫魯仲連、辛垣衍和平原君三人，都有其鮮明的性格，而這種性格，又往往用記言的手法，通過三言兩語突現出來，給讀者以深刻的印象。

聶政刺韓傀

（選自《戰國策·韓策二》）

韓傀相韓，嚴遂重於君，二人相害也。[1]嚴遂政議直指，[2]舉韓傀之過。韓傀以之叱之於朝。嚴遂拔劍趨之，以救解。[3]於是嚴遂懼誅，亡去，游求人可以報韓傀者。至齊，齊人或言：“軹深井里聶政，勇敢士也，[4]避仇隱於屠者之間。”[5]嚴遂陰交於聶政，以意厚之。聶政問曰：“子欲安用我乎？”嚴遂曰：“吾得為役之日淺，事今薄，[6]奚敢有請？”於是嚴遂乃具酒，觴聶政母前。仲子奉黃金百鎰，[7]前為聶政母壽。聶政驚，愈怪其厚，固謝嚴仲子。仲子固進，而聶政謝曰：“臣有老母，家貧，客游以為狗屠，可旦夕得甘脆以養親。親供養備，義不敢當仲子之賜。”嚴仲子辟人，[8]因為聶政語曰：“臣有仇，而行游諸侯眾矣。然至齊，聞足下義甚高，故直進百金者，特以為夫人麤糲之費，[9]以交足下之驩，豈敢以有求邪？”聶政曰：“臣所以降志辱身，居市井者，徒幸而養老母。老母在，政身未敢以許人也。”嚴仲子固讓，聶政竟不肯受。然仲子卒備賓主之禮而去。

久之，聶政母死，既葬，除服。聶政曰：“嗟乎！政乃市井之人，鼓刀以屠，而嚴仲子乃諸侯之卿相也，不遠千里，枉車騎而交臣，臣之所以待之至淺鮮矣，未有大功可以稱者，而嚴仲子舉百金為親壽，我雖不受，然是深知政也。夫賢者以感念睚眥之意，[10]而親信窮僻之人，而政獨安可嘿然而止乎？且前日要政，[11]政徒以老母。老母今以天年終，政將為知己者用。"遂西至濮陽，[12]見嚴仲子曰："前所以不許仲子者，徒以親在，今親不幸，仲子所欲報仇者為誰？"嚴仲子具告曰："臣之仇韓相俠。俠又韓君之季父也，[13]宗族盛，兵衛設，[14]臣使人刺之，終莫能就。今足下幸而不棄，請益具車騎壯士，以為羽翼。"政曰："韓與衛，中間不遠，今殺人之相，相又國君之親，此其勢不可以多人。多人不能無生得失，[15]生得失則語泄，語泄則韓舉國而與仲子為讎，豈不殆哉！"遂謝車騎人徒，辭，獨行仗劍至韓。

韓適有東孟之會，[16]韓王及相皆在焉，持兵戟而衛者甚眾。聶政直入，上階刺韓俠。韓俠走而抱哀侯，[17]聶政刺之，兼中哀侯，左右大亂。聶政大呼，所殺者數十人。因自皮面抉眼，[18]自屠出腸，遂以死。韓取聶政屍於市，縣購之千金。[19]久之，莫知誰子。政姊聞之曰："弟至賢，不可愛妾之軀，滅吾弟之名，非弟意也。"乃之韓，視之曰："勇哉！氣矜之隆。[20]是其軼賁、育而高成荊矣。[21]今死而無名，父母既歿矣，兄弟無有，此為我故也。夫愛身不揚弟之名，吾不忍也。"乃抱屍而哭之曰："此吾弟軹深井里聶政也。"亦自殺於屍下。

晉、楚、齊、衛聞之曰："非獨政之能，乃其姊者，

亦列女也。"聶政之所以名施於後世者，[22] 其姊不避葅醢
之誅，[23] 以揚其名也。

注釋

1. 相害：互相忌恨。

2. 政：同"正"。政議直指：議論正直，揭人的過失。

3. 以救解：因有人勸和而分開。

4. 軹：地名，故址在今河南濟源南。深井里是聶政所居里名。

5. 隱於屠者之間：以從事屠宰業隱藏其身份。

6. 事今薄：承上"為役之日淺"而言，意謂交情還不深。

7. 鎰：二十四兩為一鎰。

8. 辟人：同"避人"。

9. 麤：同"粗"。麤糲之費：指供養聶政老母之費，因自謙數量少，
   故稱"麤糲之費"，即不精美的食物。

10. 睚眦（yá zì）：怒目而視的樣子，指小小怨怒。

11. 要：求請。

12. 濮陽：地名，故址在今河南濮陽市南。

13. 季父：叔父。

14. 兵衛設：持兵器以保衛者佈置很齊備。

15. 得失：偏義複辭，實為"失"，即漏洞，差錯。

16. 東孟：地名。故址在今河南延津西南。

17. 哀侯：韓國君主，文侯子。

18. 皮面抉眼：去掉面部之皮，挖去自己的眼，以免被人認出。

19. 縣購：即懸賞。

20. 氣矜之隆：指勇猛自信的氣勢極隆。

21. 軼：超過。賁、育：指孟賁和夏育，兩位古代的勇士。成荊：人
   名，古代勇士。《呂氏春秋·論威》：成荊致死於韓王，而周人皆

畏。

22. 施（yì）：延續。

23. 菹（zū）醢：剁成肉醬的酷刑。

串講

這篇文章的內容亦見於《史記‧刺客列傳》，但文字略有出入。大抵《史記》即採自前人著述，而作了一些刪改，如此文中記聶政刺殺韓傀是在"東孟之會"，且並中哀侯的事，《史記》刪去；而《史記》載聶政姊名"榮"，其自述中有言及老母尚在自己未嫁之事，亦不見《戰國策》。

這篇文章從嚴仲子和韓傀結仇說起，次敘嚴仲子在逃亡中尋訪為他報仇的勇士，最後知道了聶政之勇。嚴仲子費了不少心血去和聶政結交，但聶政因養母之故，不能答應，及至聶母死後，聶政才能為嚴仲子出力。他主動去找嚴，並單身至韓，殺死韓傀，為了不致連累其姊，遂自殺而毀其容貌，但其姊不願為自身安全，沒其弟之名。這說明在戰國士人中，的確流行過一種"士為知己者死"的風氣。這種為了個人意氣，去殺人並自殺的行為，在今天看來實不足稱道，然而當時一些士人卻頗加推重。

評析

此文寫聶政的性格十分鮮明。從他的性格和行徑看來，大約是一個帶有游俠氣的士人。嚴仲子的知其名是在齊國，說明他早年已與人結仇，不得不避仇而流亡入齊，以屠宰為業，其目的無非是想隱姓埋名，奉養老母以終其天年。然而他並非甘心隱居的人，當嚴仲子找到他時，他雖不受嚴仲子的贈金，但已深知嚴所以要和他結交，是有求於他。他當時自稱"老母在，政身未敢以許人也"，雖是拒絕，實際上已經答應嚴仲子日後為他出力。文章最精彩的部分，自然是他仗劍至韓，刺殺韓傀，並刺及韓哀侯等情節。這種文字，幾乎字字千金，把人物性格躍然顯現於紙上。應該說，不論此文作者還是司馬遷，對這個人物的態度顯然是讚賞的。我們今天閱讀此文，應該從當時的歷史條件來加以理解，既不必苛責，也不能無批判地加以讚揚。

樂毅報燕惠王書

(選自《戰國策・燕策二》)

昌國君樂毅為燕昭王合五國之兵而攻齊，[1]下七十餘城，盡郡縣之以屬燕。[2]三城未下，[3]而燕昭王死。惠王即位，用齊人反間，疑樂毅，而使騎劫代之將。樂毅奔趙，趙封以為望諸君。齊田單欺詐騎劫，卒敗燕軍，復收七十城以復齊。燕王悔，懼趙用樂毅承燕之弊以伐燕。燕王乃使人讓樂毅，且謝之曰："先王舉國而委將軍，將軍為燕破齊，報先王之讎，天下莫不振動，寡人豈敢一日而忘將軍之功哉！會先王棄群臣，寡人新即位，左右誤寡人。寡人之使騎劫代將軍者，為將軍久暴露於外，故召將軍且休計事。[4]將軍過聽，以與寡人有郤，[5]遂捐燕而歸趙。將軍自為計則可矣，而亦何以報先王之所以遇將軍之意乎？"

望諸君乃使人獻書報燕王曰："臣不佞，[6]不能奉承先王之教，以順左右之心，恐抵斧質之罪，[7]以傷先王之明，而又害於足下之義，故遁逃奔趙。自負以不肖之罪，故不敢為辭說。今王使使者數之罪，臣恐侍御者之不察先王之所以畜幸臣之理，而又不白於臣之所以事先王之心，故敢以書對。

臣聞賢聖之君，不以祿利其親，功多者授之；不以官隨其愛，能當者處之。[8]
故察能而授官者，成功之
君也；論行而結交者，立
名之士也。臣以所學者觀
之，先王之舉錯，[9]有高
世之心，故假節於魏王，[10]
而以身得察於燕。[11]先王
過舉，擢之乎賓客之中，
而立之乎群臣之上，不謀
於父兄，而使臣為亞卿。

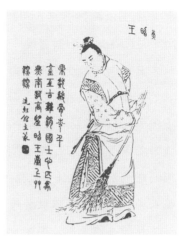

燕昭王

臣自以為奉令承教，可以幸無罪矣，故受命而不辭。

先王命之曰：'我有積怨深怒於齊，不量輕弱，而欲
以齊為事。'臣對曰：'夫齊霸國之餘教也，[12]而驟勝之
遺事也，[13]閑於兵甲，習於戰攻。王若欲攻之，則必舉天
下而圖之。舉天下而圖之，莫徑於結趙矣。且又淮北、宋
地，楚、魏之所同願也。趙若許，約楚、魏、宋盡力，[14]
四國攻之，齊可大破也。'先王曰：'善。'臣乃口受
令，具符節，南使臣於趙。顧反命，起兵隨而攻齊。以天
之道，先王之靈，河北之地，隨先王舉而有之於濟上。濟
上之軍，奉命擊齊，大勝之，輕卒銳兵，長驅至國。齊王
逃遁走莒，[15]僅以身免。珠玉財寶，車甲珍器，盡收入
燕。大呂陳於元英，[16]故鼎反於曆室，[17]齊器設於寧台，[18]
薊丘之植，植於汶篁。[19]自五伯以來，功未有及先王者

也。先王以為愜其志，[20] 以臣為不頓命，[21] 故裂地而封之，使之得比乎小國諸侯。臣不佞，自以為奉令承教，可以幸無罪矣，故受命而弗辭。

臣聞賢明之君，功立而不廢，故著於春秋，[22] 蚤知之士，[23] 名成而不毀，故稱於後世。若先王之報怨雪恥，夷萬乘之強國，收入百歲之蓄積，及至棄群臣之日，餘令詔後嗣之遺義，執政任事之臣，所以能循法令，順庶孽者，[24] 施及萌隸，[25] 皆可以教於後世。

臣聞善作者不必善成，善始者不必善終。昔者伍子胥說聽乎闔閭，故吳王遠跡至於郢。夫差弗是也，賜之鴟夷而浮之江。[26] 故吳王夫差不悟先論之可以立功，[27] 故沉子胥而不悔。子胥不蚤見主之不同量，故入江而不改。夫免身全功，以明先王之跡者，臣之上計也。離毀辱之非，[28] 墮先王之名者，臣之所以大恐也。臨不測之罪，以幸為利者，[29] 義之所不敢出也。

臣聞古之君子，交絕不出惡聲。忠臣之去也，不潔其名。臣雖不佞，數奉教於君子矣。恐侍御者之親左右之說，而不察疏遠之行也。故敢以書報，唯君之留意焉。"

注釋

1. 燕昭王：舊說以為是燕王噲的太子平，而今人有以為是公子職者，尚難定論。五國：指燕、趙、魏、韓、楚。
2. 盡郡縣之以屬燕：指把攻克的齊地立為郡縣以歸屬燕國。

3. 三城未下：指聊、莒、即墨三城尚未攻下。

4. 且休計事：暫且休息，歸國商議事情。這是託辭。

5. 郤（xì）：空隙，引申為怨恨。

6. 不佞：不才。

7. 斧質之罪：指死刑。“質”通“鑕”，是古代的刑具，殺人時用為墊座的砧板。

8. 能當者處之：能稱其職的人居此位。

9. 舉錯：任舉和措施。錯：通“措”。

10. 假：借。節：出使者所持的憑證。這句指樂毅曾為魏昭王使於燕，遂留在燕國。

11. 而以身得察於燕：使自己親自得到燕王的賞識。

12. 霸國之餘教：指齊自春秋時桓公已為霸主，尚有其遺教。

13. 驟勝之遺事：指多次戰勝的餘威。（按：齊曾乘燕亂攻破燕國，又曾滅宋，屢次戰勝。）

14. 約楚、魏、宋盡力：此時宋已滅亡。清人黃丕烈據《新序》，認為“宋”字衍。

15. 莒：齊地，今山東莒縣一帶。

16. 大呂：齊國的鐘名。元英：燕宮殿名。

17. 故鼎：燕國之鼎。子之之亂，鼎為齊所掠，樂毅破齊後收回。曆室：燕國宮名。

18. 寧台：燕國台名，據《史記正義》引《括地志》，“在幽州薊縣西四里”，故址大約在今北京西南郊。

19. 薊丘：丘名。據《史記正義》：“薊城西北隅有薊丘”。汶皇：“皇”通“篁”，汶水之濱的竹林。汶水在今山東西南部。舊注有多種解釋，似以燕薊丘之所植（所栽的樹林），移植於汶上之竹田為較順。

20. 愜（qiè）：滿意。

21. 不頓命：沒有屈辱使命。

22. 春秋：泛指史書。

23. 蚤：同“早”。

24. 順庶孽：在古代君主實行嫡長子繼承制，君主死後，庶出之子往往與嫡子爭位。這裡說燕昭王能預防此亂，使庶孽順從。

25. 萌隸：普通百姓。

26. 鴟夷：皮製口袋。吳王夫差賜伍子胥自殺後，把他的屍體裝進口袋，投入江中。

27. 先論：先見之論。

28. 離：同“罹”，遭受。

29. 以幸為利：指為趙代燕。

串講

　　樂毅這個歷史人物曾得到許多人讚賞，這主要是因為他既為燕國立了大功，而被讒離燕後，又不願助趙攻燕。所以漢高祖劉邦要封賞他的子孫；諸葛亮要以他自比；曹操在《讓縣自明本志令》中也稱道他。這篇文章，歷來也被視為先秦散文中的典範之作。《戰國策》中所載本文從開頭起到“望諸君乃使人獻書報燕王曰”為止當是後人所加，而樂毅的話，實自“臣不佞”句開始。第一段講自己離燕出亡的原因及此次報書的用意。第二段敘述自己當年為甚麼要仕燕及接受“亞卿之位”的用意。第三段追述當年怎樣和燕昭王合計攻齊及取得的戰功。第四段論燕昭王的賢明，實亦有批評燕惠王不能很好地繼承父志。第五段引證歷史事例，說明“善作者不必善成，善始者不必善終”的道理，表示自己一旦被讒，不但有被殺的危險，而且還可能有傷燕昭王之明，所以不得不去燕而赴趙。但赴趙也不會因此助趙伐燕。最後即第六段又再次強調恐燕惠王不了解自己的用意，所以要以書信申述其意，希望惠王鑒察。

評析

　　這是一篇追敘往事以自表心曲的文章。從文中看來，樂毅深感燕昭王知遇之恩，因此提到“先王”時，筆端是充滿感情的。文中歷敘自己被昭王所賞識和信任，以致燕破強齊。寫到當時攻齊的勝利，筆酣墨暢，而歸結為“自五伯以來，功未有及先王者也”，這並非自詡，而是追敘昭王的識鑒和度量，文中字字句句都在稱揚昭王。這種稱頌正如諸葛亮《出師表》之一再稱“先帝”（劉備）一樣，充滿着感激之情。這種稱頌完全是真實的，但對昭王的稱頌，也正好是對惠王的批評。這種感情真摯的文字，在戰國策士的文章中實罕有其比，難怪此文成為千古傳誦的名作。

禮
記

《檀弓》二則（節選）

（一）苛政猛於虎

孔子過泰山側，有婦人哭於墓者而哀，夫子式而聽之，[1] 使子路問之，[2] 曰：「子之哭也壹似重有憂者」，而曰：「然！昔吾舅死於虎，[3] 吾夫又死焉，今吾子又死焉。」夫子曰：「何為不去也？」曰：「無苛政。」夫子曰：「小子識之，[4] 苛政猛於虎也。」

（二）不食嗟來之食

齊大饑，黔敖為食於路，以待餓者而食之。[5] 有餓者蒙袂，輯屨，[6] 貿貿然來。[7] 黔敖左奉食，右執飲，曰：「嗟！來食！」揚其目而視之曰[8]：「予唯不食嗟來之食，以至於斯也。」從而謝焉，終不食而死。曾子聞之曰[9]：「微與，[10] 其嗟也可去，其謝也可食。」

注釋

1. 式：通「軾」，行車途中見到當致敬的人和事，便雙手扶軾以示敬。
2. 子路：孔子弟子仲由的字。
3. 舅：夫之父。
4. 識（zhì）：記住。
5. 黔敖：人名。「為食」的「食」音「shí」，指食物。「食之」的「食」音「sì」，給人吃。

6. 蒙袂：以衣袖蒙面。輯屨（jù）：把鞋的後幫踩在腳根下，形容其疲憊乏力。

7. 貿貿然：眼睛看不清的樣子。

8. 揚其目：抬起眼來。

9. 曾子：指孔子弟子曾參。

10. 微與：細枝末節。意謂黔敖稱 "嗟，來食" 為小過失，當他道歉後，可以吃他送來的飯。

串講

這兩則故事皆見於《禮記‧檀弓》下。據一些學者的看法，認為《檀弓》在《禮記》中是出現較早的篇目。這篇文字的內容主要講古代一些禮制，但也不乏一些簡短的故事。這些片段文字簡潔、形象生動，歷來頗受論文者推崇。這裡所選的兩則，一個講苛政猛於虎，已為許多人所熟知，並經常引用。另一個講一個氣節之士，寧可餓死，而不受他人輕蔑的施捨。所謂 "嗟來之食" 這個典故，也經常為人們所引用。這個事亦見《新序‧節士》和《呂氏春秋‧介立》高誘注，可見在古代也頗流行。

評析

"苛政猛於虎" 這個家喻戶曉的典故說明了一個事實，即貪官污吏的殘虐，比猛虎更為可怕。唐代散文家柳宗元的《捕蛇者說》，寫到一個農民幾代都捕蛇，父、祖皆死於毒蛇而不悔，是因為捕蛇可以免交賦稅，而且正因為捕蛇，才使他免去了官吏、衙役的荼毒，寫來十分沉痛，篇末也引了孔子此語，說明它反映了歷代的一個普遍現象。

　　不吃嗟來之食的故事，似乎反映着戰國時代布衣之士的一種情緒，他們不願對君主們降志辱身以求富貴，正如《戰國策》中的顏斶可以說出"士貴耳，王者不貴"的話，自然更不會苟求一餐之飽看人顏色。《呂氏春秋・介立》和《列子・說符》中的爰旌目，可能就是受了這故事的影響。從文章中看，《禮記》諸篇都未必有意為文，但像"蒙袂・輯屨"、"貿貿然來"以及"揚其目而視之"等情節看來，寫得都很生動。

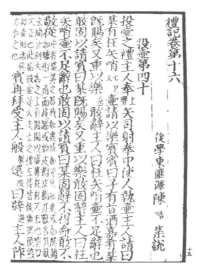

元刻本《禮記》

禮運（節選）

　　昔者仲尼與於蠟賓，[1]事畢，出遊於觀之上，[2]喟然而歎。[3]仲尼之歎，蓋歎魯也。[4]言偃在側，[5]曰：“君子何歎？”孔子曰：“大道之行也與三代之英，[6]丘未之逮也，[7]而有志焉。大道之行也，天下為公，選賢與能，講信修睦。[8]故人不獨親其親，不獨子其子，使老有所終，壯有所用，幼有所長，矜寡孤獨癈疾者皆有所養。[9]男有分，女有歸。[10]貨惡其棄於地也，不必藏於己，力惡其不出於身也，不必為己，是故謀閉而不興，[11]盜竊亂賊而不作，故外戶而不閉，是謂大同。

　　今大道既隱，[12]天下為家，各親其親，各子其子，貨力為己，大人世及以為禮，[13]城郭溝池以為固，禮義以為紀。以正君臣，以篤父子，以睦兄弟，以和夫婦，以設制度，以立田裡，以賢勇知，[14]以功為己。故謀用是作而兵由此起。禹、湯、文、武、成王、周公由

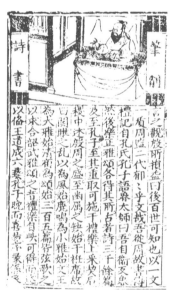

“筆削詩書”，選自明嘉靖刊本《孔子評傳》

此其選也。¹⁵此六君子者未有不謹於禮者也。以著其義，以考其信，¹⁶著有過，刑仁，講讓，示民有常。¹⁷如有不由此者，在埶者去，眾以為殃。¹⁸是謂小康。

注釋

1. 仲尼：孔子字。與：參與。蜡（zhà）：古代祭祀名。年終祭享與農事有關的八神。蜡賓：指蜡祭時的賓客。
2. 觀：指宗廟門前的望樓。
3. 喟（kuì）：歎氣。
4. 蓋歎魯也：據《禮運》下文看，似指蜡祭為天子之事，魯國是諸侯，行蜡祭不合禮制。
5. 言偃：孔子弟子，字子游。
6. 三代之英：夏商周三代英賢之臣。
7. 丘：孔子名。未之逮也：沒趕上。
8. 講信修睦：是說當時的人都講求誠信，致力於和睦相處。
9. 矜寡孤獨：矜（guān）通"鰥"，老而無妻。寡：老而無夫。孤：幼而無父。獨：老而無子。
10. 男有分：男子均有其職分。女有歸：女子都能有合適的夫家。
11. 謀：陰謀詐偽。
12. 隱：消失、逝去。
13. 大人世及：指天子、諸侯等貴人實行世襲制。
14. 以賢勇知：以勇和知為賢能。
15. 由此其選也：在此中被選出的傑出者。
16. "以著"二句："著"，明；"考"，成。這兩句說以禮明其義而成其信。
17. 刑：典。"刑仁"，指以仁為行為的典型。講讓：講求謙讓。有常：指常道，準則。

18. 埶：同"勢"。"在勢者"，指據有權力的人。這兩句說掌權的人不遵守常道，就該免去，因為眾人都以他為禍殃。

串講

《禮運》中這段文字反映了中國古代思想家們對太平盛世的嚮往。他們這種理想顯然是以原始社會作為藍本的，在長期的剝削制度下，造成了社會的種種不平等和貧富懸殊，一些有正義感的士人不滿，他們往往想用這種幻想來改造當時的現實，但是他們並沒有辦法去實現這種理想。然而這種理想畢竟是美好的，含有合理的成分。在這裡所講的"大同"、"小康"兩個階段，形成對比。"小康"比起後來的亂世，顯然好得多，但"大同"顯然更令人羨慕。這種理想對中國近現代許多革命家都曾產生影響，應該說是中國傳統文化中的寶貴遺產。

評析

這段文字屬於說理之文，主要以邏輯力量來說服讀者，但由於所論是一種理想，所以極寫"大同"之世的美好景象，使人神往。在說理的同時，作者亦頗注意文字的修飾。例如不論談到"大同"還是"小康"的部分，都使用了排句，字句趨於整齊，已有對偶句萌芽。有些句子似間有韻語，如"天下為公"、"講信修睦"（古音平聲"東"部和入聲"屋"部通轉）、"老有所終"、"壯有所用"等句，就有韻。這種文體在戰國時代出現的《易傳》及諸子中往往有之。

墨子

兼愛上

　　聖人以治天下為事者也，必知亂之所自起，焉能治之，[1]不知亂之所自起，則不能治。譬之如醫之攻人之疾者然，必知疾之所自起，焉能攻之，不知疾之所自起，則弗能攻。治亂者何獨不然，必知亂之所自起，焉能治之；不知亂之所自起，則弗能治。

　　聖人以治天下為事者也，不可不察亂之所自起，當察亂何自起？起不相愛。臣子之不孝君父，所謂亂也。子自愛不愛父，故虧父而自利；[2]弟自愛不愛兄，故虧兄而自利；臣自愛不愛君，故虧君而自利，此所謂亂也。雖父之不慈子，兄之不慈弟，君之不慈臣，此亦天下之所謂亂也。父自愛也不愛子，故虧子而自利；兄自愛也不愛弟，故虧弟而自利；君自愛也不愛臣，故虧臣而自利。是何也？皆起不相愛。雖至天下之為盜賊者亦然，盜愛其室不愛其異室，[3]故竊異室以利其室；賊愛其身不愛人，故賊人以利其身。此何也？皆起不相愛。雖至大夫之相亂家，[4]諸侯之相攻國者亦然。大夫各愛其家，不愛異家，故亂異家以利其家，諸侯各愛其國，不愛異國，故攻異國以利其國，天下之亂物具此而已矣。[5]察此何自起，皆起不相愛。

　　若使天下兼相愛，愛人若愛其身，猶有不孝者乎？視

孫詒讓著《墨子閒詁》

父兄與君若其身，惡施不孝？[6]猶有不慈者乎？視弟子與臣若其身，惡施不慈？故不孝不慈亡有，[7]猶有盜賊乎？故視人之室若其室，誰竊？視人身若其身，誰賊？故盜賊亡有。猶有大夫之相亂家、諸侯之相攻國者乎？視人家若其家，誰亂？視人國若其國，誰攻？故大夫之相亂家、諸侯之相攻國者亡有。若使天下兼相愛，國與國不相攻，家與家不相亂，盜賊無有，君臣父子皆能孝慈，若此則天下治。故聖人以治天下為事者，惡得不禁惡而勸愛？[8]故天下兼相愛則治，交相惡則亂。故子墨子曰："不可以不勸愛人者，此也。"

注釋

1. 焉：乃、於是。
2. 虧：損害。
3. 不愛其異室："其"字衍。
4. 大夫之相亂家：指大夫互相併吞別人家業，如晉六卿之相滅。
5. 物：事。
6. 惡（wū）施不孝：怎麼會有不孝。
7. 亡：通"無"。

8. "惡得"句："惡得"之"惡"（wū），疑問辭。"禁惡"之"惡"
　　（wù）：憎惡。

串講

　　"兼愛"是墨子學說的重要部分，孟子攻擊墨子，主要就斥
之為"無父"，其實這是出於不同學派的偏見。從這篇文章看
來，恐未必能得此結論。墨子從善良的願望出發，要求人們
"兼相愛"、"交相利"，天下就會太平，這從事實上說是不可
能的，但他的想法則未可非議。

評析

　　墨子在先秦是一位很重要的思想家，但其文章最乏文采，
從這篇文章看來，實為淡泊的說理之文，而且行文亦欠簡潔。
由於他在諸子中的地位，聊選此篇以備一格。

孟 子

王道之始

（選自《孟子·梁惠王上》）

梁惠王曰[1]："寡人之於國也,盡心焉耳矣。[2]河內凶,[3]則移其民於河東,[4]移其粟於河內。河東凶亦然。察鄰國之政,無如寡人之用心者。鄰國之民不加少,寡人之民不加多,何也?"孟子對曰:"王好戰,請以戰喻。填然鼓之,[5]兵刃既接,棄甲曳兵而走,或百步而後止,或五十步而後止。以五十步笑百步,則何如?"曰:"不可,直不百步耳,[6]是亦走也。"曰:"王如知此,則無望民之多於鄰國也。不違農時,穀不可勝食也;數罟不入洿池,[7]魚鼈不可勝食也;斧斤以時入山林,材木不可勝用也。穀與魚鼈不可勝食,材木不可勝用,是使民養生喪死無憾也,[8]養生喪死無憾,王道之始也。五畝之宅,樹之以桑,五十者可以衣帛矣;雞豚狗彘之畜,[9]無失其時,七十者可以食肉矣;百畝之田,勿奪其時,數口之家可以無飢矣;謹庠序之教,[10]申之以孝悌之養,頒白者不負戴於道路矣。[11]七十者衣帛食肉,黎民不飢不寒,然而不王者,[12]未之有也。狗彘食人食而不知檢,[13]塗有餓莩而不知發;[14]人死,則曰:'非我也,歲也。'是何異於刺人而殺之,曰:'非我也,兵也。'[15]王無罪歲斯天下之民至焉。"

注釋

1. 梁惠王：戰國時魏國君主之一，名罃，武侯子，因被秦所敗，由安邑（今山西運城境）遷都大梁（今河南開封），因此稱梁惠王。
2. 盡心：用心。
3. 河內：指今河南溫縣一帶黃河以北地區。
4. 河東：指今山西西南部一帶。
5. 填：形容擊鼓之聲。
6. 直：只是。
7. 數（cù）：細密。罟（gǔ）：網。洿（wū）池：池塘。這句是說細密的漁網會捕捉小的魚鱉，使之絕滅。
8. 憾：因缺乏而來的遺憾。
9. 彘（zhì）：豬。
10. 庠（xiáng）序：學校。
11. 頒：同"斑"。"頒白"，指頭髮花白。
12. 王（wàng）：成就王業。
13. 檢：制止。
14. 莩（piǎo）：同"殍"，餓死的人。發：開倉發糧救濟。
15. 兵：指兵器。

串講

　　魏國在戰國初期比較富強，但到惠王時，因秦國奪去了黃河以西的大片土地，使都城安邑受到威脅而東遷大梁，從此國勢一蹶不振。但梁惠王並不甘心衰弱下去，他大約是有志於重新興起的，不過他的措施並不得法，像他自己說的"河內凶，則移其民於河東"，這種辦法大約當時其他各國君主也會做到，孟子指出他的治國不比鄰國高明，顯然是事實。尤其像

"狗彘食人食而不知檢，塗有餓莩而不知發"的事，在當時不少見，魏國自亦難免。孟子強調"不違農時"以及"數罟不入洿池"、"斧斤以時入山林"的做法，說明古人已初步對保持生態平衡之事有所認識。儘管孟子的"王道"思想未必行得通，但他主張不違農時，以及使民眾都能有土地耕種等思想，應該說還是有進步意義的。

評析

《孟子》之文善用比喻，不但生動形象，而且用意亦頗尖銳、深刻。如"五十步笑百步"之喻，已成了大家經常引用的典故。"是何異於刺人而殺之，曰非我也，兵也"，讀起來顯得對方頗為可笑，而體味此語，則極沉痛。

率獸食人

(選自《孟子·梁惠王上》)

梁惠王曰："寡人願安承教。"[1]孟子對曰："殺人以梃與刃，有以異乎？"曰："無以異也。""以刃與政，有以異乎？"曰："無以異也。"曰："庖有肥肉，廄有肥馬，民有飢色，野有餓莩，此率獸而食人也。獸相食，且人惡之。為民父母，行政不免於率獸而食人，惡在其為民父母也？[2]仲尼曰：'始作俑者，[3]其無後乎！'為其象人而用之也。[4]如之何其使斯民飢而死也？"

注釋

1. "寡人"句：指梁惠王表示願安心接受孟子的教誨。
2. "惡在"句：惡（wū），如何。這句說"如何可以稱為民父母呢？"
3. 俑：殉葬用的陶人或木人。
4. "為其"句：這句說孔子斥責始作俑者，是恨他把像人樣的東西去陪葬，不合人道。其實，"俑"的出現，還是取代了用活人殉葬，不必深責。

串講

這段文字雖簡短，卻尖銳指出當時社會一個令人觸目驚心的現象。一方面，統治者窮奢極慾，奢侈浪費；另一方面，民眾的生活極端痛苦，甚至"野有餓莩"。這種現象的出現，正如《老子》所說："民之飢，以其上食稅之多，是以飢"。孟子尖銳地指出這問題，應該說是有積極意義的。

評析

　　此文把古代那種"庖有肥肉，廐有肥馬，民有飢色，野有餓莩"的現象，指出是"率獸食人"。這和杜甫的《自京至奉先詠懷五百字》中的"朱門酒肉臭，路有凍死骨"之句，有異曲同工之妙。杜甫的詩句雖來自唐代的現實生活，但很可能也從《孟子》此語得到啟發。

孟子拒齊宣王之召

（選自《孟子‧公孫丑下》）

　　孟子將朝王，[1]王使人來曰：“寡人如就見者也，[2]有寒疾，不可以風。[3]朝將視朝，[4]不識可使寡人得見乎？”對曰：“不幸而有疾，不能造朝。”[5]明日出弔於東郭氏。[6]公孫丑曰[7]：“昔者辭以疾，今日弔，或者不可乎？”曰：“昔者疾，今日愈，如之何不弔？”王使人問疾，醫來。孟仲子對曰[8]：“昔者有王命，有采薪之憂，[9]不能造朝。今病小愈，趨造於朝，我不識能至否乎？”使數人要於路，[10]曰：“請必無歸，而造於朝！”不得已而之景丑氏宿焉。[11]景子曰：“內則父子，外則君臣，人之大倫焉。父子主恩，君臣主敬。丑見王之敬子也，未見所以敬王也。”曰：“惡！[12]是何言也！齊人無以仁義與王言者，豈以仁義為不美也？其心曰：‘是何足與言仁義也’云爾，則不敬莫大乎是。我非堯舜之道，不敢以陳於王前，故齊人莫如我敬王也。”景子曰：“否，非此之謂也。禮曰：‘父召，無諾；君命召，不俟駕。’[13]固將朝焉，聞王命而遂不果，[14]宜與夫禮若不相似然。”曰：“豈謂是與？曾子曰[15]：‘晉楚之富，不可及也。[16]彼以其富，我以吾仁；彼以其爵，我以吾義，吾何慊乎哉？’[17]夫豈不義而曾子言之？是或一道也。天下有達尊三[18]：爵一，齒一，德一。朝廷莫如爵，鄉黨莫如齒，輔世長民莫如德。[19]惡得有其一以慢其二哉？故將大有為之君，必有所不召之臣，欲有謀焉，則就之。其尊德樂道。不如是不足與有為也。故湯之於伊尹，學焉而後臣之，[20]故不勞而王；桓公之於管仲，[21]學焉而後臣之，故不勞而霸。今天下地醜德齊，莫能相尚。[22]無他，好臣其所教，而不好臣其所受教。[23]湯之於伊尹，桓公之於管仲，則不敢召。管仲且猶不可召，而況不為管仲者乎？"[24]

孟子

注釋

1. 朝王：朝見齊王，此當指齊宣王。

2. "寡人"句：寡人本想到孟子館舍中來見他。

3. 不可以風：不能受風。

4. 朝（zhāo）將視朝（cháo）：早晨將會去朝廷視事。

5. 造朝：到朝廷去。

6. 東郭氏：齊大夫。

7. 公孫丑：孟子弟子。

8. 孟仲子：孟子的從兄弟，隨孟子學習。

9. 采薪之憂：謙辭，是說有病不能採薪（砍柴）。

10. 要（yāo）：強求。

11. 景丑氏：齊大夫，姓景名丑。

12. 惡（wū）：歎詞。

13. 無諾：不等答應馬上趕去。不俟駕：不等駕好車就出發。

14. "聞王命"句：聽到王召見之命反而不去了。

15. 曾子：孔子弟子曾參（shēn）。

16. "晉楚"二句：曾子生活在春秋時代，當時最富強的莫如晉、楚二
    國，故云。

17. 慊（qiàn）：不滿足。意謂自己並不羨慕晉、楚之君。

18. 達尊：通行的應該尊敬的人。

19. 鄉黨：所居處的鄰里間。輔世長民：輔佐君主為民之長。

20. 湯：商代開國之君。伊尹：湯的賢相。言湯先向伊尹學而後以他為
    臣。

21. 桓公：指齊桓公。管仲：齊桓公的賢臣。

22. 地醜德齊：指各諸侯國疆域大小差不多，德行亦相等。莫能相尚：
    指哪一國都未必高於別國。

23. "無他"三句：意為沒有別的，是由於君主只愛任用他所能教導的
    人，不愛使用應當向之討教的人。

24. "而況"句：孟子曾多次批評管仲。"不為管仲者"，即指自己，
    他認為自己高於管仲。

串講

　　戰國的士人對各國君主的態度並不像後代人那樣卑躬屈
節，相反地，往往有一種傲氣。因為他們在這一國得不到任
用，可以到另一國去，至於君主有時要依靠士人輔助他們富國
強兵，因此較能寬容，這種情況我們在《戰國策》的《齊宣王

見顏斶》中已經談到過。孟子生活在那個時代，對待君主也不馴伏，所以他本想去見齊王，但見齊王來召，就稱病不去，而要做那種"不召之臣"。他這種做法得不到孟仲子和景丑的理解，孟仲子叫他趕快去朝見；景丑對他提出質疑，說明他們並不同意孟子的觀點。顯然，這些人看重的是爵位，也不重德和齒。孟子舉出伊尹、管仲為例，其實伊尹、管仲當時情況和戰國未必相同，是否如此，已難確考。但孟子那種傲視君主的態度，深得歷來知識分子的同情和讚揚。

評析

　　這段文字所以為不少讀者所愛讀，一方面是表現了古代士人的傑驁不馴之氣；另一方面對幾個人物雖着墨不多，卻都能通過幾句話刻劃出各人的心情。如孟仲子叫人路上等孟子，叫他"請必無歸，而造於朝！"短短八個字，表現了他震於齊王的權勢而焦急的心情。孟子回答景丑說："惡！是何言也。"表現他完全不同意景丑的批評。"管仲且猶不可召，而況不為管仲者乎"之句，則顯出他那種自負之情。景丑因為孟子是客人，儘管他不同意孟子做法，但說話比較婉轉客氣，也很符合他的身份。

孟子和許行之爭

(選自《孟子·滕文公上》)

　　有為神農之言者許行，[1]自楚之滕，[2]踵門而告文公曰[3]："遠方之人聞君行仁政，願受一廛而為氓。"[4]文公與之處，[5]其徒數十人，皆衣褐，[6]捆屨、織席以為食。[7]陳良之徒陳相與其弟辛，[8]負耒耜而自宋之滕，[9]曰："聞君行聖人之政，是亦聖人也，願為聖人氓。"陳相見許行而大悅，盡棄其學而學焉。

　　陳相見孟子，道許行之言曰："滕君則誠賢君也；雖然，未聞道也。賢者與民並耕而食，饔飧而治。[10]今也滕有倉廩府庫，[11]是厲民而以自養也，[12]惡得賢？"孟子曰："許子必種粟而後食乎？"曰："然。""許子必織布而後衣乎？"曰："否。許子衣褐。""許子冠乎？"曰："冠。"曰："奚冠？"曰："冠素。"[13]曰："自織之與？"曰："否。以粟易之。"曰："許子奚為不自織？"曰："害於

孟子

耕。"[14]曰："許子以釜甑爨，[15]以鐵耕乎？"[16]曰："然。"
"自為之與？"曰："否。以粟易之。""以粟易械器者，[17]
不為厲陶冶；[18]陶冶亦以其機器易粟者，豈為厲農夫哉？
且許子何為不陶冶，舍皆取諸其宮中而用之？[19]何為紛紛
與百工交易，何許子之不憚煩？"曰："百工之事，固不
可耕且為也。""然則治天下獨可耕且為與？有大人之
事，有小人之事。且一人之身，而百工之所為備。如必自
為而後用之，是率天下而路也。[20]故曰：或勞心，或勞
力；勞心者治人，勞力者治於人；治於人者食人，治人者
食於人；[21]天下之通義也。

當堯之時，天下猶未平，洪水橫流，氾濫於天下。草
木暢茂，禽獸繁殖，五穀不登，禽獸偪人。獸蹄鳥跡之
道，交於中國。堯獨憂之，舉舜而敷治焉。[22]舜使益掌
火，[23]益烈山澤而焚之，[24]禽獸逃匿。禹疏九河，[25]瀹濟
漯，[26]而注諸海；決汝漢，排淮泗，而注之江，[27]然後中
國可得而食也。當是時也，禹八年於外，三過其門而不
入，雖欲耕，得乎？后稷教民稼穡。[28]樹藝五穀，五穀熟
而民人育。人之有道也，飽食、煖衣、逸居而無教，則近
於禽獸。聖人有憂之，使契為司徒，[29]教以人倫；父子有
親，君臣有義，夫婦有別，長幼有序，朋友有信。放勳曰[30]：
"勞之來之，匡之直之，輔之翼之，使自得之，又從而振
德之。'[31]聖人之憂民如此，而暇耕乎？堯以不得舜為己
憂，舜以不得禹、皋陶為己憂。[32]夫以百畝之不易為己憂

者，農夫也。³³分人以財謂之惠，教人以善謂之忠，為天下得人者謂之仁。是故以天下與人易，為天下得人難。孔子曰：「大哉堯之為君，惟天為大，惟堯則之，³⁴蕩蕩乎民無能名焉！³⁵君哉舜也，巍巍乎有天下而不與焉！」³⁶堯舜之治天下，豈無所用心哉？亦不用於耕耳。

吾聞用夏變夷者，³⁷未聞變於夷者也。陳良，楚產也，悅周公、仲尼之道，北學於中國。³⁸北方之學者，未能或之先也。彼所謂豪傑之士也。子之兄弟事之數十年，師死而遂倍之。³⁹昔者孔子沒，三年之外，門人治任將歸，⁴⁰入揖於子貢，⁴¹相嚮而哭，皆失聲，然後歸。子貢反，築室於場，獨居三年，然後歸。他日，子夏、子張、子游以有若似聖人，⁴²欲以所事孔子事之，彊曾子。⁴³曾子曰：「不可。江漢以濯之，秋陽以暴之，皜皜乎不可尚已。」⁴⁴今也南蠻鴃舌之人，⁴⁵非先王之道，⁴⁶子倍子之師而學之，亦異於曾子矣。吾聞出於幽谷遷於喬木者，⁴⁷未聞下喬木而入於幽谷者。《魯頌》曰：「戎狄是膺，荊舒是懲。」⁴⁸周公方且膺之，⁴⁹子是之學，亦為不善變矣。」

「從許子之道，則市賈不貳，⁵⁰國中無偽。雖使五尺童子適市，莫之或欺。布帛長短同，則賈相若；麻縷絲絮輕重同，則賈相若；五穀多寡同，則賈相若；屨大小同，則賈相若。」曰：「夫物之不齊，物之情也；或相倍蓰，⁵¹或相什伯，或相千萬。子比而同之，⁵²是亂天下也。巨屨小屨同賈，人豈為之哉？從許子之道，相率而為偽者也，惡能治國家？"

注釋

1. 神農：傳說中的古代帝王。許行：人名，生平不詳，當為 "農家" 人物。這句說有個假託神農之言的人叫許行。

2. 之：同 "至"。滕：春秋戰國時小國，故地在今山東滕州市。

3. 踵門：腳剛踏進門。文公：滕文公，滕國君主。

4. 廛（chán）：古代一戶人家所居之屋。氓：百姓。

5. 與之處：給予居住之處。

6. 褐（hè）：粗布衣服。

7. 捆：叩擊使之牢固。屨（jù）：鞋。以為食：求取生活來源。

8. 陳良：楚國儒者，見下。徒：學生。

9. 耒（léi）：犁上木把。耜（sì）：古代農具，類似犁鏵。

10. 饔（yōng）飧（sūn）：做飯。這兩句說 "賢者" 應當和百姓一樣耕田而食，自己做飯又兼管治理國家。

11. 倉廩（lǐn）：糧食倉庫。

12. 厲：病，使之受苦。這句說朘削民眾以奉養自己。

13. 奚冠：帶甚麼帽子。冠素：戴白色無裝飾的帽子。

14. 害於耕：妨害耕田。

15. 釜（fǔ）：古代的一種鍋。甑（zèng）：古代一種蒸飯用的瓦器。爨（cuàn）：燒火煮食品。

16. 以鐵耕乎：指以鐵製農具耕田，說明孟子時已普遍使用鐵器耕種。

17. 械器：指農具及生活用具。

18. 厲陶冶：傷害製陶、冶鐵的人。

19. "舍皆" 句：舊注趙岐、朱熹皆訓 "舍" 為 "止"，是說只在家中生產，不須外求。近人或以為 "舍" 即現代口語中的 "啥"，似亦通。

20. "是率"句：意謂引導天下人失其常居，即不能正常生活。

21. 治人：統治人。治於人：被人統治。食人：供養別人。食於人：受人供養。這幾句話顯然是為統治者張目。

22. 敷：佈。敷治：即平治水土。

23. 益：傳說中舜、禹的賢臣。

24. 烈：熾烈。

25. 九河：指徒駭、太史、馬頰、覆釜、胡蘇、簡、潔、鉤盤、鬲津等九河，據《尚書·禹貢》，古黃河的下游分為九河入海。今徒駭、馬頰等河尚存，在山東北部。

26. 瀹（yuè）：疏通。漯（tà）：古代河流名，在今山東北部。

27. "決汝漢"三句：按：這幾句不合地理實況，正如朱熹所說："汝、漢、淮、泗，亦皆水名也。據《禹貢》及今水路，惟漢水入江耳。汝、泗則入淮，而淮自入海。此謂四水皆入於江，記者之誤也。"

28. 后稷：傳說中舜、禹的賢臣，周代的祖先。

29. 契（xiè）：傳說中舜禹的賢臣，商的祖先。

30. 放勳：即堯。

31. "勞之"五句：意為："慰勞他們（百姓），招來他們，糾正其缺失，使之正直，輔導幫助他們，使他們自己養成德性，又加以提醒勿使懈怠。這是堯吩咐契作為司徒應做的事。

32. 皋陶（gāo yáo）：舜禹掌管刑法的賢臣。

33. "夫以"二句：這兩句說以百畝之田不易豐收為憂的人只是農夫。至於統治者，有更大的事為憂。

34. 則：取法。

35. 蕩蕩乎：廣大的樣子。民無能名焉：人們無法以言語來形容他。

36. 巍巍：高大的樣子。有天下而不與焉：有天下而不以為樂。

37. 夏：先秦以前古人自稱本族曰"夏"，而稱其他民族曰"夷"，有輕視之意。

38. 中國：這裡指中原，即黃河流域一帶。

39. 倍：背叛。

40. 任：擔子，這裡指行李。

41. 子貢：名端木賜，孔子弟子。

42. 子夏：名卜商，孔子弟子。子張：名顓孫師，孔子弟子。子游：名言偃，孔子弟子。有若：孔子弟子，據《禮記·檀弓》上記載，他有些言論近似孔子。《史記·仲尼弟子列傳》載，孔子死後曾被弟子們奉為師，因回答不了弟子的問題作罷。

43. 彊（qiang）曾子：硬要使曾子同意。

44. 暴：同"曝"。皜（hào）皜乎：潔白的樣子。尚：超過。這三句是用比喻說明孔子之不可及。長江、漢水水流大，洗滌的東西容易潔淨，秋天乾燥，日光強，晾曬易乾，因此最為潔白。

45. 蠻：古人對南方少數民族的蔑稱。鴃（jué）：鳥名，即伯勞。鴃舌：形容言語難懂，猶如鳥鳴，這是孟子歧視楚地人的話。

46. 先王之道：指堯舜禹湯文武聖古代"聖王"之道。

47. "吾聞"二句：這兩句借用《詩經·小雅、伐木》詩句"出自幽谷，遷於喬木"句意。"喬木"喻光明敞亮之地，幽谷喻陰暗不適居住之地。

48. 膺：打擊。荊：楚的別名。舒：鄰近楚地的少數民族。二句見《詩經·魯頌·閟宮》。

49. "周公"句：按，《魯頌》本稱讚魯僖公之詩，與周公無關，朱熹已指出此句為"斷章取義"。

50. 賈：同"價"。不貳：沒有不同。

51. 倍：加倍。蓰（xǐ）：五倍。

52. 比：合，等同。

串講

　　這是一篇辯論文字，從頭至尾採用問答的方式。在這裡，孟子自然是儒家“思孟學派”的代表人物；陳相所述的許行學說則當屬諸子十家中的“農家”。許行其人並無著作傳世，他的思想我們也只能通過《孟子》此文略知一斑。據《漢書·藝文志》中《諸子·農家》云：“及鄙者為之，以為無所事聖王，欲使君臣並耕，誖上下之序。”這種思想，正和《孟子》所載許行之說相符。關於孟子和農家學派的爭論，過去的學者無疑都信從孟子而反對許行；近代以來則多數人同情許行的觀點而反對孟子，認為此章代表着孟子思想中最為落後甚至反動的部分。其實這場爭論的是非問題比較複雜，我們將在下面“評析”中詳論。這篇文章在《孟子》中最能代表其好辯的特點，一連發出許多問題，集中到一點，就是“百工之事”並不是一個人都能兼做的，由此引出“治天下”也不能“耕且為”，使對方很難作答。接着又提到陳相的老師陳良，以師生之情動之。這裡雖然夾雜一些種族和地域的偏見，但強調曾子等人忠於孔子的事蹟，仍有其感人處。此文說明孟子不但好辯，而且確實善辯。

評析

　　這篇文章自近代以來，常被人們視為《孟子》一書中的“糟粕”。這主要是因為“勞心者治人，勞力者治於人；治於人者食人，治人者食於人”的話，顯然是在為統治者剝削、壓迫民眾辯護。但這僅僅是一個方面。歷史的事實告訴我們：原始社會的瓦解和由此產生的私有制、人剝削人、以及社會分工，體力勞動和腦力勞動的對立等社會現象的出現，都有其不可避免的必然性。這些現象在某種意義上說也曾對人類社會的發展起過一定的推動作用。因為只有產生了社會分工，才使人類的科學技術和文化藝術得以很快的發展進步。但隨着分工和私有制的出現也產生了剝削者與被剝削者的區別，出現了貧富懸殊，"庖有肥肉、廄有肥馬，民有飢色，野有餓莩"的情況不但無世無之，而且十分普遍。這就不能不使一些有正義感的人義憤填膺。但他們生活在古代，那種人剝削人的制度尚未發展到可以廢除的階段，人們自然提不出改變它的手段，而只能用空想來表示抗議。應該指出這種空想自然不可能實行，而且往往顯得很幼稚。然而，在這種空想背後確實存在着一定的正義性和合理因素。孟子對許行學說的批評也有其合理的一面，如批評許行否認社會分工，強調"布帛長短同，則賈相若"的幼稚主張，自然是對的。但他由承認分工而引出"勞心"、"勞力"之分是"天下之通義"就不免是把統治和被統治的現象看作永遠合理，這種說法就不足取了，當然，生活在二三千年前的孟子有這種歷史局限性亦不必苛責。

孟子論陳仲子

(選自《孟子·滕文公下》)

　　匡章曰[1]："陳仲子豈不誠廉士哉？[2]居於陵，[3]三日不食，耳無聞，目無見也。井上有李，螬食實者過半矣，[4]匍匐往將食之，三咽，然後耳有聞，目有見。"孟子曰："於齊國之士，吾必以仲子為巨擘焉。[5]雖然，仲子惡能廉？充仲子之操，則蚓而後可者也。夫蚓，上食槁壤，[6]下飲黃泉。仲子所居之室，伯夷之所築與？[7]抑亦盜跖之所築與？[8]所食之粟，伯夷之所樹與？抑亦盜跖之所樹與？是未可知也。"曰："是何傷哉？彼身織屨，妻辟纑，[9]以易之也。"曰："仲子，齊之世家也。[10]兄戴，蓋祿萬鍾。[11]以兄之祿為不義之祿而不食也，以兄之室為不義之室而不居也。辟兄離母，[12]處於於陵。他日歸，則有饋其兄生鵝者，己頻顣曰[13]：'惡用是鶃鶃者為哉。'[14]他日，其母殺是鵝也，與之食之。其兄自外至，曰：'是鶃鶃之肉也。'出而哇之。[15]以母則不食，以妻則食之，以兄之室則弗居，以於陵則居之。是尚能充其類也乎？若仲子者，蚓而後充其操者也。"

注釋

1. 匡章：人名，舊注說是齊人。
2. 陳仲子：戰國時齊國名士，以廉稱。

3. 於(wū)陵：古地名，屬齊，故地為後來的山東長山縣，今併入鄒平。

4. 螬（cáo）：蠐（qí）螬，蟲名。

5. 巨擘（bò）：大拇指，比喻傑出的人。

6. 槁壤：乾土。

7. 伯夷：殷周間人，殷亡後不食周粟，餓死於首陽山。

8. 盜跖：傳說中的大盜。近人有說他為"奴隸起義"者，其實他是甚麼時代人有不同說法，是否真有其人也是疑問。

9. 辟纑（bì lú）：織麻織品。

10. 世家：世代仕官之家。

11. 蓋（gě）：戰國時齊地，故址在今山東沂水西北。鍾：古代容量單位，六斛四斗為一鍾。

12. 辟：同"避"。

13. 頻顣（cù）：頻同"顰"。顣為蹙眉。

14. 鶂(yì)：鶂鵝叫聲。

15. 哇（wā）：吐掉。

串講

　　陳仲子在戰國時代很有名，《荀子·不苟》、《非十二子》、《戰國策·齊策》都提到過他，但對他都採否定態度。孟子說他為"齊國之士"的"巨擘"，恐怕也只是對"齊國之士"的輕視。從匡章和孟子說的情況看，他的為人確有些不近人情，但推其原因可能是出於憤世疾俗。戰國諸子對不同學派的人物往往指責得很尖刻，荀子罵陳仲"不如盜"，孟子倒沒有這樣明說，然其述吃鵝肉之事，亦頗刻薄。

評析

　　匡章敘述陳仲子在於陵挨餓的情節，極寫他的狼狽相：
"耳無聞，目無見"、"匍匐往將食之"、"三咽，然後耳有聞，
目有見"，極為生動，讀來如見其人。關於陳仲子之兄的為
人，我們無從考知。如果其人確有劣跡，不食其粟亦無可非
議。孟子述其食鵝又"出而哇之"的情節雖頗生動，似亦太
過。

齊人有一妻一妾

（選自《孟子·離婁下》）

　　齊人有一妻一妾而處室者，其良人出，[1]則必饜酒肉而後反。[2]其妻問所與飲食者，則盡富貴也。其妻告其妾曰：「良人出，則必饜酒肉而後反；問其與飲食者，盡富貴也，而未嘗有顯者來，[3]吾將瞯良人之所之也。」[4]蚤起，[5]施從良人之所之，[6]徧國中無與立談者。卒之東郭墦閒，[7]之祭者，乞其餘，不足，又顧而之他，此其為饜足之道也。其妻歸，告其妾曰：「良人者，所仰望而終身也，今若此。」與其妾訕其良人，[8]而相泣於中庭。而良人未之知也，施施從外來，[9]驕其妻妾。由君子觀之，則人之所以求富貴利達者，其妻妾不羞也，而不相泣者，幾希矣。

注釋

1. 良人：丈夫。
2. 饜（yàn）：飽。反：同「返」。
3. 顯者：地位煊赫的人。
4. 瞯（jiàn）：窺伺。
5. 蚤：同「早」。
6. 施（yì）：逶迤而行，不使丈夫知道。
7. 墦（fán）：墳墓。
8. 訕（shàn）：怨罵。

9. 施（shī）施：洋洋得意地。

串講

　　這是一篇諷刺文章，其故事情節似出於孟子虛構。這裡所講的丈夫實際上是厚顏無恥地向人乞討，以求滿足其口腹之慾，這種行徑自然很可鄙可恥。孟子把那些求"富貴利達"的人和這種人相比，實際是說他們一味向統治者獻媚，目的無非是求得富貴，以滿足個人貪慾。挖苦極為深刻。

評析

　　這個故事頗為有名，明末迄清代的賈鳧西、蒲松齡等人曾以此編成鼓詞等通俗文藝作品。文中寫到丈夫的行徑已為妻妾所知，還在那兒洋洋得意，自吹自擂，這和那些以富貴驕人者確實如出一轍。可謂諷刺文學傑作。

孟子論桀紂失天下

（選自《孟子・離婁上》）

　　孟子曰：“桀紂之失天下也，失其民也；失其民者，失其心也。得天下有道，得其民，斯得天下矣；得其民有道，得其心，斯得民矣；得其心有道，所欲與之聚之，所惡勿施爾也。[1]民之歸仁也，猶水之就下，獸之走壙也。[2]故為淵敺魚者，獺也；[3]為叢敺爵者，鸇也；[4]為湯武敺民者，桀與紂也。今天下之君有好仁者，則諸侯皆為之敺矣。雖欲無王，[5]不可得已。今之欲王者，猶七年之病求三年之艾也。[6]苟為不畜，終身不得。[7]苟不志於仁，終身憂辱，以陷於死亡。《詩》云：其何能淑，載胥及溺。’[8]此之謂也。”

楊伯峻著《孟子譯注》

注釋

1. “所欲”二句：意謂民眾所想要的便招致它，如同聚斂。民眾所厭惡的，就不對民眾施行。
2. 壙（kuàng）：廣野。

3. 敺（qū）：同“驅”。

4. 爵：同“雀”。鸇（zhān）：一種猛禽，似“鷂”。

5. 王（wàng）：成就王業。

6. 艾：一種草，莖葉可製成艾絨，用於針灸治病。

7. “苟為”二句：指病已深時，要臨時找陳年的艾是不易得的，現在就積蓄起來，也許來得及。

8. “《詩》云”二句：見《詩經·大雅·桑柔》。淑：善。載：則。胥：相。意謂現今這些人怎能達到善？只是相引而陷於亂亡而已。

串講

　　這篇文章是講得民心的重要。只有“好仁”才能得民心。如果不志於仁，不但有憂辱且有死亡之危險。所以應在危險來到以前，預先行仁義，或可免於難。

評析

　　此文所用比喻頗為有名，“為淵敺魚”的比喻經常為人們所引用；“七年之病，求三年之艾”的比喻亦頗有名。

孟子論專心致志

（選自《孟子・告子上》）

　　孟子曰：“無或乎王之不智也。[1] 雖有天下易生之物也，一日暴之，十日寒之，[2] 未有能生者也。吾見亦罕矣，[3] 吾退而寒之者至矣。[4] 吾如有萌焉何哉？[5] 今夫弈之為數，[6] 小數也；不專心致志，則不得也。弈秋，[7] 通國之善弈者也。[8] 使弈秋誨二人弈，其一人專心致志，惟弈秋之為聽。一人雖聽之，一心以為有鴻鵠將至，將援弓繳而射之，[9] 雖與之俱學，弗若之矣。為是其智弗若與？曰：非然也。”

注釋

1. 或：同“惑”，疑怪。
2. 暴：同“曝”。“一日”二句：一天晾曬，卻十天藏着不曬。喻努力精進之日少，怠惰之日多。
3. 罕（hǎn）：少。這句說我去見王的日子很少。
4. “吾退”句：意謂我退下去以後，在王面前講與我相反的話的人就來了。
5. “吾如有”句：意為即使我對王有所啟發，也會被那些持相反論調的人消除，我對此又能有甚麼法子？
6. 弈（yì）：下棋。數（shù）：技藝。
7. 弈秋：善弈者，名秋。
8. 通國：全國。

9. 繳（zhuó）：帶絲繩的箭。

串講

　　這篇文章的本意和《滕文公》下記孟子和戴不勝談薛居州無法使宋王為善的話是一個意思，顯然流露了孟子對當時齊國的失望。但他引用弈秋教人下棋的事，卻說明了一個真理：人要在學業上精進，必須"專心致志"。這個道理似比論齊王的話留下更深的印象。

評析

　　孟子論齊王語雖有較深的感慨，但事過境遷，對今人已無多少教育意義。然而弈秋的比喻，卻對歷來的人都有很重要的啟發。"一心以為有鴻鵠將至"的比喻，更是經常被人們引來比喻那種不能專心事業甚至抱有不切實際的幻想的人。

民貴君輕

（選自《孟子·盡心下》）

　　孟子曰："民為貴，社稷次之，[1]君為輕。是故得乎丘民而為天子，[2]得乎天子為諸侯，得乎諸侯為大夫。諸侯危社稷，則變置。[3]犧牲既成，[4]粢盛既潔，[5]祭祀以時，然而旱乾水溢，則變置社稷。[6]

注釋

1. 社：土地神。稷：穀神。古人以為是國家的象徵。
2. 丘民：田野之民。
3. 變置：廢掉國君改立。
4. 犧牲：祭神所用的牛、羊等牲畜。
5. 粢（zī）盛：祭神所用的米糧。
6. 變置社稷：指廢毀祭壇，表示更換土地神和穀神。

串講

　　民貴君輕的思想，是《孟子》中很重要的部分，他曾多次提到這個問題，如說："聞誅一夫紂矣，未聞弒君也"（《梁惠王》下）等，這種思想來源於古代的民本思想。這種說法不僅儒家有之，而且當時一部分統治者（如《戰國策·齊策》中的趙威后）亦有類似的說法，但歷來影響較大的則數《孟子》。

評析

　　這篇文章很短，但問題提得頗為尖銳。一般地提到"民"比"君"和"神"更重要的思想，在春秋初年已有人提出，如《左傳·桓公六年》，季梁曾說"夫民，神之主也"的話，但這裡提到要"變置"國君和"變置社稷"，仍不失為大膽卓識之論。

荀子

勸學

　　君子曰：學不可以已。青，取之於藍，[1]而青於藍；冰，水為之，而寒於水。木直中繩，[2]輮以為輪，[3]其曲中規，雖有槁暴，[4]不復挺者，[5]輮使之然也。故木受繩則直，金就礪則利，[6]君子博學而日參省乎己，[7]則知明而行無過矣。

　　故不登高山，不知天之高也；不臨深谿，不知地之厚也；不聞先王之遺言，不知學問之大也。干越夷貉之子，[8]生而同聲，長而異俗，教使之然也。《詩》曰："嗟爾君子，無恆安息。靖共爾位，好是正直。神之聽之，介爾景福。"[9]神莫大於化道，[10]福莫長於無禍。

　　吾嘗終日而思矣，不如須臾之所學也。吾嘗跂而望矣，[11]不如登高之博見也。登高而招，臂非加長也，而見者遠；順風而呼，聲非加疾也，而聞者彰。假輿馬者，非利足也，而致千里；假舟檝者，非能水也，而絕江

荀子

河。[12]君子生非異也，善假於物也。

南方有鳥焉，名曰"蒙鳩"，以羽為巢，而編之以髮，繫之葦苕。[13]風至苕折，卵破子死。巢非不完也，所繫者然也。西方有木焉，名曰"射干"，莖長四寸，生於高山之上，而臨百仞之淵，木莖非能長也，所立者然也。蓬生麻中，不扶而直；白沙在涅，[14]與之俱黑。蘭槐之根是為芷，其漸之滫，[15]君子不近，庶人不服。其質非不美也，所漸者然也。故君子居必擇鄉，遊必就士，所以防邪僻而近中正也。

物類之起，必有所始。榮辱之來，必象其德。肉腐出蟲，魚枯生蠹。怠慢忘身，禍災乃作。強自取柱，柔自取束。邪穢在身，怨之所構。施薪若一，火就燥也；平地若一，水就濕也。草木疇生，禽獸群焉，物各從其類也。是故質的張而弓矢至焉；[16]林木茂而斧斤至焉；樹成蔭而眾鳥息焉；醯酸而蚋聚焉。[17]故言有召禍也，行有招辱也。君子慎其所立乎！

積土成山，風雨興焉；積水成淵，蛟龍生焉；積善成德，而神明自得，聖心備焉。故不積跬步，[18]無以至千里；不積小流，無以成江海。騏驥一躍，不能十步；駑馬十駕，功在不舍。鍥而舍之，[19]朽木不折；鍥而不舍，金石可鏤。螾無爪牙之利，[20]筋骨之強，上食埃土，下飲黃泉，用心一也。蟹六跪而二螯，[21]非蛇蟺之穴無可寄託者，[22]用心躁也。是故無冥冥之志者，無昭昭之明；無惛惕之事者，[23] 無赫赫之功。行衢道者不至；[24] 事兩君者不容。目不能兩視而明；耳不能兩聽而聰。螣蛇無足而飛，[25] 鼫鼠五技而窮。[26]《詩》曰：“尸鳩在桑，其子七兮。淑人君子，其儀一兮。其儀一兮，心如結兮。”[27] 故君子結於一也。

　　昔者瓠巴鼓瑟而沉魚出聽；[28] 伯牙鼓琴而六馬仰秣。[29] 故聲無小而不聞，行無隱而不形。玉在山而草木潤；淵生珠而崖不枯。為善不積邪？安有不聞者乎！

注釋

1. 藍：蓼草，古人取為青色的染料。
2. 中（zhòng）：適應。繩：木工用的墨線。這句說原本很直的木條。
3. 輮（róu）：使木條彎曲。
4. 槁暴（pù）：乾枯日曬。
5. 挺：直。
6. 礪：磨礪，使刀刃鋒利。
7. 參（cān）省：考察反省。
8. 干：同“邗”（hán），古地名，在今江蘇揚州東北。“干越”，猶言“吳越”。夷：古代對東方少數民族的蔑稱。貉（mò）：古代對北方少數民族的蔑稱。
9. “《詩曰》”以下文句：見《詩經·小雅·小明》。意謂：“唉！君子們，不要久事安息。要謹守各自的責職，提倡正直。神明知道後，會降大福於你們。”
10. 神：指事物變化之神妙。
11. 跂（qì）：翹起腳跟站立。

12. 絕：橫渡。

13. 葦苕（tiáo）：蘆葦的穗。

14. 涅（niè）：黑泥。

15. 潃（xiǔ）：酸臭的淘米水。

16. 質的：射箭的靶子。

17. 醯（xī）：醋。蜹（ruì）：蚊一類昆蟲。

18. 蹞（kuǐ）：半步。

19. 鍥：刻。

20. 螾：同 "蚓"，蚯蚓。

21. 六跪而二螯：按：蟹本八足二螯，各本皆作 "六"，王先謙、梁啟雄等據《大戴禮記》及《說文》，以為當作八。

22. 蟺：同 "鱔"。

23. 惛（hūn）惛：專一而不為人知。

24. 衢道：歧路。

25. 螣（téng）蛇：傳說中一種能飛的神蛇。

26. 鼫（shí）鼠：傳說中的 "五技鼠"，據云： "能飛不能過屋，能緣不能窮木，能游不能渡谷，能穴不能掩身，能走不能先人。" 一本作 "梧鼠"，非。

27. 尸鳩：鳥名，即布穀鳥。《詩》曰 以下六句：見《詩經・曹風・鳲鳩》。意謂：布穀鳥在桑樹上，其小鳥有七隻。它對七隻小鳥態度都一樣。其態度不偏不倚，正因其用心堅定正直。

28. 瓠巴：古代善於鼓瑟的人，年代不詳。沉魚：潛藏水中的魚。

29. 伯牙：古代善於彈琴的人。仰秣：形容馬抬頭聽琴，停止吃草料。

學惡乎始？惡乎終？曰：其數則始乎誦經，[30]終乎讀禮；其義則始乎為士，終乎為聖人。真積力久則入，學至乎沒而後止也。故學數有終，若其義則不可須臾舍也。為之人也：舍之禽獸也。故《書》者，[31]政事之紀也；《詩》者，[32]中聲之所止也；禮者，[33]法之大分類之綱紀也。故學至乎《禮》而止矣。夫是之謂道德之極。《禮》之敬文也，《樂》之中和也，《詩》《書》之博也，《春秋》之微也，在天地之間者畢矣。

君子之學也：入乎耳，箸乎心，[34]布乎四體，形乎動靜。端而言，蝡而動，[35]一可以為法則。小人之學也：入乎耳，出乎口。口耳之間則四寸耳，曷足以美七尺之軀哉！古之學者為己；今之學者為人。君子之學也以美其身；小人之學也以為禽犢。[36]故不問而告謂之傲，問一告二謂之囋。[37]傲、非也，囋、非也；君子如嚮矣。

學莫便乎近其人。《禮》《樂》法而不說，《詩》《書》故而不切，《春秋》約而不速。方其人之習君子之說，則尊以徧矣，周於世矣！故曰：學莫便乎近其人。

學之經莫速乎好其人，隆禮次之。上不能好其人，下不能隆禮，安特將學雜識志順《詩》《書》而已耳！[38]則末世窮年，不免為陋儒而已！將原先王，本仁義，則禮正其經緯蹊徑也。若挈裘領，[39]詘五指而頓之，[40]順者不可勝數也。[41]不道禮憲，以《詩》《書》為之，譬之猶以指測河也，以戈舂黍也，以錐飡壺也，[42]不可以得之矣。故隆禮，雖未明，法士也；不隆禮，雖察辯，散儒也。

問桔者勿告也。[43]說桔者勿聽也。有爭氣者，勿與辯也。故必由其道至然後接之，非其道則避之。故禮恭而後可與言道之方；辭順而後可與言道之理；色從而後可與言道之致。故未可與言而言謂之傲；可與言而不言謂之隱；不觀氣色而言謂之瞽。故君子不傲、不隱、不瞽，謹順其身。《詩》曰："匪交匪舒，天子所予。"[44]此之謂也。

百發失一，不足謂善射；千里蹞步不至，不足謂善御；倫類不通，仁義不一，不足謂善學。學也者，固學一之也。一出焉，一入焉，[45]涂巷之人也。其善者少，不善者多，桀紂盜跖也。全之盡之，然後學者也。

君子知夫不全不粹之不足以為美也，故誦數以貫之；[46]思索以通之；為其人以處之；除其害以持養之。使目非是無欲見也，使耳非是無欲聞也，使口非是無欲言也，使心非是無欲慮也。及至其致好之也，目好之五色，耳好之五聲，口好之五味，心利之有天下。是故權利不能傾也，群眾不能移也，天下不能蕩也。[47]生乎由是，死乎由是，夫是之謂德操。德操然後能定，能定然後能應。能定能應，夫是之謂成人。天見其明，地見其光，[48]君子貴其全也。

注釋

30. 數：指所要學習的學問門類。經：經典，當指《詩》和《書》。
31. 《書》：指《尚書》。
32. 《詩》：指《詩經》。
33. 禮：指當時所見關於禮的著作。這些著作大約均出現於戰國以前，今存的《周禮》、《儀禮》以外，當時這類著作甚多。《禮記·禮器》云："故經禮三百，曲禮三千"。《荀子》書中引《禮》，有不見今《周禮》、《儀禮》的。

34. 箸：同"貯"，指藏於心中。

35. 端：同"喘"，微言。頓：微動。

36. 禽犢：猶言"禽獸"。

37. 囋（zàn）：多言。

38. 安：語辭，同"案"，是"於是"或"則"的意思。這句本文應作"安特將學雜志，順《詩》、《書》而已耳！""志"即古"識"字，後人於"志"旁記一"識"字，遂誤入正文。

39. 絜：舉起。"絜裘領"：即舉起裘衣的領子。

40. 詘（qū）：屈，彎起來。頓：向下拉。

41. "順者句"：指裘衣的毛都能順其方向。

42. 飱：同"餐"。壺：古人盛食物的器具。這句是說好比用錐子代替筷子取食。

43. 楛（kǔ）：態度粗疏惡劣。

44. "《詩》曰"以下二句：見《詩經·小雅·采菽》。意謂：不急不慢，其態度正是天子所讚賞的。交同"絞"，急。

45. 一出焉，一入焉：指一時遵守這原則，一時不遵守。

46. 誦數以貫之：反覆誦讀以求貫通。

47. 蕩：激蕩：指受潮流衝擊而有所變化。

48. 光：同"廣"。古字通用。

串講

　　荀子主張人性本惡，只有通過教育和學習才能變得善良，因此他特別重視"學"的作用。他那種"性惡"之說，雖未必可取，但他對學習重要性的論述以及關於教學方法的意見則頗有見地。例如本文的第一部分論教育可以改變人的性格，認為

"木受繩則直，金就礪則利。"他認為不同地域的人，"生而同聲，長而異俗"，是"教使之然也"，這看法無疑是正確的。他很重視環境對人的影響，認為"君子生非異也，善假於物也"，強調要"防邪僻"、"近中正"。在學習上，他最強調刻苦努力，認為"騏驥一躍，不能十步，駑馬十駕，功在不捨"；他說的"鍥而捨之，朽木不折；鍥而不捨，金石可鏤"，更是顛撲不破的真理。他還說到"無冥冥之志者，無昭昭之明；無惛惛之事，無赫赫之功"，尤其足為那些在學習上浮躁而不願下功夫者的對症良藥。

本文的第二部分講學習當從何開始，到何處終結。荀子認為"其數則始乎誦經，終乎讀禮"。這裡所謂"經"，主要指《詩經》和《尚書》。荀子所以特別重視禮。是因為他認為禮是"法之大分類之綱紀也"。他還認為"治之經，禮與刑"（《成相》）。這種思想也和其"法後王"的主張相通。因為禮據說出於周公，而《詩》有《商頌》，《書》更有《虞·夏書》。從這裡可以看出他和孟子的不同。

最後一部分強調"全"的重要，是要求學者努力窺學問之全貌，並且應力求把學到的東西貫徹堅持下去。這些主張均有其借鑒作用。

評析

《勸學》在《荀子》一書中歷來最為傳誦。這一方面是因為前面已經提到，文中確有許多精闢之見；其次也因為此文在寫作上頗具特色。《荀子》作為一部子書，雖然正如蕭統在《文選序》中所說："蓋以立意為宗，不以能文為本"，但多數子書為了說服讀者，對行文亦頗留意。《荀子》之文渾厚樸茂，邏輯性強，善於使用比喻，這些特色在《勸學》中體現得最為突出。例如"登高而招"、"順風而呼"兩個比喻，是人們常見之事，卻說明了"君子生非異也，善假於物也"的道理。至於"青出於藍"、"駑馬十駕"之喻，已經成為人們口頭習用的成語。此文不但善用比喻，而且喜用排句，為了說明一個道理，連用幾個譬喻，字句整齊，自然成對，讀來頗具美感，已開秦漢散文之先聲。

議兵

臨武君與孫卿子議兵於趙孝成王前。[1]王曰："請問兵要。"臨武君對曰："上得天時,下得地利,觀敵之變動,後之發,先之至,此用兵之要術也。"孫卿子曰:"不然,臣所聞古之道,凡用兵攻戰之本在乎壹民[2]:弓矢不調,則羿不能以中微;[3]六馬不和,則造父不能以致遠;[4]士民不親附,則湯武不能以必勝也。故善附民者,是乃善用兵者也。故兵要在乎善附民而已。"臨武君曰:"不然,兵之所貴者埶利也,所行者變詐也,善用兵者感忽悠闇,[5]莫知所從出;孫吳用之無敵於天下,[6]豈必待附民哉!"

孫卿子曰:"不然,臣之所道,仁人之兵,王者之志也。君之所貴,權謀埶利也;所行,攻奪變詐也;諸侯之事也。仁人之兵不可詐也;彼可詐者,怠慢者也,路亶者也。[7]君臣上下之間,渙然有離德者也。故以桀詐桀,猶巧拙有幸焉。以桀詐堯,譬之若以卵投石,以指撓沸;苦赴水火,入焉焦沒耳![8]故仁人上下,百將一心,三軍同力;臣之於君也,下之於上也,若子之事父,弟之事兄,若手臂之扞頭目而覆胸腹也,詐而襲之與先驚而後擊之,一也。且仁人之用十里之國,則將有百里之聽;[9]用百里之國,則將有千里之聽,用千里之國,則將有四海之聽,必將聰明警戒和傳而一。[10]故仁人之兵，聚則成卒，[11]散則成列，延則若莫邪之長刃，[12]嬰之者斷；兌則若莫邪之利鋒，[13]當之者潰，圜居而方止，[14]則若盤石然，觸之者角摧，[15]案角鹿埵隴種東籠而退耳！[16]且夫暴國之君，將誰與至哉！彼其所與至者，必其民也，而其民之親我歡若父母，其好我芬若椒蘭，彼反顧其上，則若灼黥，[17]若仇讎；人之情，雖桀跖，[18]豈又肯為其所惡賊其所好者哉！是猶使人之子孫自賊其父母也，彼必將來告之，夫又何可詐也！故仁人用國日明，諸侯先順者安，後順者危，慮敵之者削，反之者亡。《詩》曰：‘武王載發，有虔秉鉞；如火烈烈，則莫我敢遏。’[19]此之謂也。孝成王、臨武君曰：“善！請問王者之兵設何道？何行而可？”

干莫鑄劍（清　任頤繪）

孫卿子曰：“凡在大王，將率末事也；[20]臣請遂道王者諸侯彊弱存亡之效，安危之埶：君賢者其國治，君不能者其國亂；隆禮貴義者其國治，簡禮賤義者其國亂；治者強，亂者弱，是強弱之本也。上足卬則下可用也，[21]上不足卬則下不可用也；下可用則強，下不可用則弱；是強弱之常也。隆禮效功，上也；重祿貴節，次也；上功賤節，下也；是強弱之凡也。好士者強，不好士者弱；愛民者強，不愛民者弱；政令信者強，政令不信者弱；民齊者強，民不齊者弱；賞重者強，賞輕者弱；刑威者強，刑侮者弱；械用兵革攻完便利者強，械用兵革窳楛不便利者弱；[22]重用兵者強，輕用兵者弱；[23]權出一者強，權出二者弱，是強弱之常也。

齊人隆技擊，其技也，得一首者，則賜贖錙金，無本賞矣！[24]是事小敵毳則偷可用也，[25]事大敵堅則渙焉離耳！若飛鳥然，傾側反覆無日，是亡國之兵也。兵莫弱是矣，是其去賃市傭而戰之幾矣。[26]

注釋

1. 臨武君：姓名不詳，大約是楚將。孫卿子：即荀卿，漢代避宣帝劉詢諱，改“荀”為“孫”。趙孝成王：姓嬴，名丹，惠文王子。

2. 壹民：使民眾的心齊一。

3. 羿（yì）：傳說中古代的善射者。中（zhòng）微：射中微小隱蔽的目標。

4. 造父：周穆王時善於駕馬的人，秦、趙二國皆其子孫。

5. 感忽：同"奄忽"，有隱蔽之義。悠闇：深遠。這句說善於用兵的
　　人，其術隱微而深遠。

6. 孫吳：指孫武和吳起，春秋戰國時著名軍事家。

7. 路亶：同"露癉"（dàn）。"癉"為因勞累而成病。"路亶"即指
　　長期暴露於外的疲憊之兵。

8. 撓沸：用手指去攪沸水。焦沒：指入火則焦，入水則沒。

9. 百里之聽：指其所能見聞的範圍有百里之廣。

10. 和傳：當為"和摶"，意為和睦團結。而一：同"如一"。

11. 卒：卒伍。古代軍制一百人為卒（一說二百人）。

12. 延：伸長。莫邪：傳說中古代的鑄劍名工，後遂以為寶劍之通稱。

13. 兌：同"銳"。

14. 圜：同"圓"。這句意為軍隊停留在陣地上佈成圓的或方的陣形。

15. 角摧：以動物的折角形容強敵之潰敗。

16. "案角"句："角"為衍字，當刪。"鹿埵隴種東籠"乃古代俗
　　語，形容狼狽潰敗之狀，不可強為之解。

17. "則若灼黥"句：形容畏懼仇恨之狀如同火灼及受黥刑（面部刻字
　　並塗墨）。

18. 桀跖：桀與盜跖（見前《孟子‧陳仲子》章註）。

19. "《詩》曰"以下四句：見《詩經‧商頌‧長發》。"載發"，《毛
　　詩》作"載旆"。（按："發"、"旆"古音通。）意謂湯開始出
　　兵，恭敬地手持大斧，好比烈火燃燒，無人敢於阻擋。

20. 將率：同"將帥"。這兩句是說：對大王來說，選任將帥還是小
　　事。

21. 卬：同"仰"，仰仗。

22. 竄（yǔ）楷：惡劣。

23. 重用兵：指慎重用兵。輕用兵：輕易用兵。

24. 錙（zī）：古代重量單位，八兩為錙。這四句的大意是說：斬得敵
　　人一個首級的，賜給他金一錙，約等於罪犯所應繳納的罰金，此外

再無斬敵之賞了。

25. 毳：借為“脆”，脆弱。偷：勉強。
26. 貰：給人做僱工。幾：近。這句說齊軍和僱用市人去作戰差不多了。

　　魏氏之武卒，以度取之，[27] 衣三屬之甲，[28] 操十二石之弩，負服矢五十個，[29] 置戈其上，冠軸帶劍，[30] 贏三日之糧，[31] 日中而趨百里，中試則復其戶，利其田宅，[32] 是數年而衰而未可奪也，[33] 改造則不易周也，[34] 是故地雖大其稅必寡，是危國之兵也。

　　秦人其生民也陿阸，其使民也酷烈，劫之以埶，隱之以阸，[35] 忸之以慶賞，[36] 鰌之以刑罰，[37] 使天下之民所以要利於上者，非鬥無由也；阸而用之，得而後功之，功賞相長也；五甲首而隸五家，[38] 是最為眾彊長久，多地以正，[39] 故四世有勝，非幸也，數也。

　　故齊之技擊不可以遇魏氏之武卒，魏氏之武卒不可以遇秦之銳士，秦之銳士不可以當桓文之節制，[40] 桓文之節制不可以敵湯武之仁義；有遇之者，若以焦熬投石焉。[41] 兼是數國者，皆干賞蹈利之兵也，傭徒鬻賣之道也，未有貴上安制綦節之理也，[42] 諸侯有能微妙之以節，則作而兼殆之耳！[43] 故招近募選，隆埶詐，尚功利，是漸之也；[44] 禮義教化，是齊之也。[45] 故以詐遇詐，猶有巧拙焉；以詐遇齊，辟之猶以錐刀墮太山也，非天下之愚人莫敢試。故王者之兵不試：湯武之誅桀紂也，拱挹指麾，[46] 而彊暴之國莫不趨使，誅桀紂若誅獨夫。故《泰誓》曰："獨夫紂。"[47] 此之謂也。故兵大齊則制天下，小齊則治鄰敵，若夫招近募選，隆埶詐，尚功利之兵，則勝不勝無常，代翕代張代存代亡相為雌雄耳矣。[48] 夫是之謂盜兵，君子不由也。

王先謙著《荀子集解》

　　故齊之田單、[49] 楚之莊蹻，[50] 秦之衛鞅，[51] 燕之繆蟣，[52] 是皆世俗之所謂善用兵者也，是其巧拙強弱則未有以相君也，若其道一也，未及和齊也；掎契司詐，[53] 權謀傾覆，未免盜兵也。齊桓、晉文、楚莊、吳闔閭、越勾踐是皆和齊之兵也，[54] 可謂入其域矣，然而未有本統也；[55] 故可以霸而不可以王，是強弱之效也。"

注釋

27. 度：指錄取的規格。
28. 衣三屬之甲：穿三片鎧甲，即上身、腹股和腿脛三個部位。
29. 服：同"箙"，盛箭之器。每"箙"盛箭五十枝。
30. 軸：用如"胄"，頭盔。

31. 赢（yíng）：揹。

32. 中（zhòng）：合格。復其戶：免除這一戶的賦稅和勞役。利其田宅：給他們田宅以優待。

33. "是數年"句：意謂這些人幾年後人老力衰，不能剁奪。

34. 改造：指重新挑選人員。不易：指制度未變。周：循環。這句說即使重選人員，但制度不改，仍重複過去的情況。

35. 阸：同"狹"，窄小。阸（è）：險阻。隱：勞苦。這句是說秦國勞苦其民於險阻之地。

36. 忸（niǔ）：同"狃"，習慣。

37. 鰌："遒"（qiú）的假借字，意為"迫"。

38. "五甲首"句：意謂斬得敵軍五個甲士的首級，則賞予五家人供其役使。

39. 多地以正："正"通"征"（徵）。此句承上句而言，意謂這五家人既要向國家納稅，又得為有軍功者服役。這樣，一塊土地上徵了兩種賦稅，地雖少而反見多。

40. 桓文：齊桓公和晉文公。

41. 若以焦熬投石焉：此句疑有奪誤。當為"以指焦熬，以卵投石"。"焦"當讀為"撨"，拂拭。熬：乾煎。這是說像用手指去摸正在煎烤之物。

42. 貴上：尊愛其長上。安制：安於上級的部署。綦：極。節：節義。綦節：竭盡忠節。

43. 微妙：精盡。作：興起。此處"節"字，舊注謂指"仁義"；近人或釋為"禮"，從文義看來，似謂諸侯中有能精盡其使民盡節之道，就能起而擒滅齊、魏、秦等國。

44. 漸：欺詐。

45. 齊：心力齊一。

46. 拱挹：同"拱揖"，拱手與作揖，形容其從容自如。指麾：同"指揮"。

47. 《泰誓》：《尚書·周書》篇名，原文已佚。今存偽古文《泰誓》乃出後人偽造。獨夫：喻紂之失盡人心，猶《孟子》所謂"聞誅一夫紂矣"。

48. 代：一時。翕（xī）：收斂。這句說那些軍隊都隨時伸縮強弱存亡不定，互為雌雄。

49. 田單：戰國時齊將，據即墨以抗燕，復收齊七十餘城。

50. 莊蹻：戰國楚將，曾率兵開黔中以西地，至滇池，逢秦奪楚黔中地，不得歸，遂留滇，從其俗。又一說莊蹻曾為"盜"，故注家或謂其"初為盜，後為楚將"。

51. 衛鞅：即商鞅，曾將兵奪魏河西地。

52. 燕之繆蟣：未詳。

53. 契：讀為"挈"，即持。掎契：掎摭，即抓住敵方弱點。司：同"伺"。這句說抓住敵方漏洞，伺機行詐以擊敗它。

54. 和齊之兵：和睦齊一的軍隊。

55. 本統：指仁義教化之本。

　　孝成王、臨武君曰："善！請問為將。"孫卿子曰："知莫大乎棄疑，行莫大乎無過，事莫大乎無悔，事至無悔而止矣，成不可必也。故制號政令欲嚴以威；慶賞刑罰欲必以信；處舍收藏欲周以固；56徒舉進退，欲安以重，57欲疾以速；窺敵觀變，欲潛以深，欲伍以參；58遇敵決戰，必道吾所明，無道吾所疑；夫是之謂六術。無欲將而惡廢，59無急勝而忘敗，無威內而輕外，無見其利而不顧其害，凡慮事欲孰而用財欲泰，夫是之謂五權。所以不受命於主有三：可殺而不可使處不完，可殺而不可使擊不勝，可殺而不可使欺百姓，夫是之謂三至。凡受命於主而行三軍，三軍既定，百官得序，群物皆正，則主不能喜，敵不能怒，夫是之謂至臣。慮必先事而申之以敬，慎終如始，終始如一，夫是之謂大吉。凡百事之成也必在敬之，其敗也必在慢之，故敬勝怠則吉，怠勝敬則滅，計勝欲則從，欲勝計則凶。戰如守，行如戰，有功如幸。敬謀無壙，敬事無壙，[60]敬吏無壙，敬眾無壙，敬敵無壙，夫是之謂五無壙。慎行此六術、五權、三至，而處之以恭敬無壙，夫是之謂天下之將，則通於神明矣。"

臨武君曰："善！請問王者之軍制？"孫卿子曰："將死鼓，御死轡，百吏死職，士大夫死行列。聞鼓聲而進，聞金聲而退，順命為上，有功次之，令不進而進，猶令不退而退也，其罪惟均。不殺老弱，不獵禾稼，服者不禽，格者不舍，犇命者不獲。凡誅，非誅其百姓也，誅其亂百姓者也；百姓有扞其賊，則是亦賊也。是故順刃者生，蘇刃者死，[61]犇命者貢。[62]微子開封於宋；[63]曹觸龍斷於軍；[64]殷之服民所以養生之者也無異周人；故近者歌謳而樂之，遠者竭蹶而趨之，[65]無幽閒辟陋之國。[66]莫不趨使而安樂之，四海之內若一家，通達之屬莫不從服，夫是之謂人師。《詩》曰：'自西自東，自南自北，無思不服。'[67]此之謂也。

王者有誅而無戰，城守不攻，兵格不擊。上下相喜則慶之。不屠城，不潛軍，不留眾，師不越時。[68]故亂者樂其政，不安其上，欲其至也。”臨武君曰：“善。”

　　陳囂問孫卿子曰[69]：“先生議兵，常以仁義為本；仁者愛人，義者循理，然則又何以兵為？凡所為有兵者，為爭奪也。”孫卿子曰：“非女所知也！彼仁者愛人，愛人故惡人之害之也；義者循理，循理故惡人之亂之也。彼兵者，所以禁暴除害也，非爭奪也。故仁人之兵，所存者神，[70]所過者化，若時雨之降，莫不說喜。是以堯伐驩兜，[71]舜伐有苗，[72]禹伐共工，[73]湯伐夏桀，文王伐崇，[74]武王伐紂，此四帝兩王，皆以仁義之兵行於天下也。故近者親其善，遠方慕其義，兵不血刃，遠邇來服，德盛於此，施及四極。《詩》曰：‘淑人君子，其儀不忒；其儀不忒，正是四國。’[75]此之謂也。”

注釋

56. 臧：同“藏”。

57. 安以重：安穩而慎重。

58. 欲伍以參：“伍參”即錯雜，使間諜潛入敵陣，雜處敵人部伍間以盡知其事。

59. 欲將：用所愛的人為將。惡廢：廢棄自己所不喜的人。

60. 壙：同“曠”，疏忽，怠慢。

61. 順刃：指順着我軍刀鋒所指方向而行的人，即避逃者。蘇：同“傃”（sù），面向。蘇刃：面向我軍兵刃者，即抗拒格鬥者。

62. 犇：同“奔”。貢：當為“置”字之誤。“置”即赦免。

63. 微子開：即微子啟，紂庶兄，降周後封於宋。漢人避景帝劉啟諱，改“啟”為“開”。

64. 曹觸龍：人名，當為紂臣。斷：斬。

65. 竭蹙（jué）：盡力奔跑以致跌倒。形容人們爭先恐後歸向周朝。

66. 幽閒：荒僻。辟陋：偏僻狹小。這句說不管怎樣偏僻狹小之國都來
降服。

67. "《詩》曰"以下三句：見《詩經·大雅·文王有聲》，意謂東西
南北之人無不服從。

68. "王者"八句：是說"王者"的軍隊只誅有罪的人而不攻擊尚未接
受其德義之人，故不戰。所以對方城市尚拒守則不攻，尚在抵禦則
不打擊，對方上下相愛悅，就加慶賀，不加侵伐。因此不屠城、不
偷襲，攻克後不留兵防守，出兵不超過三個月（一說"留"同
"鎦"，殺。"不留眾"為不屠殺民眾）。

69. 陳囂：荀卿弟子。

70. 所存者神：意謂仁人之兵所在處都能得到平治。神：治。

71. 驩兜：（huān dōu）：傳說中人名。

72. 有苗：古代部族名。

73. 共（gōng）工：傳說中人名。

74. 崇：殷末諸侯國。

75. "《詩》曰"以下四句：見《詩經·曹風·鳲鳩》，意謂"美好的
君子，言行無誤，言行無誤，可以匡正四方。"

　　李斯問孫卿子曰[76]："秦四世有勝，兵強海內，威行
諸侯，非以仁義為之也，以便從事而已！"[77]孫卿子曰：
"非女所知也！女所謂便者，不便之便也。吾所謂仁義
者，大便之便也。彼仁義者，所以脩政者也；政脩則民親
其上，樂其君，而輕為之死。故曰：凡在於軍將率末事
也。秦四世有勝，諰諰然常恐天下之一合而軋己也，[78]此

所謂末世之兵，未有本統也。故湯之放桀也，非其逐之鳴條之時也；[79]武王之誅紂也，非以甲子之朝而後勝之也，[80]皆前行素脩也，此所謂仁義之兵也。今女不求之於本而索之於末，此世之所以亂也。”

禮者，治辯之極也，強固之本也，威行之道也，功名之總也，王公由之所以得天下也，不由所以隕社稷也；故堅甲利兵不足以為勝，高城深池不足以為固，嚴令繁刑不足以為威，由其道則行，不由其道則廢。

楚人鮫革犀兕以為甲，[81]堅如金石，宛鉅鐵釶，慘如蜂蠆；輕利僄遫，卒如飄風；[82]然而兵殆於垂沙，唐蔑死。[83]莊蹻起，楚分而為三四，[84]是豈無堅甲利兵也哉！其所以統之者非其道故也。汝潁以為險，江漢以為池，限之以鄧林，[85]緣之以方城，[86]然而秦師至而鄢郢舉，[87]若振槁然，[88]是豈無固塞隘阻也哉！其所以統之者非其道故也。

紂剖比干，囚箕子，[89]為炮烙刑，殺戮無時，臣下懍然莫必其命，[90]然而周師至而令不行乎下，不能用其民，是豈令不嚴，刑不繁也哉！其所以統之者非其道故也。

古之兵，戈矛弓矢而已矣，然而敵國不待試而詘，城郭不辨，[91]溝池不抇，[92]固塞不樹，機變不張，然而國晏然不畏外而固者，無它故焉，明道鈞分之，[93]時使而誠愛之，下之和上也如影響，有不由令者，然後俟之以刑。故刑一人而天下服，罪人不郵其上，[94]知罪之在己也；是故刑罰者威行如流，無它故焉，由其道故也。古者帝堯之治天下也，蓋殺一人刑二人而天下治。傳曰："威厲而不試，刑錯而不用。"此之謂也。

注釋

76. 李斯：荀卿弟子。楚人，相秦始皇，助其併吞六國，後為趙高所讒殺。

77. 以便從事：選擇有利形勢行事。

78. 諰（xǐ）諰然：恐懼的樣子。軋（yà）：排擠。

79. 鳴條：古地名，在今山西運城東北的安邑鎮以北，湯擊敗夏桀後，桀奔於鳴條。

80. 甲子：武王克商之日的干支，詳見前《尚書·牧誓》注。

81. 鮫（jiāo）：鯊魚。

82. 宛：古地名，今河南南陽市。鉅：精剛之鐵。鉈：同"鍦"（shī）：矛。蠭：同蜂。蠆（chài）：古書上說的一種類似蠍子的毒蟲。僄（piào）：輕捷。遬：同"速"。卒：同"猝"，突然而來。

83. 垂沙：古地名，故址不詳。唐蔑：楚將，當即《史記·楚世家》所載楚懷王二十八年秦與齊、韓、魏共攻楚所殺楚將唐昧。

84. "莊蹻"二句：莊蹻事蹟諸書所說頗有分歧，此疑指《呂氏春秋·介立》所說"莊蹻暴郢"事。

85. 鄧林：鄧地之山林。"鄧"當即今河南鄧州市一帶，楚之北境。

86. 方城：山名，大約在今河南葉縣以南一帶。

87. 鄢：古地名，故址在今湖北宜城西南，楚之別都。郢，春秋戰國時楚都，故址在今湖北江陵。

88. 振槁：猶今言摧枯拉朽。

89. 比干：紂之叔父。箕子：紂的叔父。

90. 懍然莫必其命：恐懼地不能預知自己的命運。

91. 詘：屈服。辨：修治。
92. 揗：本字當作"搰"（hú），掘。
93. 鈞：通"均"，指人們的資財和勞役都能分配平均。
94. 郵：怨恨。

　　凡人之動也，為賞慶為之，則見害傷焉止矣。故賞慶刑罰埶詐不足以盡人之力，致人之死。為人主上者也，其所以接下之百姓者，無禮義忠信，焉慮率用賞慶刑罰埶詐除阨其下，[95]獲其功用而已矣，大寇則至，使之持危城則必畔，遇敵處戰則必北，勞苦煩辱則必犇，霍焉離耳，[96]下反制其上。故賞慶刑罰埶詐之為道者，傭徒鬻賣之道也，不足以合大眾，美國家；故古之人羞而不道也，故厚德音以先之，明禮義以道之，致忠信以愛之，尚賢使能以次之，爵服慶賞以申之，時其事輕其任以調齊之；長養之，如保赤子。[97]政令以定，風俗以一，有離俗不順其上，則百姓莫不敦惡，[98]莫不毒孽，[99]若祓不祥，[100]然後刑於是起矣，是大刑之所加也，辱孰大焉。將以為利邪？則大刑加焉。身苟不狂惑戇陋，誰睹是而不改也哉！然後百姓曉然皆知脩上之法，像上之志而安樂之，於是有能化善脩身正行積禮義尊道德，百姓莫不貴敬，莫不親譽，然後賞於是起矣，是高爵豐祿之所加也，榮孰大焉。將以為害邪？則高爵豐祿以持養之。生民之屬，孰不願也。雕雕焉縣貴爵重賞於其前，[101]縣明刑大辱於其後，雖欲無化，能乎哉！故民歸之如流水，所存者神，所為者化。之屬為之化而順，[102] 暴悍勇力之屬為之化而願。旁辟曲私之屬為之化而公，矜糾收繚之屬為之化而調，[103] 夫是之謂大化至一。《詩》曰：‘王猶允塞，徐方既來。’[104]

凡兼人者有三術：有以德兼人者，有以力兼人者，有以富兼人者；彼貴我名聲，美我德行，欲為我民，故辟門除涂，[105] 以迎吾入，因其民，襲其處，[106] 而百姓皆安；立法施令莫不順比；是故得地而權彌重，兼人而兵俞強；是以德兼人者也。非貴我名聲也，非美我德行也，彼畏我威，劫我埶，故民雖有離心，不敢有畔慮，若是則戎甲俞眾，奉養必費；是故得地而權彌輕，兼人而兵俞弱，是以力兼人者也。非貴我名聲也，非美我德行也，用貧求富，用飢求飽，虛腹張口，來歸我食；若是則發夫掌窌之粟以食之，[107] 委之財貨以富之，立良有司以接之，已碁三年，然後民可信也；是故得地而權彌輕，兼人而國俞貧，是以富兼人者也。故曰：以德兼人者王，以力兼人者弱，以富兼人者貧。古今一也。

兼併易能也，唯堅凝之難焉。[108] 齊能併宋，而不能凝也，故魏奪之。[109] 燕能併齊，而不能凝也，故田單奪之。[110] 韓之上地，方數百里，完全富足而趨趙，趙不能凝也，故秦奪之。[111]故能併之而不能凝則必奪，不能併之又不能凝其有則必亡。能凝之則必能併之矣。得之則凝，兼併無強。古者湯以薄，[112] 武王以滈，[113] 皆百里之地也，天下為一，諸侯為臣，無它故焉，能凝之也。故凝士以禮，凝民以政；禮脩則士服，政平而民安；士服民安，夫是之謂大凝，以守則固，以征則強，令行禁止，王者之事畢矣。”

注釋

95. 焉：於是。除：當為“隙”。這句說：於是才考慮最終用賞罰權詐來使其下遭受險阨。

96. 霍焉：同渙然。離：離散。

97. 赤子：嬰兒。

98. 敦：同“憝”（duì）：怨恨。

99. 孽：災害。這句說莫不以之為災害。

100. 祓（fú）：古人迷信用齋戒沐浴等方法免災。

101. 雕雕：猶“昭昭”，明顯地。

102. “之屬為之化”五字：原缺，清汪中補此五字，但上面當還有缺文。

103. 旁辟：邪僻。曲私：專營私利。矜糾收繚：急躁乖戾。

104. 《詩》曰以下二句：見《詩經·大雅·常武》，意謂：“周王的謀略真正確，徐方已前來歸降。”

105. 辟門：開門。除涂：清除道路。

106. 襄：因襄。

107. 掌：當為“㐺”（即“廩”）之誤字，指糧倉。窌（jiào）：地窖。

108. 凝：鞏固。

109. “齊能”三句：指齊湣王滅宋，不久被燕所破，宋國舊地為魏所奪。

110. “燕能”三句：指燕昭王用樂毅，平齊七十餘城，昭王死後，樂毅遭讒奔趙，齊田單破燕復齊。

111. 上地：指上黨（今屬山西），本韓地，為秦所攻，上黨守將以地
　　　歸趙。秦攻趙，敗之長平。

112. 薄：同"毫"。

113. 滈：同"鎬"。

串講

　　這篇文章寫的是荀子和一些人辯論軍事問題，其中主要是
和"臨武君"的爭論。在這場爭論中，荀子堅持儒家的"仁義"
觀點，駁斥"臨武君"所主張的兵之所貴者埶利也，"所行者
變詐也"的觀點，而強調只有行"仁義"，才能得到民眾親附，
戰無不勝。他認為對"仁人之兵"，那種"埶利"和"變詐"是
沒有用的。據說通過荀子的反駁，"臨武君"就被駁倒了。從
這第一段看來，荀子的意見基本上是對的，因為兩軍作戰，如
果一方深得民心，一方不得民心，顯然只能是得民心的一方取
勝。

　　接着，"臨武君"和趙孝成王又問"王者之兵設何道，何
設而可？"關於這問題，荀子的回答也是有道理的，他認為國
君賢能，內政修明者強，國君無能，內政混亂者弱。同時，他
並不單純地一味強調"仁義"、"教化"，也主張要講求"賞"
和"刑"，也主張要"兵革攻完便利"，這和孟子說行仁義可
以"制梃以撻秦楚之堅甲利兵"（《梁惠王》上）還是不同的。
荀子又對當時的齊、魏、秦三國的軍制進行評論，認為魏強於
齊，秦強於魏，這是很對的。然而他又認為三國之兵不足當春
秋"五霸"，"五霸"不足當商湯、周武王，則未免儒家之見。

荀子又回答了趙孝成王和臨武君關於“為將”及“王者之軍制”的問題。他所論為將之道及“王者”用兵在於服人之心，不殺無辜，不殺歸降者等主張。

文章的後半，又寫到荀子回答陳囂和李斯的話。陳囂認為荀子講“仁義”，似不必用兵。荀子以湯伐桀、武王伐紂為例，說明了用兵和仁義並非永遠是矛盾的，仁者為了除暴，也免不了用兵。李斯的提問似乎更尖銳些，他認為秦國在一系列戰爭中取得勝利，並非由於行“仁義”，只是能“以便從事而已”。荀子和他的爭論實際反映了儒、法二家的不同觀點。看來李斯相秦所採取的方法，全和荀子不同。從荀子所舉楚國事實來看，他主張要得民心的論點是有一定道理的，但在戰國末年，他這種看法也不免迂遠而不合各國統治者的心意，所以不可能實行。所以兩人的論爭，恐未可輕易地以某一說為全是，某一說為全非。

評析

這篇文章由於帶爭論性，所以頗有雄辯色彩，雖不如《勸學》之富於文采，但邏輯性很強、說理透闢，有時還兼用一些俗語的辭彙（如“鹿埵隴種東籠而退耳”）。從全篇看來，語氣亦有不同，如和“臨武君”爭論，儘管堅持自己的看法，據理力爭，但口氣比較緩和。後面回答陳囂、李斯的話則比較直率，這因為陳、李皆其弟子。

關於荀子的軍事思想應該如何評價？似應聯繫他的政治觀點來加以分析。粗看起來，荀子和其他儒家人物強調“附民”，認為得不得民心是決定戰爭成敗的主要因素。這個論點可以說是完全正確的。問題在於完成中國統一大業的卻是秦國，它執行的是商鞅、韓非那種尚欺詐和權勢，完全不考慮人心向背的路線。這究竟是為甚麼？看來還在於儒家主張"法先王"，這道路自然不可能實現，所以也不會得到民眾的支持。荀子雖稱"法後王"，其實也不過是要回到商周之初去，仍為開倒車的主張。既然如此，他們說的"附民"也不過是句空話。不過，韓非、李斯之流不顧民心向背的做法，雖能收效於一時，最終也只能導致秦的覆亡。從這種意義上說，荀子的主張雖有迂腐而不合時宜的一面，卻也多少指出了法家學說的錯誤。

天論

　　天行有常：[1]不為堯存，不為桀亡。應之以治則吉，[2]應之以亂則凶。彊本而節用，[3]則天不能貧。養備而動時，則天不能病。脩道而不貳，則天不能禍。故水旱不能使之飢，寒暑不能使之疾，祅怪不能使之凶。本荒而用侈，則天不能使之富。養略而動罕，則天不能使之全。倍道而妄行，[4]則天不能使之吉。故水旱未至而飢，寒暑未薄而疾，[5]祅怪未至而凶。受時與治世同，而殃禍與治世異，不可以怨天，其道然也。故明於天人之分，則可謂至人矣。[6]

　　不為而成，不求而得，夫是之謂天職。[7]如是者，雖深，其人不加慮焉；雖大，不加能焉；雖精，不加察焉；夫是之謂不與天爭職。天有其時，地有其財，人有其治，夫是之謂能參。舍其所以參，而願其所參，則惑矣！[8]

　　列星隨旋，日月遞炤，四時代御，陰陽大化，[9]風雨博施，萬物各得其和以生，各得其養以成，不見其事而見其功，夫是之謂神。皆知其所以成，莫知其無形，夫是之謂天。惟聖人為不求知天。

　　天職既立，天功既成，形具而神生，好惡喜怒哀樂臧焉，[10]夫是之謂天情。耳目鼻口形能各有接而不相能也，夫是之謂天官。心居中虛，[11]以治五官，夫是之謂天君。

財非其類以養其類，[12]夫是之謂天養。順其類者謂之福，逆其類者謂之禍，夫是之謂天政。暗其天君，亂其天官，棄其天養，逆其天政，背其天情，以喪天功，夫是之謂大兇。聖人清其天君，正其天官，備其天養，順其天政，養其天情，以全其天功；如是，則知其所為，知其所不為，則天地官而萬物役矣。其行曲治，其養曲適，其生不傷，夫是之謂知天。[13]

故大巧在所不為，大智在所不慮。所志於天者，已其見象之可以期者矣。所志於地者，已其見宜之可以息者矣。志於四時者，已其見數之可以事者矣。所志於陰陽者，已其見知之可以治者矣。[14]官人守天而自為守道也。

治亂天邪？曰：日月星辰瑞曆，[15]是禹桀之所同也；禹以治，桀以亂，治亂非天也。時邪？曰：繁啟蕃長於春夏，畜積收臧於秋冬，是又禹桀之所同也；禹以治，桀以亂，治亂非時也。地邪？曰：得地則生，失地則死，是又禹桀之所同也；禹以治，桀以亂；治亂非地也。《詩》曰“天作高山，大王荒之；彼作矣，文王康之。”[16]此之謂也。

天不為人之惡寒也，輟冬；地不為人之惡遼遠也，輟廣；君子不為小人之匈匈也，[17]輟行。天有常道矣，地有常數矣，君子有常體矣。君子道其常，而小人計其功。《詩》曰：“禮義之不愆，何恤人之言兮。”[18]此之謂也。

楚王後車千乘，非知也；君子啜菽飲水，非愚也；是節然也。[19]若夫志意脩，德行厚，知慮明，生於今而志乎古，則是其在我者也。故君子敬其在己者，而不慕其在天者；小人錯其在己者，[20]而慕其在天者。君子敬其在己者，而不慕其在天者，是以日進也；小人錯其在己者，而慕其在天者，是以日退也。故君子之所以日進，與小人之所以日退，一也。君子小人之所以相縣者在此耳。[21]

荀子

　　星隊，[22]木鳴，國人皆恐。曰：是何也？曰：無何也，是天地之變，陰陽之化，物之罕至者也。怪之，可也；而畏之，非也。夫日月之有蝕，風雨之不時，怪星之黨見，[23]是無世而不常有之。上明而政平，則是雖並世起，無傷也。上闇而政險，則是雖無一至者，無益也。夫星之隊，木之鳴，是天地之變，陰陽之化，物之罕至者也；怪之，可也，而畏之，非也。

　　物之已至者，人祅則可畏也：[24]楛耕傷稼，[25]耘耕失薉，[26]政險失民，田薉稼惡，糴貴民飢，道路有死人，夫是之謂人祅。政令不明，舉錯不時，本事不理，夫是之謂人祅。禮義不脩，內外無別，男女淫亂，父子相疑，上下乖離，寇難竝至，夫是之謂人祅。祅是生於亂，三者錯，無安國。其說甚爾，[27] 其菑甚慘。勉力不時，則牛馬相生，六畜作祅，可怪也，而不可畏也。傳曰：萬物之怪書不說。無用之辯，不急之察，棄而不治。若夫君臣之義，父子之親，夫婦之別，則日切磋而不舍也。

雩而雨，[28]何也？曰：無何也，猶不雩而雨也。日月食而救之，天旱而雩，卜筮然後決大事，非以為得求也，以文之也。[29] 故君子以為文，而百姓以為神。以為文則吉，以為神則凶也。

在天者莫明於日月，在地者莫明於水火，在物者莫明於珠玉，在人者莫明於禮義。故日月不高，則光輝不赫；水火不積，則暉潤不博；珠玉不睹乎外，則王公不以為寶；禮義不加於國家，則功名不白。故人之命在天，國之命在禮。君子者，隆禮尊賢而王，重法愛民而霸，好利多詐而危，權謀傾覆幽險而盡亡矣。

大天而思之，孰與物畜而制之。[30]從天而頌之，孰與制天而用之。望時而待之，孰與應時而使之。因物而多之，孰與騁能而化之。[31]思物而物之，孰與理物而勿失之也！願於物之所以生，孰與有物之所以成！故錯人而思天，則失萬物之情。

百王之無變，足以為道貫。[32]一廢一起，應之以貫，理貫不亂。不知貫不知應變，貫之大體未嘗亡也。亂生其差，治盡其詳，[33]故道之所善，中則可從，畸則不可為，

匿則大惑。³⁴水行者表深，表不明則陷。治民者表道，表
不明則亂。禮者表也，非禮，昏世也，昏世，大亂也。故
道無不明，外內異表，隱顯有常，民陷乃去。³⁵

　　萬物為道一偏，³⁶一物為萬物一偏，愚者為一物一
偏，而自以為知道，無知也：慎子有見於後，無見於先。³⁷
老子有見於詘，無見於信。³⁸墨子有見於齊，無見於畸。³⁹
宋子有見於少，無見於多。⁴⁰有後而無先，則群眾而無
門。有詘而無信，則貴賤不分。有齊而無畸，則政令不
施。有少而無多，則群眾不化。《書》曰："無有作好，
遵王之道。無有作惡，遵王之路。"此之謂也。⁴¹

注釋

1. 天行有常：言天道運行有其正常規律。
2. 應：對待。
3. 彊本：着力於本業（指農桑）。
4. 倍：通"背"，違反。
5. 薄：同"迫"，侵犯。
6. 天人之分：指自然界和人事之區別。至人：明乎事理之人。
7. "不為"三句：這是說：不必人力去做，就能成功；不必去求而可
   得的事物，這是自然界必然的現象，故為"天"的自然功能。
8. 參：參與。指人對"天"和"地"的自然存在進行人力加工。這幾
   句說人能以人力改造自然。如果不努力去改造。而只是希望自然界
   符合自己的願望，那就錯了。
9. 旋：指星體的運行。遞炤（同"照"）：互相替換着照耀。代御：指
   季節交替。陰陽大化：古人把世界事物的形成和變化歸因於陰陽的

相反相成，以化生萬物。

10. 好惡（wù）：愛憎。臧：同“藏”。

11. 心居中虛：身中空虛的部位，指胸中。

12. 財：同“裁”。非其類：指不同於人的其他事物。這句說人裁取自然物以供其衣食等生活所需。

13. 曲：普遍。這幾句說人的行為符合自然規律，其生活需要都得滿足而不受傷害，這就叫“知天”。

14. 志：記載。“已”：當作“己”，乃“記”之省寫。見：示，出現。“知”：當作“和”。這幾句是說：那些記載天的，是記錄一些天象，以預知某些現象的到來而作準備。那些記載地的，是記錄一些地理現象以便因地制宜進行生產。那些記錄時令的，是記錄四時氣候變化以定所應從事的勞作。那些記載陰陽變化的，是記錄其陰陽之和以便為治國借鑒的。

15. 瑞曆：即曆象，指日月星辰運行的各種現象。

16. 大王：即“太王”，即古公亶父，周文王的祖父。“《詩曰》”以下四句：見《詩經‧周頌‧天作》，意謂：“天生的高山，太王來治理它；周人既在此築室，文王又使他們得以安康。”

17. 匈匈：喧鬧不寧。

18. “《詩》曰”以下二句：當為逸《詩》，亦見《左傳‧昭公四年》子產所引（文字略有出入）：大意為“只要禮義上沒有失誤，不必怕人議論。”

19. 節：猶“適”，偶然。

20. 錯：同“措”，放棄。

21. 縣：同“懸”，懸殊。

22. 隊：同“墜”，墜落。

23. 黨：古“儻”字。

24. 人祅：指人事中怪異現象。

25. 楛（hù）耕：耕田不精細，質量粗劣。

26. 薉：同“穢”，荒蕪。

27. 爾：同“邇”，近。

28. 雩（yú）：古代一種求雨祭典。

29. 以文之也：用來文飾政事。

30. “大天”二句：意謂：把天看得至高無上而崇拜它，還不如把它當萬物一樣來制裁利用它。

31. “因物”二句：意謂：與其單因物類繁多而求數量之增加，不如發揮人的能力而使之變化以適人用。

32. 無變：指一些不變的道理。道貫：貫徹古今的傳統。

33. “亂生”二句：意謂亂生於執行這“道貫”之差錯；治生於正確詳盡地貫徹它。

34. “中則”三句：意謂：得其中正適當則其事可行；如有偏差（畸），就行不通；如果錯了（“匿”同“慝”，過錯），就會大誤。

35. “隱顯”二句：意為隱處和顯處的標誌分明，使民眾被陷的禍根就去除了。

36. 一偏：一部分，一個側面。

37. 慎子：指慎到。他重視已成不變之理而忽視了此理形成之原因，故云“無見於先”。

38. 詘：同“屈”。信：同“伸”。老子強調“柔弱勝剛強”；“不敢為天下先”，故云。

39. 齊：同一。畸：參差不同。墨子主兼愛而無差等，故云。

40. 宋子：即宋鈃。宋鈃以“寡慾”為教，故云。

41. 《書》曰”以下四句：見《尚書·周書·洪範》，大意謂：“不存偏好，遵循先王之正道；不存偏惡，遵循先王的正路。”

串講

　　在先秦諸子中，荀子這篇《天論》對“天”、“人”關係的看法最有見地。自西周以來，人們往往把"天"理解為一個有意志並支配着一切的"天"。這個"天"其實和殷商人所說的"帝"（上帝）並無多大區別。不過，自春秋以後，人們對"天"的信仰多少已有所動搖。孔子很少談到天，但似乎還承認"天"有一定的意志（如："天之將喪斯文也"、"知我者其天乎"）；《墨子》中有《天志》、《明鬼》諸篇，主張"天"有意志，也承認鬼神的存在；《莊子》中有《天道》、《天運》諸篇，似乎不大強調"天"有其意志，但他還是強調人只有服從自然界的規律，而不能有所作為，所以荀子在《解蔽》中說他"蔽於天而不知人"。荀子的主張則和上述諸家不同。

在荀子看來，"天"應該是客觀存在的自然界，它是不依人的意志為轉移而獨立運行的。所以說"不為堯存，不為桀亡"。同時它也不能給人以禍福，只要人自己能正確對待，它也對人無所影響。人們所當考慮的不是自然界的運行本身，而是通過主觀努力，使之為人所用。

荀子強調人有耳目鼻口和心志，可以用此去制裁萬物以自養和防受傷害。人所以要記載天、地、四時、陰陽也不過是要理解它們在人的生產、生活中如何加以利用。荀子認為人世的治和亂，與"天"無關，也和"地"、"四時"無關，治亂決定於人事。人的貧富、窮達只是偶然的遭遇，而重要的是提高自己的德行。

荀子認為自然界一些反常現象，並不足畏，真正可怕的倒是人事上的過錯。

荀子不信雩祭等儀式，認為這些不過是一種文飾而已。他反對崇拜天，主張用人力來利用和改造它，所謂"物畜而制之"、"制天而用之"。荀子認為應該思考的是"百王之無變"，亦即歷來一些不變的道理，以此為治國的傳統。要明確地了解治亂之源，執行中道，不陷於片面。他批評了慎到、老子、墨子和宋鈃學說的片面性。

評析

荀子生活在二三千年前，能夠這樣明顯地把"天"理解為自然界的運動，否認有意志的天亦即"神"的存在，這是非常卓越的思想。尤其是他主張以"物畜而制之"和"制天而用之"的態度對待自然界，這顯然是卓見。因為人們只有在長期地和自然界作鬥爭中，才能加以認識和改造，使之為人所用而免去災禍，也只有在這個過程中人們才能取得進步。那種盲目崇拜"天"和自然界無所作為的觀點顯然是錯誤的、阻礙人類進步的。荀子的思想較之同時一些人要高出一籌，至於漢代的董仲舒之流，更不必說了。

韓非子

孤憤

　　智術之士，[1]必遠見而明察，不明察，不能燭私；能法之士，必強毅而勁直，不勁直，不能矯姦。人臣循令而從事，案法而治官，非謂重人也。[2]重人也者，無令而擅為，虧法以利私，耗國以便家，力能得其君，此所為重人也。智術之士明察，聽用，[3]且燭重人之陰情；能法之士勁直，聽用，且矯重人之姦行。故智術能法之士用，則貴重之臣必在繩之外矣。[4]是智法之士與當塗之人，[5]不可兩存之仇也。

　　當塗之人擅權要，[6]則外內為之用矣。是以諸侯不因，則事不應，[7]故敵國為之訟；[8]百官不因，則業不進，[9]故群臣為之用；郎中不因，[10]則不得近主，故左右為之匿；[11]學士不因，[12]則養祿薄禮卑，故學士為之談也。此四助者，邪臣之所以自飾也。重人不能忠主而進其仇，人主不能越四助而燭察其臣，故人主愈弊而大臣愈重。

　　凡當塗者之於人主也，希不信愛也，又且習故。[13]若夫即主心，同乎好惡，固其所自進也。官爵貴重，朋黨又眾，而一國為之訟。則法術之士欲干上者，非有所信愛之親，習故之澤也，[14]又將以法術之言矯人主阿辟之心，[15]是與人主相反也。處勢卑賤，無黨孤特。夫以疏遠與近愛信爭，其數不勝也；[16]以新旅與習故爭，[17]其數不勝也；

以反主意與同好惡爭，其數不勝也；以輕賤與貴重爭，其
數不勝也；以一口與一國爭，其數不勝也。法術之士操五
不勝之勢，以歲數而又不得見；[18]當塗之士乘五勝之資，
而旦暮獨說於前。故法術之士奚道得進，而人主奚時得悟
乎？故資必不勝而勢不兩存，[19]法術之士焉得不危？其可
以罪過誣者，以公法誅之；其不可被以罪過者，以私劍而
窮之。[20]是明法術而逆主上者，不僇於吏誅，必死於私劍
矣。朋黨比周以弊主，言曲以便私者，必信於重人矣。故
其可以攻伐借者，以官爵貴之；其可借以美名者，[21]以外
權重。[22]是以弊主上而趨於私門者，不顯於官爵，必重
於外權矣。今人主不合參驗而行誅，[23]不待見功而爵祿，
故法術之士安能蒙死亡而進其說？姦邪之臣安肯乘利而退
其身？故主上愈卑，私門益尊。

　　夫越雖國富兵強，中國之主皆知無益於己也，[24]曰：
“非吾所得制也。”今有國者雖地廣人眾，然而人主壅
蔽，大臣專權，是國為越也。智不類越，而不智不類其
國，[25]不察其類者也。人之所以謂齊亡者，非地與城亡
也，呂氏弗制而田氏用之；[26]所以謂晉亡者，亦非地與城
亡也，姬氏不制而六卿專之也。[27]今大臣執柄獨斷，而上
弗知收，是人主不明也。與死人同病者，不可生也；與亡
國同事者，不可存也。今襲跡於齊、晉，欲國安存，不可
得也。

　　凡法術之難行也，不獨萬乘，千乘亦然。[28]人主之左

右不必智也，人主於人有所智而聽之，因與左右論其言，是與愚人論智也；人主之左右不必賢也，人主於人有所賢而禮之，因與左右論其行，是與不肖論賢也。智者決策於愚人，賢士程行於不肖，[29]則賢智之士羞而人主之論悖矣。人臣之欲得官者，其修士且以精絜固身，[30]其智士且以治辯進業。其修士不能以貨賂事人，恃其精絜而更不能以枉法為治，則修智之士不事左右、不聽請謁矣。人主之左右，行非伯夷也，求索不得，貨賂不至，則精辯之功息，而毀誣之言起矣。治亂之功制於近習，[31]精絜之行決於毀譽，則修智之吏廢，則人主之明塞矣。不以功伐決智行，不以參伍審罪過，而聽左右近習之言，則無能之士在廷，而愚污之吏處官矣。

萬乘之患，大臣太重；千乘之患，左右太信：此人主之所公患也。且人臣有大罪，人主有大失，臣主之利相與異者也。何以明之哉？曰：主利在有能而任官，臣利在無能而得事；主利在有勞而爵祿，臣利在無功而富貴；主利在豪傑使能，臣利在朋黨用私。是以國地削而私家富，主上卑而大臣重。故主失勢而臣得國，主更稱蕃臣，[32]而相室剖符。[33]此人臣之所以譎主便私也。[34]故當世之重臣，主變勢而得固寵者，十無二三。[35]是其故何也？人臣之罪大也。臣有大罪者，其行欺主也，其罪當死亡也。智士者遠見而畏於死亡，必不從重人矣；賢士者修廉而羞與姦臣欺其主，必不從重臣矣。是當塗者之徒屬，非愚而不知患者，必污而不避姦者也。大臣挾愚污之人，上與之欺主，下與之收利侵漁，朋黨比周，相與一口，惑主敗法，以亂士民，使國家危削，主上勞辱，此大罪也。臣有大罪而主弗禁，此大失也。使其亡有大失於上，臣有大罪於下，索國之不亡者，不可得也。

注釋

1. 智：同“知”，通曉。本文“智”字皆同“知”。
2. 循令：遵照法令。從事：辦理事務。治官：處理公事。重人：專橫弄權的貴重之臣。
3. “智術”二句：意為知術之士明察形勢，他們被君主聽信而任用。
4. 繩：木工所用墨線。繩之外：這是以木工治木作比，木工用墨線量木材，墨線以外部分當削去，喻“重人”之行不符法令，當予懲處。
5. 當塗之人：喻掌握大權之臣。
6. 擅權要：專擅大權要職。
7. 因：依靠、憑藉。應：回報。不應：得不到滿意答覆。
8. 訟：頌揚、稱譽。
9. 業：指辦事的業蹟。不進：不得進聞於君主。
10. 郎中：君主左右的侍衛者。
11. 匿：隱瞞其過失。
12. 學士：談論各種學說，備君主參考之人。
13. 習故：相處長久，且有舊情。
14. 澤：恩情。
15. 阿辟：偏私邪僻。
16. 數：道理。這句意謂勢無取勝之理。

17. 新旅：當時"法術之士"多為本無官職的士人，又往往來自別處，乃羈旅之士，故稱"新旅"。

18. "以歲數"句：指法術之士，往往一年不得見君主一面。

19. 資：憑藉。

20. 私劍：私家所養劍客。

21. "其可"句：據顧廣圻、王先慎說，"其可"當為"其不可"。

22. 以外權重之：指依靠外國的力量，使其地位提高。

23. "今人主"句：意謂如果"人主"不對情況進行比勘驗證就施刑戮。

24. 越：春秋時國名，戰國時為楚所滅。中國：這裡指中原。

25. "智不"二句：意謂知自己的國不同於越，卻不知當時其國已不像原來的樣子（指被重人專擅）。

26. 呂氏：指春秋時齊君，本呂尚之後。田氏：指戰國齊君，乃齊卿田氏取代呂氏。

27. 姬氏：指春秋時晉國乃武王子唐叔之後，姓姬氏。六卿：指春秋中期以後專擅晉國的智、范、中行、趙、魏、韓六氏，最後只剩趙、魏、韓三家分晉，以入戰國。

28. 萬乘：擁有萬輛兵車之國，指大國。千乘：指中等國家。

29. 程行：度量其德行。

30. 精絜固身："精絜"通"清潔"，喻端正。固身：守身。

31. "治亂"：王先慎從顧廣圻說以為當作"辯"。

32. 主更稱蕃臣：指田氏遷齊康公於海濱；三家分晉，晉靜公為家人之類。

33. 相室剖符："相"輔佐。輔佐其一家之人，即大夫家的陪臣。剖符：指以符信調發軍隊，派遣官吏。

34. 譎主：欺主。

35. "主變勢"二句：意謂如果君主改變這種群臣擅權之勢，那些重臣還能保持尊寵的十無二三，指他們都是有罪當誅之人。

串講

　　此篇為韓非尚未到秦國時所作。當時他曾勸韓王改革政治，韓王不聽。據《史記》載，此文傳到秦國，秦始皇見了大加稱賞，遂強使韓國派韓非入秦。這是因為秦始皇即位之初，太后和呂不韋曾專擅秦國之政。但相對於當時六國情況來說，秦國的君權還是較強的，所以秦始皇很快奪去大臣之權，得以統一中國。

　　這篇文章主要針對韓國及齊、楚、趙、魏、燕諸國而言。在這些國家中，擅權重臣憑藉其與君主的關係，結黨營私，專擅朝政，而主張變法自強的 "法術之士"，確實難於得到重用。文中分析了 "法術之士" 和 "重人" 勢不兩立的情況，說明 "重人" 的地位十分鞏固，"法術之士" 不可能取勝的種種因素。這些情況，韓非不但看得很清楚，且有親身感受，所以寫來充滿激憤之情。應該承認，這篇文章確實切中要害，道出了六國必然滅亡之勢。

評析

　　歷來論者多謂韓非之文犀利峭刻，切中事理。此文可以說是很具代表性的一篇。其文雖並不以文采見長，但說理透闢，邏輯性強，而且筆鋒充滿感情。這大約和韓非當時的處境有關。韓非對當時各國統治階層內部的種種人情瞭如指掌，分析 "當塗之人" 的地位所以鞏固及 "法術之士" 所以難於取勝的種種原因，一一列舉，極見其細緻深刻，確為說理之文的典範。

說難

　　凡說之難，非吾知之有以說之之難也，[1]又非吾辯之能明吾意之難也，又非吾敢橫失而能盡之難也。[2]凡說之難：在知所說之心，可以吾說當之。[3]所說出於為名高者也，而說之以厚利，則見下節而遇卑賤，[4]必棄遠矣。所說出於厚利者也，而說之以名高，則見無心而遠事情，必不收矣。所說陰為厚利而顯為名高者也，而說之以名高，則陽收其身而實疏之；說之以厚利，則陰用其言顯棄其身矣。此不可不察也。

　　夫事以密成，語以泄敗。未必其身泄之也，而語及所匿之事，如此者身危。[5]彼顯有所出事，而乃以成他故，說者不徒知所出而已矣，又知其所以為，如此者身危。[6]規異事而當，知者揣之外而得之，事泄於外，必以為己也，如此者身危。[7]周澤未渥也，[8]而語極知，說行而有功，則德忘；說不行而有敗，則見疑，如此者身危。貴人有過端，而說者明言禮義以挑其惡，[9]如此者身危。貴人或得計而欲自以為功，說者與知焉，[10]如此者身危。強以其所不能為，止以其所不能已，如此者身危。故與之論大人，則以為閒己矣；與之論細人，則以為賣重。[11]論其所愛，則以為藉資；論其所憎，則以為嘗己也。[12]徑省其說，則以為不智而拙之；米鹽博辯，則以為多而交之。[13]

略事陳意，則曰怯懦而不盡；慮事廣肆，則曰草野而倨侮。[14] 此說之難，不可不知也。

凡說之務，在知飾所說之所矜而滅其所恥。[15]彼有私急也，必以公義示而強之。[16]其意有下也，然而不能已，說者因為之飾其美而少其不為也。[17]其心有高也，而實不能及，說者為之舉其過而見其惡，而多其不行也。[18]有欲矜以智能，則為之舉異事之同類者，多為之地，使之資說於我，而佯不知也以資其智。[19]欲內相存之言，則必以美名明之，[20]而微見其合於私利也。欲陳危害之事，則顯其毀誹而微見其合於私患也。譽異人與同行者，規異事與同計者。[21]有與同污者，則必以大飾其無傷也；有與同敗者，則必以明飾其無失也。彼自多其力，則毋以其難概之也；自勇其斷，則無以其謫怒之；自智其計，則毋以其敗窮之。大意無所拂悟，辭言無所繫靡，[22]然後極騁智辯焉。此道所得，親近不疑而得盡辭也。伊尹為宰，[23]百里奚為虜，[24]皆所以干其上也。此二人者，皆聖人也；然猶不能無役身以進，如此其污也。今以吾言為宰虜，而可以聽用而振世，此非能仕之所恥也。夫曠日離久，而周澤既渥，深計而不疑，引爭而不罪，則明割利害以致其功，直指是非以飾其身，[25]以此相持，此說之成也。

昔者鄭武公欲伐胡，[26]故先以其女妻胡君以娛其意。因問於群臣：“吾欲用兵，誰可伐者？”大夫關其思對曰：“胡可伐。”武公怒而戮之，曰：“胡，兄弟之國

秦始皇陵出土銅車馬

也。子言伐之，何也？”胡君聞之，以鄭為親己，遂不備
鄭，鄭人襲胡，取之。宋有富人，天雨牆壞。其子曰：
“不築，必將有盜。”其鄰人之父亦云。暮而果大亡其財。
其家甚智其子，而疑鄰人之父。此二人說者皆當矣，厚者
為戮，薄者見疑，則非知之難也，處知則難也。故繞朝之
言當矣，其為聖人於晉，而為戮於秦也，[27] 此不可不察。

昔者彌子瑕有寵於衛君。[28]衛國之法，竊駕君車者罪
刖。[29]彌子瑕母病，人聞有往夜告彌子，[30]彌子矯駕君車

以出，君聞而賢之，曰：“孝哉！為母之故，忘其刖罪。”異日，與君遊於果園，食桃而甘，不盡，以其半啗君。[31] 君曰：“愛我哉！忘其口味以啗寡人。”及彌子色衰愛弛，得罪於君，君曰：“是固嘗矯駕吾車，又嘗啗我以餘桃。”故彌子之行未變於初也，而以前之所以見賢而後獲罪者，愛憎之變也。故有愛於主，則智當而加親；有憎於主，則智不當見罪而加疏。故諫說談論之士，不可不察愛憎之主而後說焉。

夫龍之為蟲也，[32] 柔可狎而騎也；然其喉下有逆鱗徑尺，[33] 若人有嬰之者，[34] 則必殺人。人主亦有逆鱗，說者能無嬰人主之逆鱗，則幾矣。[35]

注釋

1. 說（shuì）：游說。知：同“智”，智力。
2. 橫失：同“橫佚”，縱橫自恣，不受拘束。
3. 所說之心：指所游說的君主的心。當（dàng）之：適應他，指被他接受。
4. 下節：志節低下。遇：對待。
5. “未必”二句：意謂要保密的事不一定是游說的人故意泄露，而是他如果說到了君主內心不願公開的想法，這樣就危險了。
6. “彼顯”六句：意謂君主表面上有所作為，而實際上要達到另一目的，而游說者不光知道他所做的事，還知道他所實際要做的事，這樣就危險了。
7. “規異事”六句：此句承上句而言，意謂所說的君主正策劃不同尋常的舉措而且考慮確當，此時如果有人猜測到了，並泄露出去，君主必以為是游說者所為，這就危險了。

8. 周澤：恩寵。渥：優厚。

9. 貴人：君主。過端：過失。挑：揭出，觸及。

10. 與知：參預了解。

11. 細人：地位卑下的人物。賣重：賣弄權勢。在君主面前提及這些不
　　足道的小人，會被視為賣弄權勢。

12. 嘗己：試探自己。

13. 交之：《史記》作"久之"，二文皆費解。一說"交"可通"駮"
　　或"駁"，即雜亂的意思，可備一說。

14. 草野：在野者。倨侮：傲慢不遜。

15. 滅：掩蓋。此句指文飾被游說者自詡之事，掩蓋其自以為恥辱之
　　事。

16. 強之：鼓勵他。

17. 少：貶低。不為：不去做。這兩句說君主有卑下的想法而不做自
　　制，游說者就要粉飾這意圖並不贊成他不這樣去做。

18. 多其不行：稱讚他不這樣做。

19. 資：採納、幫助。這兩句中，前句是說使君主採納我意見；後句說
　　假裝不知道而實則在給君主提供幫助。

20. 內：採納。相存：可以並存。美名明之：用美好的名義來說明。

21. "譽異人"二句：意謂稱讚和君主行為相同的人，策劃與君主所想
　　實現的事情。

22. 拂悟：違反。繫縻：衝突、矛盾。

23. 伊尹：商湯大臣。宰：管家小臣。

24. 百里奚：秦穆公的賢臣。

25. 割：剖析。飾：借為"飭"，使之端正。

26. 胡：周代諸侯國，東周初為鄭所滅，故地在今河南郾城西。

27. 繞朝：春秋時秦大夫，晉士會在秦，晉人設計迎他返晉，繞朝識破
　　晉人之計，事見《左傳·文公十三年》。但"為戮於秦"事，《左

傳》不載，據長沙馬王堆出土帛書《春秋事語》載，士會返晉後用反間計使秦殺了繞朝。

28. 彌子瑕：春秋時衛靈公的寵臣。衛君：指衛靈公姬元、襄公子。

29. 刖（yuè）：古代酷刑，砍去雙腳。

30. 聞有：一本作"間"，私自。

31. 啗（dàn）：給人吃。

32. 虫：通"蟲"，古人以此為動物總稱。

33. 徑尺：直徑一尺。

34. 嬰：同"攖"觸犯。

35. 幾：近乎事理。

串講

這篇專論游說之士如何向君主進言，取得其信任的方法。第一段首先論到游說之難首先在於要了解所說君主的愛好和要求，使他能接受自己的主張，還要避免被假意接受而實則疏棄或用其主張而棄其人的結果。第二段講君主都有其不願人知道的秘密意圖，這種意圖是千萬不可觸及的，一旦觸及便有殺身之禍。還應考慮如何使君主不對自己產生懷疑，避免論及其左右大人物和小人物；言論不能太簡略，亦不能太繁瑣。第三段寫要揣摩君主心理，怎樣使他愛聽，怎樣避免觸犯他的痛處。一直到關係很深以後，才能直諫。第四段分析君主對臣子的態度。如關其思和"鄰人之父"的意見都不錯，但其身份不該這樣說出，說明即使主張正確，也要相機行事。最後以彌子瑕之例，說明君主對臣下的看法，會隨愛憎而變化。文章以"龍有逆鱗"作喻，更見與君主相處之不易。

評析

　　韓非生當戰國末期，當時的士人大抵靠他們的才辯游說君主以取官位。從戰國初至韓非時，已積累了差不多二百五六十年的經驗，韓非本人也在韓秦二國與君主交往，因此深有體會。他深知君主的種種心理，分析了對待不同的對象，應用不同的方式。從文章看來，他是熟諳當時的人情世故，所以說來頭頭是道，儘管不免使人有圓滑虛詐之感。但韓非畢竟是書生，正因為他說得太透，不免遭別人之忌，尤其是雄猜陰狠的秦始皇自難對他放心，因此被李斯、姚賈所讒而死，亦非偶然。

五蠹

上古之世，人民少而禽獸眾，人民不勝禽獸蟲蛇。有聖人作，構木為巢以避群害，而民悅之，使王天下，號曰有巢氏。民食果蓏蚌蛤，[1]腥臊惡臭而傷腹胃，民多疾病。有聖人作，鑽燧取火以化腥臊，而民說之，使王天下，號之曰燧人氏。中古之世，天下大水，而鯀、禹決瀆。[2]近古之世，桀、紂暴亂，而湯、武征伐。今有構木鑽燧於夏后氏之世者，必為鯀、禹笑矣；有決瀆於殷、周之世者，必為湯、武笑矣。然則今有美堯、舜、湯、武、禹之道於當今之世者，必為新聖笑矣。[3]是以聖人不期修古，不法常可，論世之事，因為之備。宋人有耕田者，田中有株，兔走觸株，折頸而死，因釋其耒而守株，冀復得兔。兔不可復得，而身為宋國笑。今欲以先王之政，治當世之民，皆守株之類也。

古者丈夫不耕，草木之實足食也；婦人不織，禽獸之皮足衣也。不事力而養足，人民少而財有餘，故民不爭。是以厚賞不行，重罰不用，而民自治。今人有五子不為多，子又有五子，大父未死而有二十五孫。是以人民眾而貨財寡，事力勞而供養薄，故民爭，雖倍賞累罰而不免於亂。

堯之王天下也，茅茨不翦，[4]采椽不斲；[5]糲粢之食，[6]

藜藿之羹；[7]冬日麑裘，[8]夏日葛衣；雖監門之服養，[9]不虧於此矣。禹之王天下也，身執耒臿以為民先，[10]股無胈，[11]脛不生毛，雖臣虜之勞，不苦於此矣。以是言之，夫古之讓天子者，是去監門之養，而離臣虜之勞也，故傳天下而不足多也。今之縣令，一日身死，子孫累世絜駕，[12]故人重之。是以人之於讓也，輕辭古之天子，難去今之縣令者，薄厚之實異也。夫山居而谷汲者，膢臘而相遺以水；[13]澤居苦水者，買庸而決竇。[14]故饑歲之春，幼弟不餉；[15]穰歲之秋，疏客必食。非疏骨肉愛過客也，多少之實異也。是以古之易財，非仁也，財多也；今之爭奪，非鄙也，財寡也。輕辭天子，非高也，勢薄也；重爭土橐，[16]非下也，權重也。故聖人議多少，論薄厚為之政。故罰薄不為慈，誅嚴不為戾，稱俗而行也。[17]故事因於世，而備適於事。

　　古者文王處豐、鎬之間，[18]地方百里，行仁義而懷西戎，遂王天下，徐偃王處漢東，[19]地方五百里，行仁義，割地而朝者三十有六國。荊文王恐其害己也，[20]舉兵伐徐，遂滅之。故文王行仁義而王天下，偃王行仁義而喪其國，是仁義用於古不用於今也。故曰：世異則事異。當舜之時，有苗不服，禹將伐之。舜曰："不可。上德不厚而行武，非道也。"乃修教三年，執干戚舞，[21]有苗乃服。共工之戰，[22]鐵銛短者及乎敵，[23]鎧甲不堅者傷乎體。是干戚用於古不用於今也。故曰：事異則備變。上古競於道德，中世逐於智謀，當今爭於氣力。齊將攻魯，魯使子貢說之。[24]齊人曰：“子言非不辯也，吾所欲者土地也，非斯言所謂也。”遂舉兵伐魯，去門十里以為界。故偃仁義而徐亡，子貢辯智而魯削。以是言之，夫仁義辯智，非所以持國也。去偃王之仁，息子貢之智，循徐、魯之力使敵萬乘，則齊、荊之欲不得行於二國矣。

注釋

1. 蓏（luǒ）：草木植物的果實。蠯：同“蚌”。

2. 鯀（gǔn）：傳說中人名，據云為禹之父。瀆：單獨入海的大河流。古人以江、淮、河、濟為“四瀆”。

3. 新聖：指通曉當時形勢的人，不必確指。

4. 茅茨：茅草屋。翦：同“剪”，指修齊覆蓋在屋上的茅草。

5. 采：櫟（lì）木，又稱柞（zuò）木，可用於建築。斲（zhuó）：砍削。

6. 糲（lì）粢（zī）：粗糙的糧食。

7. 藜：同“藜”，草木植物，嫩葉可吃。藿：豆葉，亦可泛指草木嫩葉。

8. 麑（ní）：小鹿。

9. 監門：古代看守城門或里門的人，其地位低，生活貧困。

10. 耒臿（lěi chā）：古代挖土工具。

11. 胈（bá）：大腿上的細毛；一說潔白的肉。

12. 絜駕：套上馬車。

13. 膢（lóu）：古人的一種祭祀，往往伴以宴飲、餽贈，舊說在農曆二月舉行，一說“膢”、“臘”一聲之轉，則“膢臘”為同一祭祀，應在十二月。

14. 買庸：僱工。決竇：鑿溝渠。

15. 餉：供給食品。

16. 士橐：王先慎以為當作"士"。"士"，通"仕"。"橐"通"托"。"士橐"，指做官及依附權門。

17. 稱：適合。

18. 豐、鎬：地名，故址在今陝西西安市西南。

19. 徐偃王：古代國君，大約相當於周穆王時，其疆域當在今安徽泗縣一帶，去漢東甚遠。（按：《左傳‧桓公六年》："漢東之國，隨為大"。隨在今湖北隨州市一帶。《韓非子》疑誤。）

20. 荊文王：即楚文王，名芈貲，春秋時人，約當魯莊公時，與徐偃王不同時。

21. 干：盾。戚：武器名，形似斧。這裡說以干戚作為舞蹈之具，言不用兵而使人降服。

22. 共工：堯時"四凶"之一。古書中多言禹伐共工之事。

23. 銛(xiān)：一種鐵製武器，以竹竿為柄，類似後來的魚叉。這句舊注謂鐵銛而柄短，則易為敵人所傷；一說"短"字為"鉅"之誤，"鉅"乃長意，指這兵器長而能傷敵人。二說相反，後說近是。

24. 子貢：名端木賜，孔子弟子。

夫古今異俗，新故異備。如欲以寬緩之政，治急世之民，猶無轡策而御駻馬，[25]此不知之患也。今儒、墨皆稱先王兼愛天下，則視民如父母，何以明其然也？曰："司寇行刑，君為之不舉樂；聞死刑之報，君為流涕。"此所舉先王也。夫以君臣為如父子則必治，推是言之，是無亂父子也。人之情性莫先於父母，父母皆見愛而未必治也，君雖厚愛，奚遽不亂？[26]今先王之愛民，不過父母之愛子，子未必不亂也，則民奚遽治哉？且夫以法行刑，而君為之流涕，此以效仁，非以為治也。夫垂泣不欲刑者，仁也；然而不可不刑者，法也。先王勝其法，[27]不聽其泣，則仁之不可以為治亦明矣。

且民者固服於勢，寡能懷於義。仲尼天下聖人也，修行明道以遊海內，海內說其仁、美其義而為服役者七十人。蓋貴仁者寡，能義者難也。故以天下之大，而為服役者七十人，而仁義者一人。魯哀公，[28]下主也，南面君國，境內之民莫敢不臣。民者固服於勢，勢誠易以服人，故仲尼反為臣而哀公顧為君。仲尼非懷其義，服其勢也。故以義則仲尼不服於哀公，乘勢則哀公臣仲尼。今學者之說人主也，不乘必勝之勢，而務行仁義則可以王，是求人主之必及仲尼，而以世之凡民皆如列徒，此必不得之數也。

今有不才之子，父母怒之弗為改，鄉人譙之弗為動，[29]師長教之弗為變。夫以父母之愛、鄉人之行、師長之智，三美加焉，而終不動，其脛毛不改。[30]州部之吏，[31]操官兵，推公法，而求索姦人，然後恐懼，變其節，易其行矣。故父母之愛不足以教子，必待州部之嚴刑者，民固驕於愛、聽於威矣。故十仞之城，[32]樓季弗能踰者，[33]峭也；千仞之山，跛牂易牧者，夷也。[34]故明王峭其法而嚴其刑也。布帛尋常，[35]庸人不釋；鑠金百溢，盜跖不掇。[36]不必害，則不釋尋常；必害手，則不掇百溢。故明主必其誅也。是以賞莫如厚而信，使民利之；罰莫如重而必，使民畏之；法莫如一而固，使民知之。故主施賞不遷，行誅無赦，譽輔其賞，毀隨其罰，則賢、不肖俱盡其力矣。

今則不然，以其有功也爵之，而卑其士官也；[37]以其耕作也賞之，而少其家業也；以其不收也外之，[38]而高其輕世也；以其犯禁也罪之，而多其有勇也。毀譽、賞罰之所加者，相與悖繆也，[39]故法禁壞而民愈亂。今兄弟被侵，必攻者，廉也；知友被辱，隨仇者，貞也。廉貞之行成，而君上之法犯矣。人主尊貞廉之行，而忘犯禁之罪，故民程於勇，[40]而吏不能勝也。不事力而衣食，則謂之能；不戰功而尊，則謂之賢。賢能之行成，而兵弱而地荒矣。人主說賢能之行，而忘兵弱地荒之禍，則私行立而公利滅矣。

儒以文亂法，俠以武犯禁，而人主兼禮之，此所以亂也。夫離法者罪，[41]而諸先生以文學取；犯禁者誅，而群俠以私劍養。故法之所非，君之所取；吏之所誅，上之所養也。法、趣、上、下，四相反也，而無所定，雖有十黃帝不能治也。[42]故行仁義者非所譽，譽之則害功；工文學者非所用，用之則亂法。楚之有直躬，其父竊羊，而謁之吏。令尹曰[43]："殺之！"以為直於君而曲於父，報而罪之。以是觀之，夫君之直臣，父之暴子也。魯人從君戰，三戰三北。仲尼聞其故，對曰："吾有老父，身死莫之養也。"仲尼以為孝，舉而上之。[44]以是觀之，夫父之孝子，君之背臣也。故令尹誅而楚姦不上聞，仲尼賞而魯民易降北。上下之利，若是其異也，而人主兼舉匹夫之行，而求致社稷之福，必不幾矣。

注釋

25. 駻（hàn）：狂奔的馬。
26. 奚遽：難道就能。
27. 勝：能執行。
28. 魯哀公：春秋時魯君，姓姬名蔣，定公子。
29. 譙（qiáo）：責問。
30. 脛毛：小腿的毛。脛毛不改：喻絲毫不改。
31. 州部之吏：古代以五黨為州，每州二千五百家。這裡指地方官吏。
32. 仞：八尺為一仞。
33. 樓季：戰國魏文侯弟，善跳躍，以勇聞名。
34. 跛：瘸腿。牂（zāng）：母羊。夷：平坦。
35. 尋：八尺為一尋，二尋為一常。
36. 鑠（shuò）金：熔化的金子。掇（duō）：拾取。
37. 士官：同"仕官"，指官職。
38. 不收：不接受君主之命。
39. 悖繆：顛倒錯誤。
40. 程：自炫。
41. 離法：背棄法制。
42. 黃帝：傳說中的古代帝王，漢族祖先。秦漢以前，人們推崇萬國和同以致太平的，多推許黃帝，故云。
43. 令尹：楚官名，相當於宰相。
44. 舉而上之：推舉他提升。

古者蒼頡之作書也，自環者謂之私，[45] 背私者謂之公。[46] 公私之相背也，乃蒼頡固以知之矣。今以為同利者，不察之患也。然則為匹夫計者，莫如修行義而習文學。行義修則見信，見信則受事；文學習則為明師，為明師則顯榮；此匹夫之美也。然則無功而受事，無爵而顯榮，有政如此，則國必亂，主必危矣。故不相容之事，不兩立也。斬敵者受賞，而高慈惠之行；拔城者受爵祿，而信廉愛之說；堅甲厲兵以備難，而美薦紳之飾；[47] 富國以農，距敵恃卒，而貴文學之士；廢敬上畏法之民，而養遊俠私劍之屬。舉行如此，治強不可得也。國平養儒俠，難至用介士，[48] 所利非所用，所用非所利。是故服事者簡其業，[49] 而遊學者日眾，是世之所以亂也。

且世之所謂賢者，貞信之行也；所謂智者，微妙之言也。微妙之言，上智之所難知也。今為眾人法，而以上智之所難知，則民無從識之矣。故糟糠不飽者不務粱肉，[50] 短褐不完者不待文繡。夫治世之事，急者不得，則緩者非所務也。今所治之政，民間之事，夫婦所明知者不用，而慕上知之論，則其於治反矣。故微妙之言，非民務也。若夫賢良貞信之行者，必將貴不欺之士，貴不欺之士者，[51] 亦無不欺之術也。布衣相與交，無富厚以相利，無威勢以相懼也，故求不欺之士。今人主處制人之勢，有一國之厚，重賞嚴誅，得操其柄，以修明術之所燭，雖有田常、子罕之臣，[52] 不敢欺也，奚待於不欺之士？今貞信之士不盈於十，而境內之官以百數，必任貞信之士，則人不足官。人不足官，則治者寡而亂者眾矣。故明主之道。一法而不求智，固術而不慕信，故法不敗，而群官無姦詐矣。

今人主之於言也，說其辯而不求其當焉；其用於行也，美其聲而不責其功焉。是以天下之眾，其談言者務為辨而不周於用，[53] 故舉先王言仁義者盈廷，而政不免於亂；行身者競於為高，而不合於功，故智者退處巖穴，歸祿不受，而兵不免於弱，政不免於亂，此其故何也？民之所譽，上之所禮，亂國之術也。今境內之民皆言治，藏商、管之法者家有之，[54] 而國愈貧，言耕者眾，執耒者寡也；境內皆言兵，藏孫、吳之書者家有之，[55] 而兵愈弱，言戰者多，被甲者少也。故明主用其力，不聽其言；賞其功，必禁無用。故民盡死力以從其上。夫耕之用力也勞，而民為之者，曰：可以得富也。戰之為事也危，而民為之者，曰：可以得貴也。今修文學，習言談，則無耕之勞而有富之實，無戰之危而有貴之尊，則人孰不為也？是以百人事智而一人用力，事智者眾，則法敗；用力者寡，則國貧；此世之所以亂也。

故明主之國，無書簡之文，[56] 以法為教；無先王之語，以吏為師；無私劍之捍，以斬首為勇。是境內之民，其言談者必軌於法，動作者歸之於功，為勇者盡之於軍。是故無事則國富，有事則兵強，此之謂王資。既畜王資而承敵國之釁，[57] 超五帝侔三王者，必此法也。

注釋

45. 蒼頡：傳說中黃帝的史官。"自環者謂之私"：《說文》，"厶"篆文作"㠯"，引韓非曰："蒼頡作字，自營為厶"。此"自環"當指"㠯"的形狀。

46. 背私者謂之公：按《說文》，篆文"公"作"公"，云："丿㇏猶背也。"

47. 薦紳："薦"通"搢"（jìn）：插。紳：大帶。薦紳：指以笏插在大帶上，是文臣的服飾。

48. 介：通"甲"。

49. 服事者：這裡指從事農耕及披甲作戰者。簡：怠忽。

50. 梁：王先慎以為當作"粱"。

51. "賢良貞信"：王先慎據顧廣圻說以為"良"字當刪。"貴不欺之士者"句：王據顧說補"貴字"。

52. 田常：即陳恆，殺齊簡公，專齊國之政，後世遂代呂氏據齊。子罕：戰國時宋臣，名戴喜，廢宋桓侯，遂變子氏之宋國為戴氏之宋國。《韓非子》屢言其事，但具體時間待考。

53. 不周：不切合。

54. 商、管：指商鞅和管仲。

55. 孫、吳：孫武和吳起。

56. 書簡：古代書籍多刻或寫在竹簡上，故稱書簡。

57. 釁（xīn）：同"釁"，裂痕。

今則不然，士民縱恣於內，言談者為勢於外，外內稱惡，以待強敵，不亦殆乎！故群臣之言外事者，非有分於從橫之黨，則有仇讎之忠，而借力於國也。從者，合眾弱以攻一強也；而衡者，事一強以攻眾弱也：皆非所以持國也。今人臣之言衡者，皆曰：“不事大，則遇敵受禍矣。”事大未必有實，則舉圖而委，[58] 效璽而請兵矣。[59] 獻圖則地削，效璽則名卑，地削則國削，名卑則政亂矣。事大為衡，未見其利也，而亡地亂政矣。人臣之言從者，皆曰：“不救小而伐大，則失天下，失天下則國危、國危而主卑。”救小未必有實，則起兵而敵大矣。救小未必能存，而交大未必不有疏，[60] 有疏則為強國制矣。出兵則軍敗，退守則城拔。救小為從，未見其利，而亡地敗軍矣。是故事強，則以外權士官於內；[61] 救小，則以內重求利於外。[62] 國利未立，封土厚祿至矣；主上雖卑，人臣尊矣；國地雖削，私家富矣。事成，則以權長重，[63] 事敗，則以富退處。人主之聽說於其臣，事未成則爵祿已尊矣；事敗而弗誅，則遊說之士孰不為用矰繳之說而徼倖其後？[64] 故破國亡主以聽言談者之浮說，此其故何也？是人君不明乎公私之利，不察當否之言，而誅罰不必其後也。皆曰：“外事，[65] 大可以王，小可以安。”夫王者，能攻人者也；而安，則不可攻也。強，則能攻人者也；治，則不可攻也。治強不可責於外，內政之有也。今不行法術於內，而事智於外，則不至於治強矣。

鄙諺曰：“長袖善舞，多錢善賈。”此言多資之易為工也。故治強易為謀，弱亂難為計。故用於秦者，十變而謀希失；用於燕者，一變而計希得。非用於秦者必智，用於燕者必愚也，蓋治亂之資異也。故周去秦為從，期年而舉；[66]衛離魏為衡，半載而亡。[67]是周滅於從，衛亡於衡也。使周衛緩其從衡之計，而嚴其境內之治，明其法禁，必其賞罰，盡其地力以多其積，[68]致其民死以堅其城守，天下得其地則其利少，攻其國則其傷大，萬乘之國莫敢自頓於堅城之下，而使強敵裁其弊也，[69]此必不亡之術也。舍必不亡之術而道必滅之事，治國者之過也。智困於外而政亂於內，則亡不可振也。[70]

民之政計，皆就安利如辟危窮。今為之攻戰，進則死於敵，退則死於誅，則危矣。棄私家之事而必汗馬之勞，家困而上弗論，則窮矣。窮危之所在也，民安得勿避？故事私門而完解舍，[71]解舍完則遠戰，遠戰則安。行貨賂而襲當塗者則求得，[72]求得則私安，私安則利之所在，安得勿就？是以公民少而私人眾矣。

夫明王治國之政，使其商工遊食之民少而名卑，以寡趣本務而趨末作。[73]今世近習之請行，則官爵可買，官爵可買，則商工不卑也矣。姦財貨賈得用於市，則商人不少矣。聚斂倍農而致尊過耕戰之士，則耿介之士寡而商賈之民多矣。

是故亂國之俗：其學者，則稱先王之道以籍仁義，[74]盛容服而飾辯說，以疑當世之法，而貳人主之心。其言古者，[75]為設詐稱，[76]借於外力，以成其私，而遺社稷之利。其帶劍者，聚徒屬，立節操，以顯其名，而犯五官之禁。[77]其患御者，[78]積於私門，盡貨賂，而用重人之謁，

退汗馬之勞。其商工之民，修治苦窳之器，聚弗靡之財，⁷⁹

蓄積待時，而侔農夫之利。此五者，邦之蠹也。人主不除

此五蠹之民，不養耿介之士，則海內雖有破亡之國，削滅

之朝，亦勿怪矣。

注釋

58. 舉圖而委：指割地，古代割地，必獻上該地地圖，如《史記·刺客
    列傳》記燕向秦獻督亢地圖。

59. 效璽：交上國君的印章，表示臣服。

60. 交：王據顧說以為當作“敵”。

61. 士官：同“仕官”，指任官職。這句說依靠外力以取高官於本國。

62. 以內重求利於外：藉着自己在國內的掌握大權，以謀私利於國外。

63. 以權長重：因掌權而長享富貴。

64. 矰繳（zhuó）：“繳”為帶繩的箭，已見前注。因帶繩的箭射出
    後可收回，故喻不化本而可得利之事。

65. 外事：和別國交往的事務。

66. 舉：被佔領。按秦昭王五十九年（前256），西周背秦，為秦所
    滅。

67. “衛離魏”二句：據《史記·衛康叔世家》載，衛之完全滅亡在秦
    二世時。此言“半載二亡”，不知是指魏殺衛懷君事抑或“秦拔魏
    東地，秦初置東郡，更徙衛野王縣”事。若為後者，應是秦始皇五
    年（前242）；若為前者應為秦昭王五十四年（前253）。

68. 積：物資儲備。

69. 裁：裁決。

70. 振：救助。

71. 解舍：同“廨舍”，指私宅。意為諂事權貴，則可得官，得官則可

免兵役。

72. 襲：因襲，引申為附和。

73. 本務：指農耕。末作：指商工。

74. 籍：借為"藉"，憑藉。

75. 其言古者：王先慎據顧廣圻說以為"古"當作"談"。

76. 為：通"偽"。

77. 五官：相傳殷代以司徒、司馬、司空、司士、司寇為"五官"，後
    代遂以"五官"作為官員總稱。

78. 患御：今人陳奇猷以為"御"乃"役"之誤，意為逃避兵役。

79. 弗：通"費"。弗麋：浪費。

串講

　　這篇文章表達了韓非的歷史觀及政治主張，他強調古代的
情況和後來不同，古代人少而生活資料富足，到韓非當時，人
口已大增，生活資料不足，故人們就無法不爭。因此他認為堯
舜可以天下讓人，而當時一個縣令卻不甘去職，都是條件決定
的。他以此推論所謂"仁義"，只適用於上古，而不適用於當
時。他認為"民者固服於勢、寡能懷於義"，因此只能用刑賞
來使他們服從君主的意志。接着他認為當時一些君主在刑賞方
面失當。他們往往尊重一些儒者和俠客，而這些人對國家只能
"亂法"、"犯禁"。韓非認為當時君主往往喜歡不切實用的言
談，而忽視實際從事農耕和披甲作戰的人，這就使國家陷於貧
弱。他反對空談，主張"明主之國，無書簡之文，以法為教；
無先王之語，以吏為師。"他反對"連衡"、"合縱"等說，
主張以農、戰加強實力；主張以農為本業，而以工商為"末
技"；主張削弱人臣之權以加強君權。反映了戰國末年的法家

強調實行君主專制的集權政治的主張。

評析

　　韓非主張歷史是不斷發展的，認為"上古"不同於"中古"，"中古"又不同於當時，因此反對儒、墨諸家"法先王"之論，這顯然是正確的。尤其是他提到"守株待兔"的比喻，頗為生動有力，因此成了人們經常引用的典故。韓非強調加強君權，削弱"重臣"的勢力，這在當時也是進步的，對中國的統一起到了推動作用。韓非在經濟上特別注意農業而忽視工商，這代表着當時不少人的看法，原因是農業不但直接生產糧食，增強國力，而且農民一般定居在一定地方，為軍隊的主要來源，而工商則流動性較大。然而工商業的發展其實也可增加財富，且能加強各地的依存關係，推動統一。但這一點不但韓非，即使後來一些人對此也缺乏認識。韓非的主張雖有其進步的一面，但他對民眾的看法是錯誤的，他一味強調他們"服於勢"，而不承認他們能"懷於義"。因此一味高壓，不承認說服教育的作用，這正是法家站在統治者立場對待民眾之故。這不獨韓非一人如此，秦之"二世而亡"，不能說與此無關。

呂氏春秋

本生

　　始生之者，天也。養成之者，人也。[1]能養天之所生而勿攖之謂之天子。[2]天子之動也，以全天為故者也，此官之所自立也。立官者以全生也，今世之惑主，多官而反以害生，則失所為立之矣。譬之若修兵者，以備寇也。今修兵反以自攻，則亦失所為修之矣。

　　夫水之性清，土者抇之，[3]故不得清。人之性壽，物者抇之，故不得壽。物也者，所以養性也，非所以性養也。[4]今世之人，惑者多以性養物，則不知輕重也。不知輕重，則重者為輕，輕者為重矣。若此則每動無不敗，以此為君悖，以此為臣亂，以此為子狂，三者國有一焉，無幸必亡。

　　今有聲於此，耳聽之必慊已；[5]聽之則使人聾，必弗聽。有色於此，目視之必慊已；視之則使人盲，必弗視。有味於此，口食之必慊已；食之則使人瘖，[6]必弗食。是故聖人之於聲色滋味也，利於性則取之，害於性則舍之，此全性之道也。世之貴富者，其於聲色滋味也多惑者，日夜求幸而得之則遁焉。[7]遁焉，性惡得不傷？[8]萬人操弓，共射一招，[9]招無不中；萬物章章，以害一生，生無不傷；以便一生，生無不長。故聖人之制萬物也，以全其天也。天全則神和矣，目明矣，耳聰矣，鼻臭矣，[10]口敏

呂不韋

矣，三百六十節皆通利矣。若此人者，不言而信，不謀而當，不慮而得，精通乎天地，神覆乎宇宙，其於物無不受也，無不裹也，若天地然。上為天子而不驕，下為匹夫而不惛，[11] 此之謂全德之人。

貴富而不知道，適足以為患，不如貧賤。貧賤之致物也難，雖欲過之奚由？出則以車，入則以輦，[12] 務以自佚，命之曰招蹶之機。[13] 肥肉厚酒，務以自彊，命之曰爛腸之食。靡曼皓齒，[14] 鄭衛之音，[15] 務以自樂，命之曰伐性之斧。三患者，貴富之所致也。故古之人有不肯貴富者矣，由重生故也。非夸以名也，[16] 為其實也。則此論之不可不察也。

注釋

1. “始生”四句：意謂天下萬物都是天（自然）產生的，而要人來輔養長成它。

2. 攖：違背、觸犯。“謂之天子”：“謂”通“為”，“之”字衍，此句意謂能輔養天之所生而不背戾方能為天子。

3. 扣（gǔ）：攪混。

4. “物也者”三句：意謂物本應用以養性，不能反以自性去追求外物。

5. 慊（qiè）：滿意。

6. 瘖（yīn）：啞；不能說話。

7. 遁：流連不能自制。

8. 惡（wū）：怎，如何。

9. 招：箭靶。

10. 臭：通“嗅”，指嗅覺通暢。

11. 惛：通“悶”，煩悶。

12. 輦：人拉的小車。

13. 蹶（jué）：跌倒。

14. 靡曼：肌理細膩。

15. 鄭衛之音：《詩經》中的《鄭風》和《衛風》，多男女情歌，後人多藉此指一些艷歌，以與“雅樂”相對稱。

16. 夸以名：虛取名聲。

串講

　　這篇文章講人應當遵循自然而勿背戾，才能長久，不論天子治政或人養生都是如此。作者主張“以物養性”，不能流連於物質享受以傷害自身。只有能全其天性，才能成為“全德之人”。作者認為一些富貴者追求種種享受，適足以自傷其身。這種思想對漢代枚乘的《七發》有直接的影響。《七發》中“吳客”論“楚太子”病因一段，顯然取此篇末段文字而加以發揮。

評析

　　《呂氏春秋》文字成於眾手，據說成書後曾"暴之咸陽市門"，"有能增損一字者與千金，時人無能增損者"。此說東漢高誘已表示懷疑。現在看來，《呂氏春秋》之文，雖未必以文采取勝，而說理清晰，好用比喻，行文多用排偶，亦有其特色。所論富貴者不知養生之道，恣意享樂，反招疾病，言之極為中肯，值得借鑒。

察今

上胡不法先王之法？[1]非不賢也，為其不可得而法。先王之法，經乎上世而來者也，人或益之，人或損之，胡可得而法？雖人弗損益，猶若不可得而法。東夏之命，[2]古今之法，言異而典殊。故古之命，多不可通乎今之言者，今之法，多不合乎古之法者。殊俗之民，[3]有似於此。其所為欲同，其所為異。口惽之命不愉，[4]若舟車衣冠滋味聲色之不同。人以自是，反以相誹。天下之學者多辯，言利辭倒，不求其實，務以相毀，以勝為故。[5]先王之法，胡可得而法，雖可得，猶若不可法。

凡先王之法，有要於時也。[6]時不與法俱至，法雖今而至，[7]猶若不可法。故擇先王之成法，而法其所以為法。先王之所以為法者，何也？先王之所以為法者，人也，而己亦人也。故察己則可以知人，察今則可以知古，古今一也，人與我同耳。有道之士，貴以近知遠，以今知古，以益所見，知所不見。故審堂下之蔭，而知日月之行，陰陽之變；見瓶水之冰，而知天下之寒，魚鱉之藏也。嘗一脟肉，[8]而知一鑊之味，一鼎之調。荊人欲襲宋，使人先表澭水，[9]澭水暴益，荊人弗知，循表而夜涉，溺死者千有餘人，軍驚而壞都舍。[10]嚮其先表之時可導也，[11]今水已變而益多矣，荊人尚猶循表而導之，此其

陳奇猷著《呂氏春秋校釋》

所以敗也。今世之主，法先王之法也，有似於此，其時已與先王之法虧矣，而曰："此先王之法也而法之。"以此為治，豈不悲哉！

故治國無法則亂，守法而不變則悖。悖亂不可以持國。世易時移，變法宜矣。譬之若良醫，病萬變，藥亦萬變。病變而藥不變，嚮之壽民，今為殤子矣。[12]故凡舉事必循法以動，變法者，因時而化，若此論則無故務矣。

夫不敢議法者，眾庶也；以死守者，有司也；[13]因時變法者，賢主也。是故有天下七十一聖，[14]其法皆不同。非務相反也，時勢異也。故曰：良劍期乎斷，不期乎鏌鋣。[15]良馬期乎千里，不期乎驥驁。[16]夫成功名者，此先王之千里也。楚人有涉江者，其劍自舟中墜於水，遽契其舟曰[17]："是吾劍之所從墜"，舟止，從其所契者入水求之，舟已行矣，而劍不行，求劍若此，不亦惑乎？以此故法為其國與此同，時已徙矣，而法不徙，以此為治，豈不難哉！有過於江上者，見人方引嬰兒而欲投之江中。嬰兒啼，人問其故，曰："此其父善游。"其父雖善游，其子豈遽善游哉？此任物亦必悖矣。荊國之為政，[18] 有似於此。

注釋

1. 上：君主。按："上"為秦漢以後人稱皇帝之辭。一般使用在秦統一以後，但《史記·秦始皇本紀》記始皇九年"四月，上宿雍"，而《呂氏春秋》成書在始皇八年，或許當時已有此稱呼。胡：何不。法先王之法：取法古代帝王之法。

2. 東夏：今人王利器以為《呂氏春秋》作於秦地，故以函谷關以東之地稱"東夏"，猶言東方中原諸國。

3. 殊俗之民：風俗不同之民，一般指不同種族的人。

4. 惛：同"脗"（wěn），即"吻"。"愉"：同"喻"。這句說因方言不同口吻所說的話對方不懂。

5. 故：事，目的。

6. 要：切合。

7. "時不與"二句：近人陶鴻慶以為"至"字乃"在"之誤。今人陳奇猷以為"至"字不誤，乃流傳至今的意思，意謂古人之時代未與法共同留存至今，法雖獨存。

8. 胹：同"臠"（luán），切成塊狀的肉。

9. 灉（yōng）水：水名，前人以為是"灌水"之誤。今人陳奇猷以為是"濢（qú）水"（在今河南遂平一帶）。

10. 都舍：大屋，疑至軍人所宿之處。

11. 導：涉水。

12. 殤子：夭折的小孩。

13. 有司：職掌事務的官員。

14. 七十一聖：指上泰山的七十一代君主。"一"，一作"二"。

15. 鏌鋣：同"莫邪"，古代名劍。

16. 驥驁：古代良馬名。

17. 契：同"鍥"，刊刻。

18. 荊國之政：一說"荊"為"亂"之誤。陳奇猷以為指楚軍涉水字，不必改為亂。

串講

《呂氏春秋》成於多人之手，此文反對"法先王"，似近於"法家"，但其主張和《韓非子》不完全相同。此文只強調"先王之法"所以不能用於當時，是因為時代變了，所以不能盲目照辦。但他又承認"先王之法"在古時曾經是適用的，所以主張可以"法其所以為法"，亦即參酌古人當時制定其法的用意。此文作者並不主張用"勢"來壓服民眾。從這點看來，和"法家"還是有區別的。應該說，此文論古代的法不合當世之用，提到了迄今所傳的"先王之法"，不但不適合當時之用；而且"經乎上世而來"、"人或益之"、"人或損之"亦未必是古代的原貌。此論亦頗有見地。

評析

這篇文章的風格雖尚不失其平易，但有個別辭彙較為費解，各家對此有不同解釋。有的可能是傳抄之誤，還有一些也可能代表着秦地人著書的方言特點。文中提到的"刻舟求劍"寓言，頗為人們所熟知和引用。